KB269244

낙타

낙타

이명인 장편소설

문이당

어떤 사물이나 현상을 인지하는 일이 뇌에서만 일어나는 것이 아니라는 것을 알게 되었다. 점점 머리로 아는 일보다 가슴으로 다가오는 일들이 늘어났다. 심지어 길바닥에 굴러다녔던 사소한 말들도 어느 날 문득 내 가슴을 쳤다.

어깨가 시리다거나 공기가 달다거나 하는 말들.

어느 날은 푸지게 쏟아지는 햇살이 아까워 거리로 뛰쳐나가 무작정 걸었다. 그러다 문득 나이가 드는 징조일 거라고 생각했다. 더 이상 젊지 않다는 게 아니라, 나이가 든다는 느낌.

낡은 스웨터처럼 편안하고 안락할 거라고 믿었던 40대.

이제 누군가 사랑하는 이를 만나면 살 비비며 살자고 할 수도 없게 되었다. 행여 그런 이를 만나면 이렇게밖에 말하지 못할 것이다.

너랑 나 거리의
나무처럼 살자.
잎이 무성할 때 서로의 그늘에 몸을 누이고

잎 떨구면 고요히 안으로 침잠했다가
때로 헤살거리는 연한 새순 수줍게 바라보며
거리의 나무처럼 살자.
두 팔 벌린 거리만큼 물러서서.

　그럼에도 여전히 사랑을 믿는 삶이 얼마나 싱싱한지, 그 삶에 경배한다. 나 또한 여전히 먹고 마시고 꿈꾸는 것을 잊지 않았다. 그래서 한번쯤은 맛있는 소설을 쓰고 싶었다. 맛있게 서글프고, 맛있게 쓸쓸하고, 맛있게 사랑스럽고. 그리하여 좋아하는 시집처럼 머리맡에 두고 언제든 어느 구절이든 꺼내 볼 수 있는 그런 소설을 쓰고 싶었다.
　그러므로 여전히 꿈꾸는 사람들에게 이 소설이 맛있게 달고 혹은 쓸쓸하게 읽혔으면 좋겠다. 쓸쓸해지면 제주에 와서 혹은 어디든 가서, 파닥거리는 생명의 냄새가 가시지 않은 싱싱한 회 한 접시에 소주 한잔 마셨으면 좋겠다. 남의 살을 씹는 그 원초적인 맛을 어찌 술 없이 즐길 수 있으랴.

　어려운 시기에 졸고를 책으로 엮어 주신 문이당 가족 여러분께
술 한잔 권하고 싶다.

2006년 1월

제주에서 이명인

과감하게 단풍나무를 뽑아 버렸다. 배들배들 말라서 물기라곤 없는 그 여린 것이 뽑히는데, 분기가 먼지처럼 푹 치솟았다. 독살스러운 내 손아귀에서 이파리 두 개가 파삭 부서졌다. 알량한 이파리마저 부서진, 반 뼘 길이의 가느다란 줄기는 이제 어떤 이름도 매길 수 없는 것이 되었다. 그 연약한 것이 사라진 화분은 푸석하게 마른 채 휑하니 넓었다. 자라는 도중에는 한 번이라도 덜 옮기려고 비어 있는 화분 중에서 제일 크고 좋은 것을 골랐었다. 청자를 흉내 내어 양각으로 구름무늬를 새겨 넣은 그 화분은 몇 년째 비어 있었다. 애초, 그 화분은 양란의 것이었다. 양란은 화원에서 오던 첫해에 매력 없이 화려하기만 한 꽃을 질리도록 굳세게 달고 있었다. 그러더니 그 꽃이 지고 몇 년째 검푸른 줄기만 무성해졌다. 그래도 생명이 있는 것이라고 잊지 않고 물을 주었건만 이파리들은 누렇게 말라 가면서 숱이 성성해졌다. 그때, 기억나지 않는 울컥함에, 꾸역꾸역 뿌리까지 뽑아내고 나니, 흙이나 마나 겨우 화분의 3분의 1도 안 되었다. 양란은 온통 썩어 가는 자신의 육신을 갉아먹으며 겨우겨우 버티고 있었던 것이다.

열흘 전, 현빈을 학교에 태워다 주고 돌아오다가 차를 관음사로 돌렸다. 이제 막 피기 시작한 구실잣밤나무의 비릿한 꽃 내음이 공기 중에 미미하게 떠돌고 있었다. 이맘때면 늘 그랬다. 물오른 봄바람에 삼나무는 허리를 뒤틀며 온 숲을 유혹하곤 했다. 그러나 삼나무가 육감적이기는 해도 밤새 용쓰는 것은 언제나 밤나무였다. 구실잣밤나무에서 이는 비릿한 멀미, 아침이 돼도 도시를 떠도는 이 질긴 욕망, 제주의 봄 공기엔 길 잃은 정충들의 익사체가 떠다녔다.

나는 본전 옆으로 난 나무 계단을 천천히 올랐다. 계단 옆으로 조릿대가 땅을 온통 덮고 있는데, 그 사이로 제비꽃이 만발했다. 보랏빛 제비꽃은 물론이고 흰색 남산제비꽃까지, 하늘의 제비보다 먼저 봄을 찾아온 녀석들이 이슬을 머금고 피어 있었다. 얼마 전까지만 해도 수목원에 가면 벚꽃으로 화사하고, 그 뒤를 이어 이스라지가 수줍고 소담한 모습으로 피더니, 명자꽃, 황매, 홍매, 박태기나무꽃이 한창이었다. 바야흐로 세상은 온통 신방의 달콤한 향내로 어지러울 지경이었다.

제비꽃에 정신을 팔며 천천히 오르다 보니 어느새 산신각이었다. 밤새 쌓인 두터운 적막을 가르고 산신각 문을 빙긋 열었다. 나무 냄새와 향내가 부스스 몸을 털고 일어났다. 나는 제단에 합장을 하고 성냥불을 댕겼다. 초는 안으로만 깊게 타들어 가 심지가 보이지 않았다. 까치발을 세워도 보이지 않는 심지에 어림짐작으로 성냥불을 갖다 댔다. 한참 만에 성냥불은 심지를 찾아냈다. 심지에서 복숭아 속살 같은 불꽃이 일었다. 나는 촛불에 향을 사르고 다시 한 번 산신께 합장했다. 새로 피운 향내가 은은하게 퍼져 나갔다. 그 향에 머리를 감듯 마룻장에 엎드려 절을 했다. 언제나처럼 산신 할아버지는 무표정하게 절을 받았다.

산신각 문을 나서니 제주 바다에 내린 햇살이 그새 더욱 두터워져 있었다. 멀리 바다에 눈을 두고 계단을 내려오는데 뭔가 발치에 툭 걸리는 기분이 들었다. 산신각 돌계단 틈에 겨우 고개를 내민 단풍나무였다. 무명실 두 겹쯤 되는 줄기에 그래도 단풍나무 꼴인 양 이파리가 두 장이나 달려 있었다. 순간 산신 앞에 살랐던 향내가 코끝에서 사르르 풀어지는 게 느껴졌다. 나는 버려진 나뭇가지로 정성스럽게 계단 틈을 후벼 파서 뿌리가 상하지 않게 단풍나무를 들어냈다. 너무 여려서 차마 꽉 쥘 수도 없는 그것이 내 손 안에서 파르르 떠는 게 느껴졌다. 행여 마를세라 손수건에 곱게 싸서 절을 내려오는데 등 뒤에서 산새가 휘리릭휘리릭 울며 날아갔다. 내 팔을 부드럽게 핥아 주는 햇살이 연둣빛 나비 애벌레처럼 푹신했다. 다디단 산바람과 딱 간이 맞게 조절된 햇살 한 줌이 산신각을 내려오는 내 등을 간질였다.

며칠 베란다에서 단풍나무는 잘도 살았다. 아침에 문을 열 때마다 그것이 살아 있다는 것에 감사했다. 그러나 그 감사 뒤에 도사린 조바심을 끝내 떨쳐 내지 못한 것이 문제였다. 그 여린 것에게 한동안 물을 주어서는 안 된다는 것을 나무가 죽고 나서야 알았다.

무엇에 조바심을 쳤는지, 그 알량한 나무를 무슨 표식인 양 캐오면서 설레었는지, 그 미신에 목을 맸었는지. 손에 바스러진 채 들려 있는 그것은 이미 이름조차 사라져 버렸다.

아침 내내 그 작은 것을 뽑아낼 때의 분기가 앙금처럼 마음 한구석에 고여 있었다. 자동차가 연동 신시가지를 달릴 무렵, 나는 내가 기어이 관음사로 달려가고 있다는 걸 알았다. 신시가지 언덕배기 끝은 1100도로 입구였다. 오늘따라 차는 유난히 꺽꺽 울어 댔다. 몇 해 전 눈길에서 사고가 난 이후로 뭐가 망가졌는지, 가끔 기분이 수상쩍을 때마다 차는 늙은이처럼 꺽꺽거렸다. 그래도 차창 밖은 온통 연초록 5월의 햇살로 싱그러웠다. 여린 새싹들이 견딜 만한 순한 햇살이다.

작년 이맘때 반짝이며 손짓하는 햇살의 유혹에 이끌려 길을 나섰다가 그 짐승을 만났었다. 나중에야 어쩌면 나를 유혹한 것은 햇살이 아니라, 그 짐승이었을지 모른다고 생각했다.

무서운 기세로 치고 올라오는 도시에 발목이 잡힌 숲이 연초록으로 하늘거리고 있었다. 새잎들은 막 태어난 어린 사슴처럼 달려오는 빌딩들의 위협도 모른 채 햇살에 볼을 비비며 팔랑거리고 있었다. 무릎까지 도시의 먼지로 뿌옇게 덮인 숲길을 벗어나 5분쯤 달리면 아흔아홉 골이다. 겨울의 그것은 늙은 거인의 접힌 뱃살처럼 그 속내를 드러낸 채 여전히 웅장했는데, 날이 풀리면서는 화사한 꽃들로 잠시 시름을 잊더니 5월이 시작되기 전 어느 날, 전혀 다른 모습으로 나를 놀라게 했다.

그것은 털갈이하는 짐승의 등짝이었다. 상록수의 짙은 녹색과 막 돋아나는 연둣빛 활엽수들은 서로를 용납하지 못한 채 얼룩처럼 겉돌고 있었다. 그 짐승의 발치에서 길은 1100도로와 산록도로로 갈라지고 있었는데, 나는 그 짐승이 지른 소리에 깜짝 놀라 핸들을 좌로 급하게 꺾어 멈춰 서고 말았다.

말라 가는 네 속에 잠시 쉬고 있을란다!

사람들은 마흔의 강어귀에 이상한 물살이 흐른다고 했다. 난 그 강가에 이르러서도 사람들이 허풍을 치는 거라며 웃었다. 마흔이 아니라 20대에 이미 더 이상 기억하고 싶지 않은 강풍에 휘말려 봤으므로, 어떤 충고도 귓등으로 넘겼었다. 그렇더라도 내게 충고한 그 많은 사람들 중에 어느 누구도 털갈이하는 짐승에 대해선 말하지 않았다. 그것이 전조라면 전조였을까. 모든 전조들은 평범한 사람들에겐 늘 뒤늦은 깨우침에 불과했다.

언젠가 딸 현빈은 마초의 원조가 창조주라며 괜히 열을 냈었다. 창조주는 여자에게 정조대를 채웠고, 역사 이래로 남자들은 그것을 훌륭한 무기로 사용해 왔다는 것이다. 이 세상 모든 남자들 심지어 여자들까지도 신봉하는 처녀막에 대한 성토였다. 아마 학교에서 성교육을 받은 모양이었다. 그러나 그런 현빈을 바라보며 나는 처녀막이 고스란히 남아 있는 여자처럼 생각했다. 화사한 벚꽃 등 아래서 순한 눈빛을 마주 보며 누군가에게 정중히 고백하고 싶다고.「당신을 진심으로 사랑합니다.」전설 같은 그 미지의 세계가 열리기 전, 지나는 바람에도 문풍지처럼 떨었던 그 섬세한 세계를 다시 보고 싶었다.

볼 수 없는 세계를 꿈꾸는 것은 종교가 할 일이었다. 내 소망은 SF 영화처럼 인생을 필름 돌리듯 거꾸로 돌리지 않는 한 이루어질 수 없는, 종교로도 해결할 수 없는 엉뚱한 것이었다. 말라 가는 네 속에 있을란다던 그 털갈이하는 짐승의 소리는 이런 내 터무니없는 소망에 대한 못질이었을 것이다. 마흔에서 몇 년도 더 넘어선 여자에게 일갈하고픈 비웃음이었을 것이다.

나는 차를 돌렸다. 그때 이후로 내 안에 살기 시작한 그 짐승을 새삼 그 아흔아홉 골에서 다시 보고 싶진 않았다. 수목원 벚나무 그늘에서 사람들이 팔을 휘두르며 열심히 걷고 있었다. 나는 주차장으로 들어가 차를 돌려 내 레스토랑인 '옴파로스'로 돌아왔다.

「사장님 핸드폰 꺼놓으셨어요? 큰댁에서 전화 왔었어요.」

박 팀장이 기다렸다는 듯이 말을 해대는 폼으로 보아, 여러 번 전화가 온 것 같았다. 사람들은 내게 총지배인을 두라고 했지만, 난 쓸데없는 겉멋이라며 그런 자리를 만들지 않았다. 무엇보다 지배인이란 말이 싫었다. 대신에 레스토랑 개업 때부터 쭉 함께 일해 온 박무석을 팀장으로 삼고 있었다.

「오늘 고기 왔지? 보자.」

난 박 팀장의 말을 무시하고 주방으로 먼저 발을 돌렸다. 이틀째 들어온 고기가 맘에 들지 않았다. 이번에도 좋지 않으면 거래를 끊겠다고 엄포를 놓았었다. 새로 온 주방장하고 모종의 관계가 있다는 걸 알면서도 일부러 정육점 사장만 닦달했다. 주방장이 바뀔 때마다 한 번씩 치르는 기 싸움이었다. 그러나 양보할 수 없는 것엔 말도 붙이지 못하게 하는 게 이 바닥에서 버텨 온 내 나름의 수완이었다. 주방장은 심기가 편해 보이지 않았지만, 난 애써 무시했다. 엄밀히 말하면 그는 나의 부주방장이었다. 주방에서 손을 놓는 날이 가게 문을 닫는 날이란 게 내 생각이니 당연했다.

아침에 들어온 물건들을 일일이 확인하고 다듬어 놓은 야채들을 씻기 시작했다. 주방장과의 관계가 완전히 안정될 때까지 난 주방의 일을 일일이 다 챙겼다. 그리고 주방장이 자신의 위치가 이름값과 다르다는 것을 인정하고 나면 그때서야 주방에서 조금 물러났다. 소위 '곤조'를 부리지 못하게 하려는 치밀한 내 계산이 끝나기 전까지는 한동안 바쁠 것이다. 때로 계산이 다 끝나기도 전에 혀를 내두르고 나가겠다고 강짜를 부리는 사람도 있는데, 그러면 난 아무런 내색을 않고 받아들였다.

「사장님, 전화요.」

　기어이 가족회의가 소집될 모양이었다. 시아버지는 당신의 칠순 잔치를 결혼식으로 치를 생각이라고 했다. 설마 했으니, 아닌 밤중에 홍두깨는 아니었지만, 파장은 만만치 않았다. 특히 시아주버니인 민석의 충격은 컸다. 충격까진 아니지만, 나 또한 생각이 복잡해지긴 마찬가지였다. 시아버지의 폭탄선언은 자식들 누구도 말릴 수 없을 거라는 확신이 들었다.

　시아버지는 내 친구이자 시누인 선미네와 아주 오래된 집 밖거리('바깥채'의 제주 방언)에서 산다. 시누 남편이 일이 있다 없다 하는 사람이라, 내가 친정어머니가 살던 집으로 나올 때 시누네가 아예 이사를 왔다. 그러면서 자연스레 선미네가 안거리('안채'의 제주 방언)를 차지하고 시아버지가 밖거리로 물러났다. 시아버지는 시어머니가 돌아가시고 나서도 언제나 활기차고 바쁘게 지냈다. 혼자된 노인네에게서 나는 군내가 날 새가 없었다. 시아버지에게 삶이란 늘 즐거운 놀이였다. 젊어서는 젊은 대로, 늙어서는 늙은 대로. 시집온 뒤로 나는 한번도 시아버지가 심심해하거나 지루해하거나 맥 빠져 마당에 주저앉아 있는 모습을 본 적이 없다. 집 밖으로만 나가면 즐거운 일이 널려 있는 게 보이는 분이었다. 그런 시아버지가 딱 한 번 집에 드러누운 일이 있었는데, 뇌에 혹이 생긴 것을 도려낸 이후였다. 하지만 그때는 집 밖에서 즐겁게 해줄 무언가를 불러들였다. 친구라든가, 바쁜 자식들이라든가 하다못해 주

방에 널려 있는 커피 대신 다방에서 커피를 배달시켜 마신다든가
했다.

「스트레스로 위벽이 얇아져서 그동안 먹던 약을 못 먹었던 모양
이야. 그렇다고 저렇게 발작을 하고 쓰러져서 사람을 놀래키냐.」

선미는 그즈음 부쩍 남편과 심하게 다퉜다. 사네 마네 하는 지경
이었으니, 밖에서 즐거운 일에 빠졌다가 온 시아버지라도 자연스
럽게 그 다툼에 신경이 쓰인 모양이었다. 다른 자식도 아닌 애지중
지 키운 고명딸이었다. 지난번 뇌수술 이후 늘 약을 복용하고 있었
는데, 결국 신경을 쓰느라 약도 먹지 못할 만큼 위벽이 얇아진 것
이다. 게다가 민석이 막 제주에 내려와 선거다 뭐다 하면서 시아버
지와 맞서던 때였다.

「오빠는 또 무슨 중요한 모임이 있다니……. 힘든 거 알지만 오
늘 밤 여기 좀 지켜 줘라.」

선미는 시아버지가 쓰러진 것이 자신의 탓이라고 생각하고 있었
다. 울어서 벌겋게 충혈된 눈은 지친 그녀를 더욱 안쓰럽게 만들었
다. 나는 선미의 어깨를 다독이며 무거운 등을 떠밀었다.

「자세한 상태는 내일 담당 의사가 나와서 더 검사를 해봐야 안
대. 오늘은 그냥 푹 주무셔야 한다는데, 노인네가 이 지경이 되었
는데도 눈이 말똥말똥해. 주무시라고 해도 안 자고.」

선미는 병실에 고개만 내밀고 시아버지에게 작별 인사를 했다.

병실은 피난민 촌 같았다. 여덟 개의 병상과 그 수에 맞는 보조

침대와 온갖 자질구레한 물건들이 널려 있었다. 젖은 수건과 구겨진 약봉지들, 과일과 주스와 대롱에 매달린 링거 주머니, 흩어져 있는 신발들과 반쯤 시체처럼 누워 있는 일곱 명의 환자들, 그리고 그와 엇비슷하게 피로해 보이는 보호자들과 미미하게 떠도는 환자들의 숨 냄새.

시아버지는 퀭한 눈으로 내 인사를 받았다. 병색이 완연한 시아버지는 딱 한 줌의 헐렁한 육체로 침대 위에 놓여 있었다. 평소 마른 몸이긴 했지만 이토록 한 줌 거리로 보이지는 않았었다. 그런데 언제나 올백으로 넘기던 머리가 약간 흐트러져 있고, 몸에서 겉도는 환자복이 시아버지를 낯설게 했다. 낯선 것은 또 있었는데, 시아버지의 사이드 테이블 위에 놓인 커다란 가그린 병이었다.

「야, 거울 가진 거 있냐?」

속이 헐거워진 헝겊 인형처럼 앉아 있던 시아버지가 바람 빠지는 소리로 물었다. 나는 핸드백에서 콤팩트를 꺼내 드렸다. 시아버지는 큰 손거울이 아닌 것을 알자 맘에 들지 않는다는 표정이었지만 더 무어라 하지 않고 콤팩트를 열어 거울을 들여다보았다. 그러고는 다른 한 손으로 머리를 쓱쓱 빗어 넘겼다. 그러나 머리는 평소처럼 차분하게 넘어가지 않았다.

「너 내일 선미년 보고 무스 좀 가져오라고 해라. 저승사자가 데려가기 딱 알맞게 생겼다.」

「손거울도 큰 걸로 가져오라고 할게요. 피곤하신데 주무세요. 내

일 이것저것 검사하려면 일찍 주무셔야 돼요.」

병실 시계는 밤 11시 35분을 가리키고 있었다.

「안다. 먹을 것도 제대로 주지 않더라. 젠장, 내가 병원을 싫어하는 이유가 바로 이거야. 도대체 내 말은 씨알도 먹히질 않아. 이깟 주사보다 사람이 이빨로 뭔가를 씹어 삼켜야 진짜 먹는 거지.」

시아버지는 침대 머리맡에 매달려 있는 링거액을 원망스럽게 바라보았다.

「주무시면 이런저런 생각도 들지 않으니까 편하게 주무세요. 내일 지나면 밥이야 주겠지요.」

「싫다. 침대가 불편해. 이렇게 주삿바늘 꽂고 자는 것도 싫고.」

그러나 불편한 시간이 아주 느리게 지나가면서 시아버지의 변명은 점점 이상하게 보이기 시작했다. 침대가 불편해서도 바늘 꽂고 자기가 싫어서도 아니란 생각이 불현듯 들었다. 나는 더 이상 주무시라는 말을 하지 않기로 했다. 시아버지는 막내딸인 선미네 이야기만 빼고 형제들 이야기며 손자들 이야기며 심지어 당신 젊었을 적 이야기까지 구시렁구시렁 끊임없이 주절거렸다. 그리고 빼놓지 않고 먹고 싶은 음식 이야기도 엄청나게 했다. 병실 시계는 벌써 새벽 1시가 훨씬 지나 있었다. 나는 시아버지가 무슨 말을 하는지 다 듣지 못하고 놓치기 일쑤였다. 이 시간이면 아직 영업할 시간이었는데도 시아버지의 반복되는 이야기와 병실의 공기가 내 눈꺼풀을 자꾸만 아래로 당겼다.

「현빈이 잘 있지?」

「네.」

아주 간단한 질문이거나 혹은 딸아이 이야기에서는 그나마 질문을 놓치지 않고 얼른 대답했다.

「아버님 그만 주무세요.」

「현빈이 고년이 아주 영특해. 그러니 아들이 아니어도 난 좋다. 아니지 아들보다 훨씬 좋지, 널 위해서. 난 민규 그놈이 그렇게 매몰찬 놈인 줄 몰랐다. 아마 상처가 깊었던 모양이야. 지금도 내가 그놈을 생각하면…… 잘 있기나 하는지……. 그놈은 너무 똑똑했지. 암 너무 넘치게 똑똑한 데다 심성까지 여려서, 그래서 그랬을 거야…….」

나는 깜빡 졸았다. 시아버지의 말소리가 웅웅거리는 울림으로만 들렸다.

「현빈이가 제 아버지에 대해서 더 이상 묻지는 않냐?」

나는 떨어지는 무거운 고개를 번쩍 들고는 「네」 하고 대답했다.

「그래, 더 커서도 묻지 않는 게 좋지. 할 말도 없고. 으이구 냉정한 놈. 한 번이라도 들를 줄 알았더니. 질긴 것이 핏줄에 대한 정인데, 어찌 그리 매정하누.」

「할아버지, 얘기 좀 그만 하세요.」

드디어 옆 침대에 누워 있던 여자가 짜증을 냈다. 환자인 아들이 뭐라 구시렁거리며 뒤척이는 소리가 난 뒤였다. 나는 속으로 참 다행이라고 생각했다. 내 고개는 자꾸 아래로 처지고 있었다. 병원의 공기는 날 지치게 했다. 시아버지의 웅웅거리는 말소리가 사라지자 급기야 나는 침대에 고개를 떨어뜨리며 엎드렸다. 설핏 시아버지가 침대에서 느리게 일어서는 걸 느꼈지만 참견하지 않았다.

「야, 네가 이것 좀 밀어 봐라.」

나는 화들짝 놀라 고개를 들었다. 그리고 반사적으로 벽에 걸린 시계를 봤다. 새벽 4시가 다가오고 있었다. 시아버지는 침대 모서리를 잡고 서 있었다. 모서리를 잡은 손은 힘줄이 돋을 정도로 안간힘을 쓰고 있고, 서 있는 다리는 부들부들 떨고 있었다. 얼굴에도 지치고 피로한 기색이 뚜렷했다. 너무 피곤하고 지쳤는지, 주름살 속 표정이 어둡게 굳어 있어 섬뜩한 느낌마저 들었다. 아마 시아버지는 침대를 붙잡고 내내 서 있었던 모양이었다.

「아버님, 눕기 싫으면 앉아 있기라도…….」

시아버지는 링거 걸이를 구석에서 끄집어냈다. 나는 무겁게 몸을 일으켰다. 불이 꺼진 병실은 어슴푸레한 외등 불빛 때문에 더욱 처참해 보였다. 모두들 지하 벙커에 몸을 부린 고단한 피난민들 같았다. 나는 발소리를 죽이며 링거 걸이를 밀고 복도로 나왔다.

「난 살고 싶다. 오늘 밤 잠이 들면 그대로 저승사자가 날 업어 갈 것 같아. 오늘 밤, 오늘 밤에 말이야. 이 밤을 무사히 넘기기만 하면 될 것 같단 말이야.」

시아버지는 조용한 복도에 나와 혼잣말인 듯 중얼거렸다. 나는 부들부들 떨면서 아슬아슬하게 한 발짝 앞서 가는 시아버지의 비스듬한 뒷모습을 보았다. 후들거리는 다리 때문에 뒤로 삐죽 내밀어진 마른 엉덩이와 앞으로 기운 등허리가 완강해 보였다. 조도가 낮은 누르스름한 복도 등이 시아버지의 옆얼굴에 묻어 있었다. 나는 시아버지가 가는 방향대로 묵묵히 따라갔다. 시아버지는 엘리베이터 앞의 좀 널찍한 공간에 놓인 긴 의자에 잠시 앉았다. 그러더니 이내 일어나 창 앞에 섰다. 밖이 어두운 창은 시아버지를 거울처럼 비추었다. 시아버지는 그 어두운 창에 뜬 자신을 보며 머리를 뒤로 쓸어 넘겼다.

「내 침대 옆에서 가그린 좀 가져와라. 입 안이 텁텁하니까 더 기운이 없고 가라앉는다. 세숫대야에 물도 조금 받아 오고.」

나는 천천히 복도를 따라 걸었다. 이제 잠에 대한 미련은 떨쳐 버린 터라 잠 생각은 없었다. 내가 가그린 병과 세숫대야를 들고 엘리베이터 앞 긴 의자로 돌아왔을 때도 시아버지는 여전히 어두운 창에 비친 자신의 모습을 골똘히 바라보며 서 있었다. 시아버지는 가그린 한 모금을 오래도록 입에 물고 오물거렸다. 목 깊숙이까지 가그린 액이 적셔지도록 몇 번이고 입을 벌리고 젖힌 고개를 흔들었다. 그때마다 떨리는 다리가 불안스러워 나는 일어서서 부축을 해야 하나 망설이느라 엉덩이를 들썩거렸다. 시아버지는 용케 쓰러지지 않았다. 그리고 몇 개 치과에서 새로 박아 넣은 이빨 사이사이까지 완전히 액을 적신 듯 시아버지는 재떨이에 푸른 액을 뱉어 냈다.

시아버지는 선 채로 창턱에 세숫대야를 놓고 손을 꼼지락거리며 씻었다. 그러곤 물 묻은 손으로 눈을 씻고 얼굴을 씻었다. 또 젖은 손으로 머리칼을 연신 쓸어 올려 흐트러진 머리를 기어이 단정하게 만들었다. 어두운 창에 반사된 자신의 모습을 뚫어지게 보던 시아버지가 그제야 안심이 된다는 표정으로 세숫대야를 물렀다.

「병원 한 바퀴 도실래요?」

나는 어차피 잠을 자지 않을 요량이면 움직이는 게 낫다고 생각했다.

「그럴 기운 있었으면 쓰러지지도 않았어. 여기 이렇게 서 있는 것도 벅차다.」

「그러면 한숨 주무시는 게 더 건강에 좋아요. 아버님, 지금 무리하시는 거예요.」

「글쎄, 내 몸은 내가 알아. 오늘 밤은 무슨 일이 있어도 뜬눈으로 넘길 거야.」

나는 긴 의자에 앉아 어두운 창 마주 보기를 되풀이하는 시아버지에게서, 현빈은 잘 있느냐는 질문을 서른 번도 더 들었다. 큰아들이 잘 다니던 대기업을 집어치우고 선거판에 뛰어든 게 걱정이라는 이야기와 셋째 아들이 잘나가는 건축사인 게 기분 좋다는 이야기를 마흔 번쯤 들었다. 퇴원하면 다금바리 한 마리로 아홉 가지 맛을 내는 횟집에서 소주 한잔 마시겠다는 이야기를 쉰 번도 더 들었다. 된장찌개와 매운탕이 아예 내 입속에서 맛이 느껴질 정도였고, 다금바리 한 마리가 저며진 채 아가미를 들썩이는 게 눈앞에 보일 지경이었다. 우리 집에서 파는 돈가스 맛이 썩 좋다는 소리도 마흔 번쯤 들었고, 그 소스에 대한 비법을 서른 번쯤 알려 드렸다. 그토록 많은 음식 이야기를 하고 나자 창밖은 천천히 푸르스름하게 깨어나고 있었다. 그래도 창 앞에 매달리듯 서 있는 시아버지의 마음속엔 첫닭이 울지 않은 모양이었다. 병원 복도가 사람들로 소란스러워진 다음에야 시아버지는 거의 쓰러질 듯한 몸짓으로 병실 침대를 향해 걸음을 떼어 놓았다.

나는 지금도 그때의 시아버지 모습을 선명하게 기억하고 있다. 그 기억은 단지 병원에서 밤을 꼴딱 새운 일 때문만은 아니다.

그렇게 병원에서 나흘을 보내고 퇴원한 지 며칠 된 날의 기억이 어쩌면 더 오롯이 남아, 그 앞의 일들이 함께 떠오르는 것인지도 모른다.

「얘, 둘째야.」

전화기 너머로 들려오는 시아버지의 목소리가 카랑카랑하니 기운이 넘쳤다. 병원에서 퇴원한 지 얼마 되지 않은 사람의 목소리라고는 믿기지 않을 정도였다.

「그렇잖아도 오늘쯤 찾아뵈려고 했는데요.」

「너 오려면 조금 일찍 오려무나. 올 때 꽃도 한 다발 사오고.」

「꽃이요? 무슨…….」

「아무거나 이쁜 것으로.」

「누구 축하드릴 일 있으세요?」

「아니. 니 시에미한테 줄 건데, 그래도 국화는 사오지 마라. 그건 좀 슬프잖니.」

「오늘이 무슨…….」

「무슨 날 아니야. 그냥 니 시에미한테 고맙다고 말하려고 그래. 글쎄, 니 시에미가 어젯밤 꿈에 나한테 와서는 세상 실컷 더 즐기다가 오라지 뭐냐. 아직 죽을 때가 되지 않았다는 게야. 나 지금 기분 참 좋다. 니 시에미 얼굴도 좋아 보이더라. 그러니 이쁜 놈으로 잘 만들어 오너라. 얼른.」

나는 얼마 전 침대 모서리를 잡고 후들거리는 다리로 서 있던 시아버지의 얼굴을 떠올렸다. 그러나 전화선에서 날아온 시아버지의 목소리는 소도 잡아 쓰러뜨릴 만큼 기운이 넘쳤다.

점심시간이 지나 찾아간 시아버지는 이미 말쑥한 양복 차림으로 마당에 내려와 있었다. 그러고는 내가 차를 제대로 세우기도 전에 튀어나왔다.

「세울 거 없다. 그냥 가자.」

나는 무스를 발라 단정하게 넘긴 시아버지의 윤기 나는 머리를 바라보았다. 붉은빛이 도는 넥타이와 미색 양복이 막 축제로 향하는 사람처럼 화사했다. 시아버지가 차에 몸을 다 부리기도 전에 무스 냄새와 향수 냄새가 먼저 쏟아져 들어왔다.

몇 해 전 시아버지는 여기저기 흩어져 있던 윗대와 시어머니의 묘를 오름 밑의 가파른 밭을 하나 사서 그곳으로 옮겼다. 그러면서 묘마다 산담을 따로 치지 않고 묘원 전체를 나지막한 돌담으로 둘러놓으니 그런대로 아늑한 가족 묘원이 되었다. 그때도 시아버지는 「난 이곳으로 되도록이면 늦게 늦게 오겠다」라며 농담처럼 말했다. 「원래 네 에미는 혼자 있는 걸 좋아했으니 내가 늦게 갈수록 좋아할 거야」라는 말도 빼놓지 않았다. 정말로 시어머니는 아직 더 혼자 지내고 싶은 모양이라고 나는 생각했다.

시아버지는 차에서 내리자마자 꽃다발을 품에 안고 성큼성큼 걸어가 안으로 질러 놓은 돌담 문의 빗장을 풀었다. 나는 자동차 트렁크에서 돗자리와 약간의 음식물과 술이 담긴 종이 가방을 꺼냈다. 시아버지는 활짝 핀 고사리 몇 개를 뽑아냈다. 그새 내가 사온 노란 장미 꽃다발은 무덤가에 얌전히 놓여 있었다. 인적이 많지 않은 목장지의 오름 아래라 바람 소리마저 죽어 있었다. 새소리도 들리지 않는 그 적요 속에 제법 자란 봉분의 풀들이 검푸르게 빛났다. 그 검푸른빛에 장미의 노란빛이 도드라져 보였다. 나는 제법 독기가 오른 초여름 햇빛 속에서 은박지 돗자리를 폈다. 햇빛이 은박지에 반사되어 내 눈 속으로 튀어 올랐다. 나는 눈을 찡그리며 가져간 딸기와 시어머니가 좋아했던 웨하스 한 봉지를 뜯어 놓았다. 그리고 소주병을 따서 조심스럽게 세웠다. 나는 돗자리에서 뿜어져 나오는 날카로운 빛을 그러안으며 두 번 절을 했다.

「너 먼저 차에 가 있거라.」

돌아서 나오는 내 등 뒤로 시원한 바람 한줄기가 스쳐 갔다. 그 바람결에 시아버지의 웅얼거리는 소리가 들렸다. 무슨 말을 하는지 정확히 들리지는 않았지만, 나는 시아버지의 말이 햇빛에 부서지고 있다는 생각을 얼핏 했다. 짧은 밭고랑을 지나 차가 서 있는 도로에 나와 보니 시아버지는 술을 무덤 주위에 뿌리고 있었다. 무덤을 손으로 쓰다듬느라 약간 굽은 시아버지의 미색 등허리가 눈부셨다. 붉은 넥타이는 내가 선 곳에서도 선명했다. 가족묘 너머로 멀리 유채 밭이 노랗게 아른거렸다. 이미 다른 곳의 유채는 야무진 씨를 달고 있는데, 때늦게 만발한 유채꽃이 화려했다. 형광의 노란 빛이 튀는 그 곁에 섰다가 얼굴을 만지면 노란 꽃 분말이 묻어날 듯한 빛의 산란이었다. 곱게 빨아 말린 흰 명주로 유채 밭을 덮어두면 노란빛 물이 들 것 같았다. 그런 빛이 묘원 너머 유채 밭에 푸지게 쏟아지고 있었다.

시아버지는 밤새 침대 모서리를 쥐고 서 있던 그 힘으로 당신의 결혼도 밀고 나갈 것이다. 그러나 시동생과 시누이는 이 결혼에 대해서 결코 관대하지 않았다. 게다가 민석의 강력한 반대는 만만찮은 걸림돌이 될 것이다. 시아버지의 결혼 상대가 아주버님의 풋사랑 누나여서만은 아니었다.

「저는 가족회의에서 결정한 사항을 따르겠습니다. 오늘은 다른 바쁜 일도 있고요.」

나는 민석이 소집한 가족회의에 참석하지 않겠노라고 정중하게 말했다.

「무슨 소립니까. 이건 회의에서 결정한 사항을 따르고 말고의 문제가 아니잖습니까. 결정은 이미 난 겁니다. 제수씨가 이렇게 나오시면 절대 안 됩니다. 누구보다 강력하게 말릴 수 있는 사람이 제수씨 말고 누가 있습니까. 제수씨는 자꾸 모양새 모양새 하는데, 모양새 생각하지 않는 사람은 바로 아버지라니까요. 꼭 오세요. 제수씨 오기 전에는 회의고 뭐고 하지 않을 생각입니다.」

「아버님이 혼자된 며느리 보기 쑥스러워서 재혼 안 하실 양반도 아니고요, 전 오늘 중요한 약속이 있습니다.」

「누가 재혼을 해요? 제수씨라면 모를까. 암튼 오늘 꼭 오세요.」

민석이 쥐었던 전화기는 거칠게 놓여졌다. 부아가 뚝뚝 묻어나는 그 소리가 귓전을 둔탁하게 울렸다. 그리고 이내 전화기 너머에서 뚜뚜 신호음이 들려왔다.

나의 아주버니 김민석은 똑똑하고 재기 발랄한 사람이었다. 적어도 불과 몇 년 전까지도 이런 내 생각은 변함없었다. 대기업 임원으로 승승장구하던 그는 1년에 딱 한 번인 벌초 날에도 제대로 내려올 수 없을 만큼 바쁜 사람이었다. 내게 전화하는 일 따위는 상상도 못할 일이었다. 마흔 살이 되도록 날렵한 턱 선과 예리한 눈빛은 그대로 펄펄 살아 있었다. 자신의 상품 가치를 높이기 위해 새벽마다 한강 둔치를 달리는 일도 거르지 않았다고 했다.

그러나 IMF의 바람은 40대에게 가장 처절했다. 그 거친 바람은 빅딜과 국가 신용도라는 거대한 이름을 앞세워 무차별적으로 불어닥쳤다. 전체주의 국가에서만 개인이 무시되지 않는다는 걸 혹독하게 깨닫게 해주는 경제적·국제적 바람이었다.

떠났던 자리로 돌아온 김민석은 빅딜에 깔린 자의 고통을 곱씹었다. 그 고통에 대한 기억 때문이었을까. 그는 서둘렀고, 그리고 실패했다. 그의 전성기는 이곳 고향이 아닌 서울에서의 일이었으므로 고향 사람들은 그에게 단 몇 표를 던져 주는 것에도 인색했다. 아무리 지방이어도 선거는 치열한 사전 정치 작업이 있어야 한다는 걸 그는 자신의 재능만 믿고 무시했던 것이다. 그러나 똑똑한 그는 쓴잔의 의미를 허투루 넘기지 않았다. 민석은 GD 유통 대표라는 공식 명칭 이외에도 마을 청년회, 동창회, 각종 운동 협회의 직함들을 닥치는 대로 꿰찼다. 그런 직함들이 늘어나는 것과 비례해서 그의 재기 발랄함엔 기름기가 돌기 시작했다.

팽팽함이 사라지기 시작한 몸매는 더 이상 풋풋했던 첫사랑에 대한 아림을 기억하지 않을 것이다. 그래서 시아버지와 결혼할 여자가 자신이 어린 날 설렘으로 골목에서 마주쳤던 누나라는 걸 알았을 때도, 하필 그 누나냐는 놀라움보다는 자신과의 나이 차이가 겨우 세 살에 불과한 50대 중반이라는 사실에 더 충격인 눈치였다. 여자의 남은 인생과 아버지의 여생을 줄자로 재보면 아버지와 살 세월보다 자신이 새어머니로 모셔야 할 시간이 더 길다며 고개를 절레절레 저었다.

「모르긴 해도 나보다 더 오래 살걸? 그쪽에 자식이 있다면 또 몰라. 돌려보낼 데도 없는데. 자기 말년을 남의 인생에 무임승차하겠다는 꼴이잖아, 아주 생판 모르는 사이도 아니고. 이 좁은 바닥에서 사람들 입방아는 어쩌고.」

시아버지와 김민석은 나이 들면서 더욱 닮아 갔다. 더구나 우열을 가리기 힘들 만큼 질긴 고집이야말로 마치 거울 앞에 세운 듯 똑같았다.

그러므로 민석은 아버지의 측은한 짐 덩어리인 나를 내세우고 싶은 것이다. 애지중지하는 고명딸 선미에게도 자신의 집에 기거하게 하는 온정 이외에는 베풀지 않았지만, 내게는 해안가 당신의 땅에 건물을 지어 레스토랑을 차려 주기까지 했던 것이다. 나에 대한 이런 측은함은 정치인의 길을 가고자 하는 민석이 놓칠 수 없는 시아버지의 허점인 것이다.

민석과 통화를 끝낸 나는 물끄러미 바다를 바라보았다. 바람이 제법 일고 있었다. 너울이 수만 마리 돌고래처럼 푸른 등허리로 헤엄쳐 달려왔다. 그 푸른 너울 마루마다 햇살이 부서지고 있었다. 나는 눈을 가느다랗게 뜨고 돌고래의 힘찬 유영을 지켜보았다. 먼 바다를 돌아 내게로 돌진해 오는 힘찬 몸짓은 바닷가에 채 당도하기도 전에 부서졌다.

그것들의 몸짓은 언제나 허무했다……고 믿어졌다. 하지만 그 허무한 몸짓들은 시간과 더불어 해안선을 둥글게 만들고, 화산 가스로 돌출된 모서리들을 깎고 다듬었다. 무위였으나 무위가 아닌 그것들의 힘은 세월을 견디는 것이었으리라.

내 안에 똬리를 튼 털갈이하는 짐승이 뒤척이는 소리가 서걱서걱 들려왔다.

얼마 전까지만 해도 그 너머 능선은 욕망마저 잠재운 고요한 짐승이었다. 해 질 녘 한라산을 관통하는 도로를 달리면, 잎을 다 떨어뜨린 나무줄기 사이로 보이는 능선은 육중하게 엎드린 한 마리 짐승이었다. 왁자지껄 피어났던 꽃들과 노루의 힘찬 발길질과 배암의 부드러운 애무를 제 몸 안에 고요히 품고, 검은 실루엣으로 누운 아린 짐승.

문득 아침나절 차를 몰고 그 짐승이 누워 있는 골짜기로 달려가려다가 차를 돌린 일이 떠올랐다. 잘 돌린 것이다. 때때로 산의 능선이 치명적인 독으로 내 안에 걸어 들어올 때가 있다. 겁쟁이로 살아가는 것도 편안한 삶을 위한 방편이다. 차를 돌린 것은 내 안에 본능처럼 똬리를 튼 두려움 때문이었을 것이다. 가끔 수만의 눈부신 고래가 달려와 내게 살처럼 꽂히는 날이 있다. 그런 날 나는 바다를 바라보지 않으려고 안간힘을 쓴다. 때로는 어둠이 고래를 삼킬 때까지 가게를 비우기도 했다. 나이가 들면서 질긴 중년 여자로서의 면모를 유감없이 과시할 때가 많지만, 복병처럼 엎디어 있던 열대여섯 계집애보다 더 여린 속살들에 놀랄 때도 있었다. 그런 날이면 난 시내의 대형 마트에 들르는 걸 좋아했다. 거기에서 색색의 화려한 파프리카를 보았다. 그 순진무구한 형형색색의 파프리카를 보면 계집아이처럼 들떴다.

난 시아버지의 결혼을 통념의 갈피에 가려진 그 무엇이라고 이해하고 있는지도 모르겠다. 그러므로 나잇살 운운하던 김민석의 분노는 나를 설득시키지 못했다. 그렇다고 시아버지의 결혼을 환영한 것은 아니다.

난 고양이 눈을 한 그 여자를 모르지 않는다. 그 여자는 내 가게에도 왔었다. 당당한 걸음걸이와 쪽 뻗은 허리선을 가진 여자는 어딘지 경계를 늦추지 않는 조심성이 엿보였다. 당당한 여자의 태도에는 짐짓 가식적인 거만함이 느껴졌다. 지금 생각해 보면 여자는 시어머니가 될 사람으로서의 위엄을 잃고 싶지 않았던 것이다. 그래서 여자의 거만함은 조잡하고 서툴렀다.

가족회의는 민석의 출마 결심 이후에 만들어진 말이었다. 딱히 가족회의란 명칭을 쓸 일도 없었다. 명절이나 잔치처럼 자연스러운 모임으로 충분했었다. 심지어 남편의 실종 때도 없었던 말이었다. 그럼에도 민석은 가족회의란 말을 스스럼없이 만들어 냈다. '불참 절대 불허'는 회의 주관자인 민석이 박은 쐐기였다.

민석이 박은 쐐기로 종일 불편했던 나는 저녁이 되면서 약간의 조바심이 일었다. 오늘이 아니면 내일, 또 모레로 이어질 그의 집착을 알기에 회피만이 능사가 아니라는 걸 알았지만 난 끝내 핸들을 구엄리로 꺾고 말았다.

마을은 옅은 수면에 빠진 할머니처럼 허름한 얼굴로 엎디어 있었다. 어느 집에선가 푸른빛의 텔레비전 소리가 나오고, 가끔 생각난 듯 개가 컹컹 짖어 대기도 했지만, 대체로 고요했다. 막 달려온 짐승처럼 가르랑거리는 차에서 내리자 훅, 하고 고사리 비린내가 날아왔다. 누군가 저녁 무렵에 고사리를 삶아 처마 밑이나 평상에 널어놓은 모양이었다. 이제 고사리 철은 막바지에 이르렀다. 한때 나도 가게에 늦게 나가면서까지 고사리를 꺾으러 다닌 적이 있었다. 이른 아침 오름이나 나지막한 목장의 덤불숲에 가면, 검고 통통한 그것은 여명 속에서 이슬에 젖은 솜털을 말리곤 했다. 반짝이며 기도하듯 서 있는 그것을 보면 손이 냉큼 달려가곤 했다. 하지만 크고 좋은 것일수록 가시덤불 속에 숨어 있기 마련이고, 때때로 그 숲엔 아직 잠에서 덜 깬 뱀이 똬리를 틀고 있기도 했다.

나는 이제 더 이상 고사리를 꺾지 않는다. 고사리의 충동질, 길이든 시간이든 날씨든 묻지 않고 고개를 땅에 처박고 더 좋은 것을 자꾸 꺾고 싶게 만드는 그 충동질의 강력함에 은근히 겁이 났던 것이다. 자루를 그득 채우고 싶은 욕망은 기이할 정도였다. 그 욕망은 겨우내 야위었던 볕이 조금씩 포실해질 무렵이면 벌써 오름이나 목장지로 고개가 절로 돌아가게 만들었다. 그래서 그만두었다. 별것 아닌 것이 막강한 욕망으로 부풀려지는 것이 두려웠다. 그렇다고 그 욕망을 다 잊은 것은 아니다. 독사가 똬리를 틀고 숨어 있다 해도, 종아리에 축축하게 감겨드는 풀숲을 헤매고 싶은 욕망에 휩싸일 때가 있다. 고사리 비린내는 잊은 듯했던 그 욕망을 희미하게 일깨웠다.

희미한 달빛만 기웃거릴 뿐, 집은 홀로 무겁게 서 있었다. 집은 갈수록 빛을 잃어 가고 있었다. 사람 냄새가 점점 옅어지면서 먼지와 바람 냄새만 점점 더 짙어져 갔다. 집은 사막이 되어 가고 있었다. 들어서자마자 창문들을 열어 환기를 시켰다. 오랫동안 갇혀 있던 공기가 서둘러 빠져나갔다. 집엔 사람의 체취보다 가구들의 체취가 더 많이 고여 있었다. 그러나 아주 오래된 가구들과 전자 제품들은 집 고유의 냄새와 분간할 수 없었다. 30년이 넘은 서랍장과 살이 트기 시작한 10여 년쯤 된 가죽 소파 두 개, 10년 동안 배불리 먹다가 이제는 빈 장롱 신세가 돼 버린 냉장고와 먼지 긴 텔레비전, 그리고 잊혀진 지 오래된 책들.

집은 사막처럼 먼지와 바람 냄새에 점령당했으면서도 친정어머니의 체취는 여전히 버리지 못하고 있었다. 인간의 체취가 사라진 오래된 집 냄새 사이에 미미하게 떠도는 푸석한 짠 내.

엄마는 그냥 그런 거라고 생각했다. 물에 들어갔다가도 입던 잠수복 던져 놓고 밭으로 달려가는 것이 엄마라고 생각했다. 세 식구 밥이 담긴 양푼에 헛손질만 하다가 자식들이 숟가락을 놓으면, 양푼 가장자리에 눌어붙은 밥알까지 청소하듯 먹어 치우는 게 엄마라고 생각했다. 학교에서 필요한 돈을 달라고 하면, 자식이라고 있

는 게 돈 달라는 말 외에는 할 줄 모른다고 악을 써대거나, 한숨을
쉬거나, 혹은 없으니까 그냥 견디라고 푸념하는 것을 너무나 쉽게
그리고 뻔뻔하게 할 줄 아는 사람이 엄마라고 생각했다. 그리고 엄
마는 그저 엄마일 뿐이라고 생각했다. 서른 중반에 바다에 남편을
버리고 홀로 물질하면서 사는 여자가 아니라, 딸 둘에게 부지런히
먹잇감을 날라야 하는 것, 우리 자매가 남의 집 아버지를 부러워하
는 건 당연해도 남의 집 남정네 따위엔 눈도 돌리지 않는 것, 어쩌
다 시내에 갈 일이 있어도 감물 들인 무명옷에 고무신짝 찍찍 끌고
나서는 것, 밥만 배불리 먹으면 행복해하는 것, 똥 싸고 오줌 싸고
가끔 눈물 찔끔거리는 것 이외에 어떤 원초적 욕구도 없는 것, 수
챗구멍이 막히면 당연히 손가락을 집어넣어 오물들을 끄집어내는
것, 딸들이 먹다 남긴 것이나 쉰 음식도 아깝다며 물에 헹궈 먹는
것, 이 모든 것을 아무런 감정 없이 다 해치워야 하는 것이 바로 엄
마라고 생각했다.

　내가 엄마도 여자일 수 있다는 생각을 하기 시작했을 때 이미 엄
마는 폐경기를 지나고 남성도 여성도 아닌 그저 고단한 인간의 삶
을 살고 있었다. 엄마의 여성은 너무 오랫동안 방치해 두어서 폐허
가 된 다음이었다.

「숨이 붙어 있으니까 살았지, 넌 재미로 사냐? 너무 재미 좋으면
　가자미 사촌 되기 십상이지.」

　내가 엄마는 무슨 재미로 살았느냐는 말에 별 뚱딴지같은 걸 묻

는다는 표정이었다.

그런 때문이었을 것이다. 언젠가 시아버지를 만나러 당구장에 갔다가 아찔한 현기증으로 기우뚱한 적이 있었다. 시아버지가 나를 불러낸 곳이 당구장이란 것도 생뚱맞았는데, 그곳에서 시아버지와 함께 당구를 치던 노인네들이 내 눈에는 아주 낯선 문화 코드로 보였다. 할아버지랄 수도 없는, 할머니랄 수도 없는 한 무리의 나이 든 남자와 여자가 큐로 내 머리를 내리쳤다. 나이 든 여자들이 공을 치려고 엎드릴 때마다 갈색 머리칼 밑에서 귀걸이가 반짝거리며 드러났고, 매니큐어를 칠한 손톱과 내민 엉덩이는 충분히 요염했다. 그런 엉덩이를 쓰다듬는 나이 든 남자들의 눈은 여전히 늙지 않았으며, 하이파이브 하는 손들에선 정염이 불꽃처럼 튀었다. 그들은 여태껏 누군가의 아버지이거나 엄마였던 적이 없는 얼굴들이었다. 비 오는 날 누추한 처마 같은 엄마라니, '에이 여보슈!' 하는 표정들이었다.

짠 바닷물에 몸을 절였다가 마늘 밭에 쏟아지는 햇볕에 널려지길 반복해서 급기야 장아찌처럼 쭈글쭈글해진 얼굴로 일생을 살다 간 친정엄마가 목울대를 눌렀다.

친정엄마는 내 목구멍 어딘가에 느닷없이 걸려 있곤 한다. 마흔이 지나면서는 부쩍 더 그랬다. 그때 엄마의 죽음은 정말 불가피한 것이었나 하는 의문과 함께. 사람들은 운명이 시킨 짓이라고, 죽을 자리가 그곳이라서 그랬다고 편하게 말했다. 하지만 몇 년 물에 들지 않다가 느닷없이 물에 들어갔다고 해도, 그곳은 물숨이 막힐 만큼 깊은 곳은 아니었다. 예전의 해녀들처럼 러시아나 일본이나 혹은 가까운 부산이나 전라도로 원정을 가던 때도 아니었다. 자식들이 주렁주렁 매달려 등록금이니 책값이니 하며 달라던 때도 아니었다. 큰딸은 오래전에 시집을 가서 서울에서 자리를 잡았고, 걱정이던 나도 그럭저럭 살고 있었다. 더구나 시아버지가 내준 가게로 한창 분주하던 때였다. 현빈을 맡아 키우느라고 물질을 하지 않던 엄마가 느닷없이 물속에 들어간 그 일은 정말이지 알 수 없었다.

그 무렵 엄마의 밭엔 잡초가 많아지고 있었다. 엄마의 악다구니는 삼동네가 떠르르할 정도로 유명 짜한 것이었다. 청상으로 애들 키우려니 저러지 하고 넘어가다가도, 근을 달던 장사꾼이나 다른 해녀들이 급기야 목청을 높이거나 머리끄덩이를 잡게 만드는 그런 억척이었다. 그런 엄마가 해녀의 직업병인 만성 두통과 아주 가끔씩 추운 날 손이 마비되는 정도의 걱정 때문에 자멸할 리도 없었다. 그런데도 장사를 마치고 집에 와보면 엄마의 눈에 전에 없던 쓸쓸함이 고여 있곤 했다. 이불도 없이 맨바닥에 모로 누워 구부린 등에 눅눅한 서러움이 배어 있곤 했다.

요즘에야 나는 그때의 엄마 나이가 바로 고양이 눈빛을 한 여자와 비슷한 무렵이었다는 생각에 맥이 빠지곤 했다. 지금 시아버지가 목매고 사랑하는 여자의 나이. 누군가의 사랑하는 여자가 될 수도 있는 나이. 나이야 초침처럼 달려가도 감정은 고장 난 시침처럼

요지부동이거나 풍화 작용처럼 아주 미세한 것이라는, 몸과 마음
이 서로 다른 박자로 움직인다는 평범한 사실을 몸으로 깨닫는, 바
로 이 나이 언저리였다는 생각에 쓸쓸해지곤 했다. 밥과 딸들의 등
록금이 친정엄마의 등을 후려쳐 바다로 내몰았을까. 친정엄마의
악다구니는 다만 밥과 등록금만을 위함이었을까.

전화벨이 울렸다. '불참 절대 불허'인 가족회의를 소집한 민석일
것이다. 나는 전화를 받지 않았다. 지금쯤 선미나 혹은 조카가 레
스토랑으로 달려가고 있을 것이다.

이제 민석에게 나는 진짜 가족이다. 그전까지, 그러니까 그가 잘
나가는 대기업의 임원이던 시절에 나는 그저 객식구였다. 동생이
버리고 떠난 여자였다. 그럼에도 떠나지 못하고 시아버지 곁에서
가족처럼 어영부영 목숨 부지하고 있는 미련퉁이였다. 대를 이을
종손도 아니고, 겨우 딸 하나 거느리고 김씨 집안의 며느리로 눌러
앉으려는 구린 속셈의 여자였다. 남편이 도망갔을 적에는 다 그만
한 이유가 있을 터인데, 뻔뻔하게 눌러앉은 여자였다. 그래서 1년에
한두 차례 바쁜 시간을 쪼개 집에 내려오는 민석이 늘 어려웠다. 그
는 날 제대로 쳐다보지도 않았으며 심지어 인사를 하는 현빈조차
제대로 안아 준 적이 없었다. 제수인 듯, 동생 선미의 친구인 듯, 번
거로운 존재였다.

그러나 선거를 거치면서, 내 알량한 인맥도 변수가 됨을 알았고,
'옴파로스'를 거점으로 선거 운동하기도 좋았다. 무엇보다 시아버

지의 편애는 나름의 이유가 있을 것이라는 의구심에 마음이 쓰이기 시작했던 것이다.

민석은 구두쇠인 시아버지가 내게 레스토랑을 차려 주었다는 사실을 믿을 수 없었다. 고명딸인 선미야말로 시아버지의 사랑이었다. 그런 선미가 경제적으로 고통받고 있음에도 나 몰라라 내버려 두면서, 내게 이렇게 큰 선심을 베풀었다는 사실은 우리 가족 최대의 미스터리였다.

선미에게서 한 번, 시동생에게서 또 한 번, 그런 뒤 내 핸드폰은 더 이상 울리지 않았다. 난 오랫동안 비워 둔 냉골 바닥에 친정엄마처럼 모로 누웠다. 모로 누운 내 위로 다시 오래된 집 냄새가 쌓이고, 어둠이 쌓이고, 침묵이 쌓였다. 간간이 구엄리 돌소금밭 옆구리로 달려드는 파도 소리가 내 귓바퀴에서 부서졌다.

난 K에게 전화를 걸었다. 전화선을 타고 오는 K의 목소리가 달콤했다. 냉골을 박차고, 그에게 달려가고 싶었지만 그는 아직 일이 끝나지 않았다고 했다. 나지막한 K의 음성에서 향내가 느껴졌다. 난 눈을 감고 그 향내를 맡았다. 단단한 그의 등허리가 잡힐 듯 어른거렸다.

2

「사장님, 뭘 그렇게 골똘히 생각하세요?」

헬멧을 손에 든 나무가 소리 없이 들어왔다. 넋 놓고 서 있던 내가 깜짝 놀라자 나무는 히죽 웃었다. 그에게서 파삭하게 구워진 늦은 봄 햇살 냄새가 났다. 오토바이를 타고 오는 나무에게선 늘 바람 냄새가 났다. 그 바람은 계절별로 날씨별로 달라지며 나무 곁을 떠나지 않았다. 때로 그 바람은 비 냄새를 머금고 있거나 흩날리는 진눈깨비 냄새거나 혹은 여자 아이의 솜털 냄새거나 했다.

「시간이 좀 애매해서 여기서 한바탕 달리려고요.」

나무는 주방 쪽으로 들어갔다. 긴 소파 하나가 있어 때로 주방장이 한숨 돌리면서 쉬기도 하는 창고로 가는 것이다. 나무는 가끔 이쪽 해안 도로를 달리곤 했다.

불쑥 내 시야 안으로 나무가 들어섰다. 어느새 운동복으로 갈아

입은 나무가 해안 도로가에서 몸을 풀고 있었다. 바람에 잘 말려진 포실한 햇살이 나무의 장딴지와 탄탄한 어깨 근육을 핥았다. 몸을 비틀고 구부리며 준비 운동을 하는 나무에게서 생명력이 물방울처럼 튀어 올랐다. 고등어 등처럼 푸른 바다가 나무의 어깨 너머에서 퍼덕거렸다. 바다에 비스듬히 누운 햇살의 눈부심에 잠시 현기증이 일었다.

「뭘 그렇게 봐.」

선미였다.

나무가 길 끝으로 달려가고 바다는 비었다. 빈 바다에서 시선을 거두며 선미를 바라보았다. 고단함이 기미처럼 낀 선미가 비죽 웃으며 맞은편 자리에 앉았다.

「피곤해 보인다. 뭐 좀 먹어.」

「걱정 마. 주방부터 들렀다 오는 중이니까. 하여튼 잘도 피해.」

선미가 눈을 흘기며 웃었다. 지난번 가족회의 이야기다. 그러나 난 묻지 않았다.

「이럴 때 보면 며느리는 어쩔 수 없이 남이라니까.」

「어디 갔다 오는데? 좀 지쳐 보인다.」

「병원에.」

「어디 아파?」

「폐경 증후군이래. 그것도 상식이라는데, 얼굴이 화끈거려서 혼났네.」

「무슨, 벌써?」

「엄마가 자궁암이었잖아. 겁이 나서 갔는데……. 아니라니 다행
인데, 돌아서 나오는데 어찌나 씁쓸한지.」

예원이 맥주를 가져왔다. 맥주를 놓던 예원의 시선이 창밖으로
미끄러져서 쟁반에 놓여 있던 맥주 컵이 위태롭게 기울었다가 얼
른 예원의 손에 잡혔다. 난 보지 않고도 창밖으로 사라졌던 나무가
되돌아왔다는 것을 알 수 있었다. 그리고 그는 다시 예원의 시야
밖으로 사라질 것이다. 그의 탄탄한 종아리는 어두워질 때까지 달
려야 멈출 것이다.

「어차피 애 낳을 것도 아닌데 편하게 됐네. 다달이 지겨울 때도
됐잖아.」

선미의 잔에 맥주를 따라 주었다. 예전 같으면 내 말이 끝나기도
전에, 네 일 아니라고 쉽게 말하지 말라며 면박을 주었을 텐데, 선
미는 잔에 맥주가 그득 차도록 얌전히 앉아 있었다.

「보통 쉰 정도는 돼야 온다는데, 난 빠른 편이지 뭐야. 사춘기 때
부터 하도 귀찮아하고 미워했더니 애도 그걸 알고 알아서 앞당
겨 사라져 주겠다고 선언하는 거 봐. 사람이고 짐승이고 미워하
는 거에는 다들 민감하다니까. 우리 엄만 이 달거리를 손님이라
고 말했었는데, 왔던 손님 떠나겠다는데, 더구나 징글징글했던
손님인데, 막상 간다니 황당한 이 마음은 뭔지 모르겠다.」

「그래, 의외로 상실감이 크다더라. 하지만 요즘에는 폐경이 아니

라 완경이라고 한다잖아. 이제 인생의 한 막이 완성되고 새로운 게 시작된다는 의미로 받아들여.」

문득 내 안에 털갈이하는 짐승이 서걱거리며 뒤척였다. 자궁보다 먼저 마른 곳에 자리를 틀고 앉은 놈이었다.

내가 처음 생리를 시작했을 때, 엄마는 심사가 뒤틀린 표정으로 나를 바라보았었다.

「너도 여자라고 기어이 시작하냐. 서방 복 없는 년, 자식 복 없는 줄 진작에 알았다만 아무짝에도 쓸데없는 딸년들이 돈 쓸 구멍만 자꾸 만들지.」

며칠씩 투덜거리고 징징거려서 로션 값을 챙겨 간 언니 때문에 딸만 낳은 신세를 한탄했었는데 내 생리가 기어이 엄마의 부아를 질렀다.

「남들처럼 쓰고 버리는 후리덤을 사주지도 못하면서 뭘?」

그렇잖아도 첫 생리의 불안감으로 기분이 편치 않던 나도 만만치 않았다. 언니는 한 달에 한 번씩 엄마의 화를 돋우었다. 그 비싼 후리덤을 사달라고 징징거리는 것도 모자라서 방 안 구석진 곳마다 빨지 않고 꼭꼭 숨겨 둔 것을 들키곤 했던 것이다.

「이년아 총각들 사는 집에서만 군내 나는 줄 알아? 이렇게 구석에 처박아 놓으니까 기집애들 사는 방에서 더 쿵쿵하게 썩은 내가 나는 거야, 썩을 년. 뭐 자랑이라고 빨리빨리 빨아 버리지 않고 처박아 놔.」

딸들의 생리는 물론 자신의 것도 지긋지긋한 천덕꾸러기로 여겼던 엄마는 남들보다 늦게 폐경기를 맞았으며, 그것 또한 복 없는 년의 운명이라고 생각했다. 철들고 짧은 여성의 시기를 지나 평생 누군가의 엄마로만 살아온 사람에게 생리는 매직(magic)이 아니었다.

「인생의 2막이고 3막이고, 고상하게 말하지 마. 엎어치나 메치나 늙어 가는 거니까. 폐경 이후로 골다공증 조심하라지만, 돌아오는데 벌써 마음에 구멍이 숭숭 뚫려서 칼바람 소리가 들리더라.」

「아버지 봐라. 일흔이어도 로맨스가 있으니까 젊잖아. 지레 겁먹지 마.」

「아버진 로맨스가 아니고 주책이지. 오빠 말처럼 진짜 로맨스 가이라면 그냥 즐기면 되지 결혼은……. 주책바가지야. 하긴 그 여자 꼬임에 넘어간 거지 뭐. 그 나이에 여관 몇 번 들락거렸다고 요조숙녀처럼 흑흑거리면서 아버지 팔 잡고 늘어졌을 거야. 교활한 년 같으니라고. 왜 작년 아버지 생신 때, 우리한테 전화로 사발통문 돌려서, 생일 선물 필요 없으니까 아버지 통장에 돈이나 넣으라고 할 때부터 알아봤다니까. 가족들 모두 모여서 밥 한 끼 해 먹으면 족했던 아버지가 어떻게 느닷없이 그런 영악한 생각을 할 수 있느냐고.」

선미는 다시 맥주를 벌컥벌컥 마셨다.

「그 돈으로 둘이서 오붓하게 육지 여행을 갔다 온 것만 봐도 알

조잖아. 우리 아버지가 흥도 많고 노는 거 좋아하지만 그런 생각까진 어림없지. 솔직히 엄마 돌아가시고 여자 친구 한둘 사귀었나? 그래도 생신은 꼬박꼬박 우리들 상 받는 게 최고였잖아. 하여튼 샌님 늦바람에 여우 만나서 패가망신한다는 이야기는 들었어도…….」

「그러니까 걱정 마. 아버지는 샌님도 아니고 패가망신도 당하지 않을 거니까.」

「우리 아버지 같은 사람을 호린 여자니까 더 무서운 거야.」

선미는 확신에 찬 어조로 입까지 실룩이며 말을 했다. 나는 밖으로 눈을 돌렸다. 서쪽 하늘에 잿빛 구름이 잔뜩 몰려와 있었다. 누군가 등을 켰다. 그 불빛 때문에 유리창에 레스토랑 실내가 떠올랐다. 난 재빨리 레스토랑 안을 살폈다. 때로 이 유리창에 뜬 실내 풍경이 레스토랑의 분위기를 더 잘 볼 수 있게 해주기도 했다. 말하자면, 익숙함 때문에 보지 못했던 것을 객관적인 눈으로 보게 해주는 셈이었다. 또 그 반대이기도 했다. 하루 종일 맴도는 삶의 공간을 꿈처럼 몽롱하게 보여 주기도 했다. 어쨌든 유리에 반사된 채 허공에 뜬 '옴파로스'는 옴파로스이면서 아닌, 매직이었다.

「아버지 친구 중에 왜 제일 멋쟁이 아저씨 있잖아. 생기기도 영화배우 뺨치게 생겨서 늙도록 여자가 안 떨어졌던 아저씨 말이야.」

「아, 양식은 떨어져도 여자는 안 떨어졌다고 허풍 치던 그 카사노바?」

「근데 똑같은 바람둥인데, 남자는 카사노바고 여자한텐 걸레라고 하더라. 어쨌든 그 아저씨 풍으로 누웠잖아.」
「결국 양식보단 여자가 먼저 떨어졌네.」
「마나님이 버려두나 봐. 자식들도 어쩔 수 없고. 걸레처럼 골방에 쑤셔 박아 놨다고 하더라. 아버지가 그 아저씨 병문안 갔다 오고 나서 한동안 밥을 잘 못 드셨잖아.」
「그래도 자주 가보셔야겠네. 지난번 아버님 누워 계실 때 다방 아가씨 끌고 온 사람이 그 사람 아냐?」
「마나님이 친구들 오는 것도 싫어한대. 같은 종자들이라고. 왜 아니겠어. 평생 남편의 여자들을 뒤치다꺼리했으니. 아무리 그래도 미운 정이라고, 40년 넘게 산 정인데 그런다니까 좀 기분이 묘하더라. 그런데 그 여자 말이야, 그 여자가 우리 아버지 쓰러지면 어떻게 하겠느냐고. 오래 묵은 정도 아니고, 단물만 쏙 빼먹고 도망갈 거 아니냐고. 너도 그 여자 봤지? 절대 지고지순형 아니잖아. 영악하게 생긴 여자가 왜 나이 많은 우리 아버지를 붙잡았을까, 의심을 안 하게 생겼느냐고.」
「그나저나 그 영감님 안됐다.」
난 애써 시아버지의 결혼 문제를 피했다.
「그러게 말이야, 참. 어떻게 나이 먹을 건지도 생각해 봐야 한다니까. 사람 목숨도 쌈박하게 끊어지는 것이 복인데 말이야. 부고장 서너 번씩 돌리게 만드는 것처럼 민망한 일이 또 있을라고.

죽었다고 연락하고 돌아서면 가르랑거리고, 드디어 뒈졌다고 웃으면 또 가르랑거리고……. 지독한 가뭄에 농작물들은 다 타들어 갔는데, 찔끔 비에 잡초가 허리를 펴고 배시시 웃으면서, 하이고 뒈지는 줄 알았네 하듯이, 그럴까 봐 겁나더라.」

「맘대로 되는 일이어야지. 천천히 마셔. 난 일어선다.」

「걱정 마. 오늘 여기서 잘 거야. 참, 잊기 전에 말하는데, 다음번 회의 때는 꼭 나와라. 오빠 눈에 핏발 서더라. 이렇게 말하면 알지?」

내가 선미를 부러워하는 게 있다면, 내가 있다는 것이다. 나는 선미에게 피난처이자 공개된 은신처다. 혼자 사는 올케이자 친구인 나는 교회의 뒷문이다. 경첩이 성치 않은 내 뒷문은 오늘 밤 내내 닫히지 못할 것이다. 혼자 술을 마시는 선미의 구부정한 어깨에 느닷없는 폐경을 맞이할 쓸쓸함이 고여 있었다.

나는 밖으로 나왔다. 선미의 시선에 걸리지 않기 위해 건물 옆의 주차장으로 나갔다. 잠시 큰 숨 한 번 쉬고 싶었다. 폐경을 앞두었다는 친구의 쓸쓸함과 등을 구부리고 털을 바짝 세운 고양이 같던 여자 생각에서 벗어나고 싶었다. 또 눈에 핏발이 서더라는 민석을 생각하고 싶지도 않았다.

「사장님, 잠깐만요.」

달리기를 마치고 막 들어오던 나무가 내 손을 잡았다. 더운 열기가 팔뚝을 타고 심장으로 곧장 달려 들어갔다. 나무는 내 손을 잡고 서너 발자국 옆으로 옮겨서는 손가락으로 바다를 가리켰다. 수평선이 실처럼 붉게 물들어 있었다. 바다도 하늘도 어두워 잿빛인데, 붉은 띠가 선명했다. 내가 아, 하고 바라보는 사이 바다는 벌써 그것을 삼키고 말았다. 거짓말처럼 삽시간이었다. 그리고 바닷바람을 가르며 달린 나무에게서 짭조름한 땀 내음이 풍겨 왔다. 난 나무를 보았다. 나무가 씩 웃으며 주방으로 난 문으로 뚜벅뚜벅 걸어갔다. 둥근 해안선을 따라 사람 사는 집들의 등불이 꽃처럼 피어났다.

선미의 굽은 어깨는 그새 더 굽어 있었다. 테이블에 놓인 맥주병은 더 늘어나지 않았다. 숭숭 뚫렸다던 자신의 마음 구멍 속에서 들려오는 소리에 귀를 기울이고 있는 모양이었다. 기울어진 선미의 어깨를 나무의 노랫소리가 느리게 타고 넘었다. 예원에게 쪽지를 주더니 선미가 나무에게 주문한 노래일 것이다. 산울림의 〈청춘〉이었다. 선미는 산울림의 〈청춘〉을 좋아했고, 난 이은하의 〈청춘〉을 좋아했다. 하지만 나무는 이은하의 〈청춘〉을 부르지 못했다.

그사이 옷을 갈아입고 씻은 나무는 거리에서 농구를 하다 달려온 소년처럼 발그레한 얼굴로 〈청춘〉을 노래했다. 해안가를 달리던 말처럼 탄탄한 종아리는 긴 바지에 감추어졌고, 바닷바람으로 부풀었던 가슴은 통기타로 가려져 있었다. 그리고 먼 내 자리에서도 다이얼 비누 냄새처럼 소박한 냄새를 맡을 수 있었다.

문득 어느 불문학자가 쓴 책에서 본 말이 떠올랐다. '개와 늑대의 시간'. 프랑스 사람들은 땅거미가 내릴 무렵을 이렇게 부른다고 했다. 집에서 기르는 친숙한 가축이 문득 어두운 숲에서 내려오는 야생의 짐승처럼 낯설어 보이는 섬뜩한 시간을 그리 말한다고 했다.

마흔을 넘긴 지금이 인생에서 그런 경계점이 아닐까 하는, 내 안에 가끔 쓰린 몸짓으로 뒤척이는 그것은 그러므로 늑대인가 하는 생각이 든다. 나와 더불어 애완견처럼 친숙하게 살아왔던 나의 스무 살과 서른 살은 어디로 가버렸을까.

「40대가 마치 날짜선 같다는 생각을 가끔 해. 보이진 않아도 그 선을 지나면 날짜가 바뀌는 것. 40대의 터널을 지나면서 뭔가 달라지고 있다는 느낌이 들거든.」

언젠가 친구들 모임에서 누군가가 한 말이었다.

「마흔 넘으면서부터는 사는 게, 소설책이나 영화를 두 번째 보는 것 같다는 생각이 들어. 이미 줄거리는 다 꿰고 있으니 호기심이나 설렘보다는 중간중간에 놓인 것들을 세심하게 보게 되는 것 말이야. 그냥 지나쳤던 복선도 다시 보이고, 인물들이 왜 그런 행동을 해야 했는지도 이해가 되고, 인물들의 대화에서도 새로운 감칠맛이 보이고 말이야. 많은 일들이 참으로 새롭고, 참으로 아름답고, 또 이해 못할 일도 없어 보이고 그래. 오일장 좌판에 나온 호박도 예뻐 보이고, 젊은 애들이 손잡고 다니는 건 얼마나 예쁜지 몰라. 주책없이 넋 놓고 바라볼 때도 있다니까.」

친구들은 모두 그 말에 공감했다. 그러나 그때만 해도 난 그 말을 비웃었다. 난 이미 20대에 인생의 많은 것을 비웃음으로 넘기는 법을 배웠노라고.

선미의 어깨는 비스듬하게 기울어진 채 꼼짝도 하지 않았다.

「아무래도 쟨 너무 위험하다.」

잠깐 한눈을 파는 사이 선미가 내 앞에 서 있었다. 난 피식 웃었다. 언젠가도 한 말이었다. 나무는 손님들 사이에서도 인기가 있었다. 서빙을 하는 예원도 좋아했다.

「괜찮아. 이은하의 〈청춘〉을 부를 줄 알면 진짜 위험할 텐데, 못 부르잖아.」

「네 신상에 좋지 않은 일이야. 술 한 병 더 마셔도 되지?」

「새삼스럽게 뭘 물어.」

「아니, 재랑. 남우 노래 시간 끝나면. 나 오늘 무진장 슬픈데, 〈청춘〉 한 번 더 듣고 싶어서 그래.」

「쓸데없는 소리 하지 마. 쟤, 여기 끝나면 편의점에서 일해.」

선미는 찡끗 웃으며 돌아섰다. 난 카운터에서 급히 돌아 나와 선미의 어깨를 잡았다. 그리고 조용히 그녀의 귓가에 속삭였다.

「제발 뻔뻔스럽게 굴지 마.」

「아줌마 티 내지 말라고? 너처럼 우아하게?」

선미가 나보다 더 작은 소리로 속삭이며 픽 웃었다.

언젠가 회식 자리에서 나무는 손님으로 오는 중년 여자들의 뻔뻔스러움에 혀를 내둘렀었다. 자동차 안에서 끈질기게 기다렸다가 전화번호를 남기는 것은 차라리 애교라고 웃었다. 달구어진 여자의 농익음이 얼마나 곤혹스러운지, 때론 경멸스럽기까지 하다며 취한 웃음을 감추지 않았다. 난 선미가 나무에게 뻔뻔한 무리 중 하나로 취급받는 걸 원치 않는다. 그러나 30년 지기이자 시누인 선미는 오늘 위험하다. 닫힌 문 앞에 선 여자처럼 막막하고 쓸쓸한 표정이다.

파장이 되어 갈 무렵, 송 사장이 들어왔다. 50대 초반으로 연동에서 헬스클럽을 운영하는 남자다. 언제나처럼 나에게 손을 들어 인사를 하는 얼굴에는 기름기가 번지르르했다. 불길했다. 그가 선미를 발견하고 선미 앞에 자리를 잡았다.

'위에 올라가 있어.'

난 선미에게 문자 메시지를 날렸다.

'싫어. 남우 온댔어. 송 사장도 지켜야잖아.'

송 사장은 벌써 위에 걸쳤던 재킷을 벗어 놓았다. 그의 재킷 안에는 언제나 몸에 착 달라붙는 티셔츠가 있었다. 그는 30대로 보이는 자신의 몸매를 자랑스러워했다. 건축업으로 자수성가했다는 송 사장은 연동에 7층짜리 건물을 소유함은 물론 부동산 브로커이자 알부자라는 소문의 주인공으로서, 일찌감치 유지로서의 거드름을 익혔고, 멋진 홀아비로서 뭇 여자들의 인기를 누리고 있었다. 또한 지난 선거 때 김민석의 캠프에 합류하면서 정치적인 지분에 침을 튀겼고, 틈틈이 소일 삼아 나에게 던졌던 낚싯밥이 제대로 먹힐 확실한 포인트를 확보했다고 믿었다. 이런 그의 믿음은 적당히 경박하고 적당히 호들갑스러워서, 선미도 민석도 아는 일이었다. 그래서 민석은 나에게 은근히 재혼 상대로 그를 추천하는 성의까지 마다하지 않았다. 깨어 있는 시간의 3분의 1쯤을 골프와 헬스로 소일하고, 3분의 1은 지역의 유지로서 거들먹거리며, 나머지 3분의 1은 추종자들을 관리하는 그의 유복한 인생은 김민석에겐 미래 지표 중 하나였다.

「어이, 고 시인. 같이 한잔하지. 마침 선미 씨도 있는데.」

「야목이 손님들하고 술 안 마시는 거 알잖아요. 우리 둘이 해요.」

「물론 알지. 사랑 안 하는 것도 알고. 하지만 우리 학교 다닐 때 생물 시간에 배운 거 있잖아. 용불용설. 사랑도 써먹지 않으면 퇴화한다고.」

「여기서 맥주 딱 한 잔만 하고, 우리 오늘 단란주점 갈래요?」

「나야 고 시인만 오케이면 언제든 좋지.」

나를 향해 앉아 있던 송 사장이 나에게 웃음을 날렸다.

쩌렁쩌렁한 송 사장의 목소리가 가게 안을 울렸다.

'절대 안 돼.'

난 급하게 선미의 핸드폰에 문자 메시지를 날렸다.

'오늘만 봐줘라. 딱 한 시간만.'

'차라리 나무랑 놀아.'

선미는 손을 들어 살래살래 흔들어 보였다. 나에게 등을 돌린 채 앉아 있는 선미의 뒷모습에 어딘가로 기어이 튀고야 말겠다는 장난기가 잔뜩 배어 있었다. 선미는 자신의 우울이 단란주점에서 실종되길 바라는 눈치였다. 뭇 사람들의 기쁨과 환희 또는 고뇌와 번민이 실종되거나 증폭되었던 단란주점의 미로에서 나도 한번쯤 길을 잃고 싶은 적도 있었다.

선미는 기어이 수소가 가득 찬 풍선처럼 너풀거리며 송 사장과 함께 나갔다. 얼른 뒷정리하고 오라며, 손가락으로 만든 브이 자를 흔들어 보이기까지 하는 선미를 난 불안한 눈으로 배웅했다. 송 사장이 마지막 손님이었으므로, 대충 정리만 하고 종업원들을 퇴근시켰다. 주방으로 가서 열기구들과 가스 밸브를 확인하고 홀 안의 불을 끈 후 잠시 의자에 앉았다. 홀 안으로 가로등 불빛이 쏟아져 들어왔다. 보름이 가까운지 해안선에서 물러난 바다에 달이 빠져 출렁거렸다. 호수처럼 잔잔한 바다 위에 누운 달은 은은하면서 요염했다. 달빛과 교접하는 바다는 육감적이었다. 송 사장과 함께 나간 선미 생각이 닻처럼 내려져 꿈쩍하기도 싫었다.

「가지 마세요.」

느닷없이 나타난 목소리에 난 깜짝 놀라 고개를 돌렸다. 나무였다.

「여태 안 가고 뭐 했어?」

「제가 고모님 모시고 올게요.」

「아냐, 내가 가야 돼.」

「사장님.」

「너 이 시간이면 편의점에 있어야 하잖아. 내 일이니까 상관 마.」

「편의점은 시간을 바꿨어요. 아까 고모님 부탁 때문에.」

「후하기도 하구나. 네가 그런 부탁도 들어주고. 암튼 내 일이야.」

나는 일어섰다. 문을 닫고 돌아서는 내게 나무가 기다리고 섰다가 손을 내밀었다.

「제가 운전할게요.」

「너, 오늘 왜 이러니? 아까 선미가 그런 건 미안하다. 내일 보자.」

나는 매몰차게 돌아섰다. 나는 더 이상 나무를 보지 않았다. 차를 몰고 도로로 나오자 이어 나무의 오토바이가 따라붙었다. 그는 시위하듯 내 옆에 바싹 붙어 달리더니, 이내 '붕—' 하는 요란한 소음을 내며 사라졌다.

멀지 않은 곳에 선미가 말한 단란주점 간판이 보였다. 단란주점 이름치고는 간단명료했다. '곰'이란 간판을 향해 천천히 차를 모는데, 곰이 내 안으로 쑤욱 들어왔다.

나는 곰이다. 세상 사람들이 미련하다 욕을 하는 곰이다. 날쌔게 고기를 잡는 민첩성도, 달콤한 꿀을 좋아하는 낭만적인 식성도, 겨우내 잠에 빠져 있는 고요함도, 사람들은 오로지 하나의 문으로 들여다본다. 넌 곰이다. 미련스럽게 기다리는군. 곰이야. 뒤집어져 열릴 줄 모르는 고장 난 문이야.

사람들은 오로지 혼자 사는 여자에 방점을 찍고 나를 대했다. 내가 네 곁에 있어 주마, 그리운 연인으로 혹은 용불용설을 신봉하는 카사노바로.

　지하로 뻗은 '곰'의 계단엔 사람들이 내지르는 소리들이 한꺼번에 뒤엉키고 있었다. 그 소리 중에서 난 폐경 증후군으로 몸부림치는 선미의 소리를 찾았다. 선미는 술을 마시는 송 사장을 앉혀 놓고 혼자 탬버린까지 두드리며 얼굴이 벌겋게 익은 채 발악하고 있었다. 내가 들어서자 마치 10년쯤 기다린 연인을 만난 듯 화들짝 좋아하는 건 선미나 송 사장이나 마찬가지였다. 송 사장은 내 손을 잡아끌어 제 옆에 앉게 하고 술을 따랐다. 커다란 양주병은 그새 3분의 1이나 줄어 있었다.

　지친 선미가 〈청춘〉을 불렀다. 송 사장은 나를 안고 좁은 홀을 맴돌았다. 그의 가슴은 탄탄했고, 그의 당겨 오는 팔 힘은 은근하고 억셌다. 그는 더도 말고 덜도 말고 한 마리의 충실한 수컷이고자 했다. 발기된 수컷 앞에서 생각 없이 부드러운 암컷으로 어우러지는 것이 세상의 이치다.

　선미는 나의 메신저였었다. 돌아앉은 부처처럼 무덤덤하던 민규 앞에서 난 조바심치는 암컷이었다. 민규는 나의 첫사랑이었다. 난 그의 그늘진 눈매를 사랑했고, 반듯하게 선 콧날을 좋아했으며, 정갈한 그의 입매를 사모했고, 몸 어느 구석에서도 강한 수컷의 냄새를 맡을 수 없던 연약한 그의 몸매를 좋아했다. 나는 첫 키스를 나누었던 한라산 오솔길에서 처음으로 그가 수컷이란 생각을 했었다. 나에게 밀착된 그의 남성은 처녀인 나의 아랫배 어름에서 부끄럽게 굳어 있었다. 20년이 지난 지금도 난 그 감촉을 고스란히 되살릴 수 있다. 민규와 내가 한 마리 암컷이며 수컷이었던 때를.

그러나 세상의 이치가 하나만 아닌 것이 송 사장을 조바심 나게 했고, 나를 지치게 했다.

「고 시인, K가 하는 요가원에 다닌다는 소문 맞아요?」

「요가 하시게요?」

나를 시인이라 부르는 몇 사람 중 하나가 송 사장이었다. 오래전에 지방 신문 신춘문예로 등단한 적이 있으나, 어쩌다 독자란에 시 한두 편 발표하는 게 다였다. 남들이 인정해 주지도 않는 시였으며, 그나마 요 몇 년은 아예 그 짓도 하지 않았다. 그러므로 나를 시인이라 부르는 사람은 거의 없었다.

나는 다가오는 송 사장에게서 조금 떨어졌다.

「K는 내 동창이기도 하지만, 인도에서 도 닦는다는 핑계로 무슨 비밀 종교 단체에 있다 왔다는 건 공공연한 비밀이에요. 섹스를 통해서 깨달음을 얻는 단체라나, 뭐라나.」

선미의 탬버린 소리와 노랫소리가 요란했음에도, 바로 귓전에서 윙윙거리는 송 사장의 소리는 생생하게 음험했다.

「그런 거였다면, 송 사장님이 제일 먼저 등록하시지 그랬어요? 거긴 여자들이 대부분인데.」

난 애써 담담했다. 그에게서 떨어져, 목청을 높여 말하는 날 보며, 송 사장은 이내 자신의 말이 내 심기를 건드렸다는 걸 알았다.

「내 얘기는…….」

혼자 노래에 빠져 있던 선미가 송 사장을 잡아당겼다. 선미에게서 넘겨받은 탬버린을 흔들면서도 나를 보는 송 사장의 눈은 끈적했다. 그러고는 기어이 내 귓가에 후끈한 입김을 불어넣으며 한마디 내뱉었다.

「K 조심하세요. 이 바닥 좁은 거 알죠?」

나는 지쳐 송장처럼 뻣뻣해지기 일보 직전에 선미의 팔을 끌고 곰의 배 속을 기어 나왔다.

「우리 보라년 말대로 좆나 열난다. 왜 후련해지지가 않지?」

「유난 떨지 마. 누구나 겪는 통과 의례야.」

「열두어 살 때, 남들보다 먼저 생리가 와서 쪽팔리던 때보다 더 쪽팔리는 건 또 뭐냐. 벌써 폐경 증후라니, 참.」

나무늘보처럼 나에게서 떨어지지 않으려는 송 사장을 억지로 차에 태워 보내고 나서 선미는 연신 투덜거렸다.

「너무 뻣뻣하게 굴지 마. 한번쯤 데리고 놀기 좋은 물주로 송 사장만 한 사람이 어딨냐. 좀 싸구려 냄새가 나지만 나름대로 쌈박하고 함부로 굴지 않고 늙다리 냄새도 나지 않고. 너 좋아하는 거 보면 젊은 년만 좋아하는 게걸스러운 놈도 아니고. 야, 그래도 널 시인이라고 굳건히 믿고 존경해서 결혼하자고 목매는 것 봐라. 별 남자 없다, 야목아.」

「그래서 나무…….」

난 편의점 시간까지 바꾸며 기다렸던 나무 이야기를 하려다가 입을 다물었다.

「남우? 참, 남우한테 술 한잔 같이하자고 했었지. 하지만 솔직히 느끼한 게 더 낫잖아. 비린 것보다. 무엇보다 주머니도 빵빵하고.」

난 위악적인 표정을 감추지 않는 선미를 물끄러미 바라보았다. 사라지는 것은 상실감을 남긴다. 생리도 그런 걸까.

그러나 난 단호했던 한 여자를 알고 있다. 오십이 되도록 처녀였다가 자청해서 자궁을 없앤 여자. 그 나이 든 처녀를 볼 때면 가끔 기이한 느낌이 들곤 했다. 어쩌면 자신을, 여자로서의 자신을 저토록 방치해 두었단 말인가. 그 나이 든 처녀는 아담하고 꽤 귀염성 있게 생긴 외모를 가지고 있었다. 그러나 그게 무슨 소용이란 말인가. 귀염성과 애처로울 정도로 가녀린 자신을 폐원처럼 방치해 버렸고, 급기야 이름 없이 버려진 불모지가 되어 버렸다. 그 불모의 땅은 처녀가 40대 후반에 이르러 극치에 이르렀다. 가끔 쿡쿡 쑤시는 아랫배를, 늘 그랬듯이 정신의 외피, 알맹이가 아닌 외피일 뿐이었으므로 방치해 두었다. 그리고 그것이 급기야 복막염으로 폭발한 뒤에야 처녀는 병원으로 실려 갔는데, 맙소사! 처녀의 알맹이인 정신은 너무 또렷했다. 그래서 처녀는 의사에게 명령했다. 「이왕 수술하는 김에 언제나 쓸모없던 자궁도 함께 떼어 내시오.」 그 나이 든 처녀는 별 쓸모없는 늪이었다가 이제는 사막이 되어 버린 그것을 가차 없이 잘라 내버렸다. 사막이란, 어쩌면 자신의 영혼마저 갉아먹을지 모르는 맹렬한 건조함이란 즉시 떼어 버려야만 하는 것이다. 그러지 않으면 거기에서 날아든 황사가 결국 그 나이 든 처녀를 먹어 치울까 봐 겁이 났던 것이다. 이 땅에서 여자로 혼자 살아남기 위해 택한 그녀의 방호막이 사막이었음에도, 막상 진짜 사막 앞에서는 두려웠던 게다.

「누가 그러더라. 애새끼 걱정 말고 실컷 즐기라고 신이 말년 휴가를 준 거라고. 기독교식으로 말하면, 뱀한테 꼬드김당한 죄를 사해 주는 사면증 같은 거래. 솔직히 매번 남자한테 모자를 씌우는 것도 번거롭고, 또 여자가 피임하는 것도 귀찮잖아. 물론 콘돔이나 피임약으로 신에게 항거한 인간이 기특하기는 하지만 말이야. 그래도 신이 내린 조치에 비하면 조악했잖아.」

「그래, 멋진 위로다. 너도 그렇게 생각해.」

「하지만 그럼 뭐 하나. 연애할 놈이 있어야 그런 소리도 나오는 거지.」

「위에 현빈이 있어. 제발 조용조용 말해.」

레스토랑 바깥에 데크를 만들어 놓고 몇 개의 테이블을 놓았다. 선미는 답답하다며 그곳에서 술을 더 하고 싶어 했다. 그러나 그곳에서 떠드는 소리는 곧장 위층으로 올라가기 마련이어서 난 선미가 취해 갈수록 조바심이 났다.

「시간이 몇 신데, 잘 거야. 그리고 살림집이야 뒤쪽에 붙었는데,

뭐가 들려. 너, 솔직히 말해 봐. 이런 말은 나보단 너한테 더 필요한 말 아냐?」

단 한 줌의 음모라도 놓치지 않겠다는 듯 나에게로 쏠린 선미의 눈은 반짝거렸다. 선미는 눈치 채고 있을 것이다. 내가 뒤집어져 고장 난 문이 아니란 걸. 난 곰이 아니다. 아니, 곰이다. 벌 떼의 공격을 피해 꿀을 따며 흐르는 물살에서 고기도 날래게 낚아채는 곰이고말고. 그것은 비밀일 필요는 없지만 말할 필요도 없는 것이었다.

「그만 들어가자. 너 많이 취했어.」

「너, 남우 좋아하지.」

「뭐?」

순간 숨이 턱 막혔다.

「행여 그런 말 나무한테 비치지도 마. 자기한테 들러붙는 아줌마들한테 질린 애라고. 그 소리 들으면 내일부터 출근도 하지 않을 거다.」

「내 눈은 못 속여.」

「까불지 마. 이게 친구라고 지금 다 받아 주니까. 네가 비린데 난 달콤하냐?」

「솔직히 비린 건 아니다. 10대도 아니고, 이제 20대도 끝물인데. 아니 30댄가?」

선미는 취한 눈을 들이대면서 나를 뚫어져라 바라보았다.

「에, 너 지금 찔리지.」

어느 날 난 내 나이가 부끄러웠다. 그리고 생각했다. 처녀막이 고스란히 남아 있는 여자처럼 그 미지의 세계가 열리기 전, 지나는 바람에도 문풍지처럼 떨었던 그 섬세한 세계를 다시 보고 싶다고.

사실 난 불안했다. 내 몸 어딘가가 사막이 되어 가고 있다고 생각했다. 그곳이 어딘지 나는 모른다. 어느 순간 고비 사막처럼 거대해진 그곳에서 연중 황사가 날아와 나를 덮칠 거라는 예감으로 난 불안했다. 그 불안 때문이었으리라. 얼토당토않은 소망을 품게 된 것이. 그래서 난 가끔 꿈을 꾼다, 계집애처럼.

난 장을 볼 것이다. 단 한 사람을 위한 장을 보기 위해 오일장으로 달려간다. 오일장은 싱싱하고 떠들썩하게 나를 맞이할 것이다. 호박, 배추, 열무, 파, 묶인 통마늘, 양파, 풋고추, 도라지, 상추, 돌나물, 오이, 깻잎. 이 모든 것들은 꽃보다 더 어여쁘다. 생선은 바다로 뛰어들 듯이 싱싱하고 육고기들은 육감적으로 붉어서 당장 도마 위에 눕혀 놓고 싶다.

사랑만큼 무거워진 장바구니를 들고 구엄리 집으로 들어서면, 황금빛 저녁 해는 막 깎아 단정한 잔디 위에 주단처럼 깔릴 것이다. 나는 접힌 채 먼지가 앉은 앞치마를 부엌 창을 열고 탁탁 털어 입고, 장을 본 물건들을 하나씩 꺼내 놓는다. 애호박은 촉촉하니 부드러울 것이며, 깻잎은 향그럽고 등이 푸른 고등어는 바다 냄새를 풍긴다. 오랫동안 사람 냄새가 그리웠던 구엄리 집은 사랑으로 들뜰 것이다. 냉장고는 다시 채워질 것이며 싱크대엔 오랜만에 야채며 그릇을 씻는 물이 콸콸 흐를 것이고, 집 안엔 사람 사는 냄새가 고일 것이다. 고소한 기름 냄새와 함께. 오랜만에 불이 켜진 집에서는 도마질 소리와 음식 냄새가 흘러나온다. 흥분한 나방들도 힘찬 날갯짓으로 불 켜진 창문에 달려들며 부딪친다. 탁탁. 창에 날개 부딪치는 소리가 제법 크다. 창에 날개 부딪치는 소리와 도마질 소리와 음식물 끓는 소리와 나의 콧노래와…… 집은 많은 사람들 없이도 왁자한 소리로 들썩거린다. 부엌은 맛있는 냄새로 촉촉해진다. 그와 난 막 지은 따뜻한 밥을 고봉으로 담고 식탁에 마주 앉을 것이다.

멀리 흐르던 강줄기가 내게로 몸을 트는 소리가 들리는 듯하다. 강의 몸짓으로 땅은 기름져 나무와 꽃을 길러 낼 것이며 속살거리는 바람 소리와 벌의 윙윙거림으로 한낮은 더욱 뜨겁고 밤은 더욱 깊을 것이다.

「네가 남우를 바라보는 눈빛이 문득문득 옛날 우리 오빠를 바라보던 눈빛과 닮았다는 생각을 해. 내숭 떠는 건지, 아님 너도 그런 사실을 부인하고 싶은 건지 모르겠지만, 내가 보기에 넌 남우를 사랑하고 있어. 귀신을 속이면 속였지 난 못 속인다. 너랑 30년 세월을 보낸 나야.」

난 가소롭다는 웃음으로 선미의 생각을 묵살해 버렸다. 당찮다는 내 헛웃음에 선미는 취한 눈을 땅에 박고 고개를 흔들었다. 선미는 너무 많이 취했다. 선미가 흠뻑 취했다는 사실에 난 슬그머니

안도의 숨을 내쉬었다.

　해조음을 따라 밤은 깊어 가고 검은 바다는 질펀한 몸짓으로 뒤척였다. 밤이 깊을수록 바다 냄새는 더욱 은밀해졌다. 새벽이 멀지 않은 밤 해조음 소리는 파도에 부서지는 달빛의 소리와 닮았다. 이 밤 뒤척이는 모든 바다에서 달은 부서지리라.

3

그에게는 죽은 자를 위한 향내가 났다. 이 향내가 가시기 전 그는 또 누군가의 잔칫집에 가야 하고 또 이런저런 행사장에 나가야 한다. 그는 더 이상 날렵하단 느낌이 들지 않았다. 뱃살이 늘어지지 않았는데도 그랬다. 그리고 무엇보다 그의 눈매가 달라졌다. 재기 발랄했던 눈엔 너무 많은 것들이 담겨 있어 총기가 사라졌다. 남편 민규의 눈은 문득문득 허방처럼 깊었지만, 민석의 눈은 늘 총기로 윤이 났었다. 민석의 눈에선 언제나 생의 환희와 도전의 열정이 타오르고 있었다. 그러나 이제 그 환희는 빛을 잃었다. 그의 눈은 늘 충혈되어 있었다.

「어디 상가 다녀오세요?」

나는 피곤에 절은 민석의 눈을 슬쩍 피했다.

「예원아, 제일 시원한 것으로 맥주 한 병만 갖다줘. 어유.」

　민석은 내 물음에 답하지 않음으로써 지난번 가족회의 불참에 대한 섭섭함을 감추지 않았다. 민석은 자리에 앉자마자 넥타이를 헐겁게 풀어내면서 앞자리에 공손하게 앉는 내 상태를 점검하고 있었다. 눈치 빠른 예원이 민석이 좋아하는 카스를 쟁반에 받쳐 들고 왔다. 칭찬과 격려가 몸에 밴 민석이 그런 예원의 눈치를 칭찬하며 엄지를 들어 보였다. 한때 카리스마와 리더십을 담기 위해 거울 앞에서 무수히 쳐들었던 그의 엄지에서 이젠 자연스럽게 힘이 묻어 나왔다.

　「오 조합장 부친상인데, 우리 아버지보다 두 살이나 덜 자신 양반이에요. 멀쩡하게 돌아다녔다는데, 하루아침에 안녕이네요. 나이 드신 양반들이 다 그렇잖아요.」

　내가 따라 준 맥주를 한 잔 벌컥벌컥 마시더니, 민석이 운을 뗐다. 나는 찬물 마시는 예가 버젓이 살아 있을 때도 죽음엔 위아래가 없었다는 말이 목 끝까지 찼지만, 입을 다물었다.

　「요즘 다들 어려운데 여긴 어때요.」

　「마찬가지지요. 경제가 별건가요, 내 거 팔아서 남의 거 사먹는 품앗이인데, 남들이 죽 쑤니 덩달아 그러네요.」

　「그래도 제수씬 건물 세가 나가지 않으니 그나마 다행이지요.」

　목에 가시 같은 시아버지의 편애를 짚어 직성을 풀겠다는 뜻이리라.

　「그러게 말이에요. 아버님이 절 편애하시지 않았다면 무척 비루

할 뻔했지요.」

수가 틀릴 때마다 하던 민석의 속 좁은 타령이니, 나도 그 타령에 맞장구치며 즐길 만한 내공이 길러졌다.

「선미한테 들으셨지요.」

「그냥, 제자리걸음이었다구요.」

「제자리 정도가 아니에요. 요즘 아버지 운전 배우러 다녀요. 그 여자가 차가 없어 불편하다고 했나 봐요. 그렇다고 사달라고 하긴 눈치 보이고. 이게 시작이에요. 소문엔 아파트 모델 하우스도 둘이 보고 왔다고 하고요. 노망도 아니고, 참.」

나는 붉어진 민석의 목덜미에 시선을 던져둔 채 아무 말도 하지 않았다.

「하이고, 서방 있는 년이라고 뻑시게 굴기는. 그것도 서방이라고 쯧쯧. 암, 과부 앞에서 몽당 빗자루도 서방 삼으면 잘났겠지. 염병에 땀병에 콱 꼬꾸라져 뒈져서 제 서방 가랑지에 코 박을 년, 나쁜 년.」

친정엄마의 분한 삿대질 끝에는 언제나 서방 있는 년이 걸려 있곤 했다. 그러나 독설로도 다 못 푼 탱탱한 분기는 찬 방바닥에 모 잽이로 누운 등허리에서 삭일 수밖에 없었다.

그렇게 서방 있는 년이 부러운 엄마였는데, 이가 서 말이더라도 홀아비 하나 새 아버지로 맞을 생각을 못했을까 하는 내 자괴감은 너무 늦게 찾아왔다.

「그래도 아버지에게 말발이 서는 사람은 제수씨밖에 없어요. 연애하지 말라는 거 아니고, 즐기지 말라는 거 아니니까 어떻게 설득시켜 봐요. 자식들이 죽어도 싫다는데 이건 순전히 오기잖아요. 원래 아버지가 그래요. 당신 옳다고 하면 뒤도 안 봐요. 하지만 아버지가 좋아하는 사람이 한마디만 해주면 금방 포기할 줄도 알거든요. 지금 그 역할을 할 사람이 제수씨에요.」

「……아버님 고집을 어떻게……. 그러지 말고 아주버님이 그분을 잘 아니까, 차라리 그분과 얘기해 보시는 게 낫지 않을까요.」

'어린 날 짝사랑했던 동네 누님이잖아요.'

나는 민석의 표정을 놓치지 않기 위해 천천히 말을 했다.

「그래서 더 껄끄러운 거 아시잖습니까. 그래도 동네 누나였는데 매몰차게 할 수도 없고요. 삼춘 삼춘 하다 여보 저보 하겠다는 그 여자, 더 보고 싶지도 않고요.」

민석은 귀찮은 물건을 배달받은 사람처럼 과장된 짜증과 성가신 표정으로 고개를 살래살래 흔들었다. 제주도에서 삼촌은 육지에서의 삼촌과는 다른 개념이다. 친한 이웃에 대한 호칭으로, 육지에서 이웃사촌 운운하는 것보다 더 살가운 개념이다. 민석은 삼춘 삼춘 하는 대목을 여자의 음색으로 흉내 내면서 그 여자에 대한 비아냥을 한껏 드러냈다.

「만나는 볼게요. 하지만 자신은 없어요. 아시잖아요, 아버님 고집.」

「솔직히 까놓고 얘기합시다. 막말로 아버지가 살면 얼마나 사시겠어요. 그러고 나면 최소 20년 이상 그 여자를 어머니로 모셔야 하잖아요. 제수씨나 나나 이런 황당한 경우가 어디 있답니까. 낳아 준 부모도 귀찮아서 갖다 버리는 세상인데, 이 좁은 바닥에서 명색이 어머니라고 자리 차지하고 있으면 나 몰라라 할 수도 없고요. 혹시 알아요? 아직도 임신할 수 있는 상탠지. 그러면 정말 절망이에요. 막말로 나야 어렵다면 어려운 사이가 될 수 있지만, 제수씨는 혼자인 데다 같은 여자라서 편하다는 이유로 이쪽으로 빌붙을 확률이 더 많아요. 그러니까 자신 없어요, 이러면 안 된다니까요. 혹 떼는 절박한 심정으로 매달려도 될까 말까 한 일이에요. 노인네 고집이 엔간해야지요.」

'더 이상 아버지에게 싫은 소리, 더구나 인생 최후의 화려한 로맨스에 재 뿌리는 소리를 해서 미움받고 싶지 않다. 뒤에서 조정만 할 테니, 나가서 싸우는 건 네가 해라. 여차해서 부자지간의 정리보다 베개 밑 송사가 더 큰 힘을 발휘할지 모를 사태에 미리 대비해야 하지 않느냐. 나야 정치판에 나선 몸, 당선되기 전까지 매사를 살얼음판처럼 디뎌야 구설수가 없는 법.' 이것이 민석의 솔직한 심정일 것이다.

나는 시원한 맥주를 꿀떡꿀떡 삼키는 민석을 흘끗 바라보았다.

중학교 때, 선미네 집에 놀러 가면 서울에서 내려온 민석은 영민하고 스마트해 보였다. 수줍기도 하고, 어렵기도 한 마음으로 흘긋

흘긋 바라보면, 마치 나를 아주 젖먹이 취급하면서 도도하게 웃곤
했었다. 서울의 유명 대학교 학생은 도도하고 잘생겼으며, 어른스
러웠다. 하지만 이상하게도 그런 민석의 모습이 내 여성성을 자극
하지는 못했다. 그래서 다른 친구들처럼 사춘기 계집아이의 순정
으로 민석을 바라본 적이 없었다. 오히려 까까머리에 평범하고 수
줍은 민규의 손짓 하나에 내 신경이 바르르 떨며 설레었다. 민석은
도로가 잘 닦이고 건물이 반듯반듯하게 서서 지도 한 장 들고도 찾
을 수 있는 경쾌한 도시 같았지만, 민규는 가도 가도 뭐가 나올지
알 수 없는 미지의 땅이었다. 그의 깊은 눈매에 들어앉은 허공은
무정형이고 나른하며 알 수 없는 슬픔이었다. 땅거미가 내릴 무렵
홀로 뒷산에 앉아서 마을을 내려다볼 때처럼 아릿했다. 시퍼런 바
닷물을 두 손 가득 담으면 언제나 말갛게 떠지는, 그래서 늘 그 푸
른 것을 떠내고 싶은 욕망으로 들뜨게 하는 사람이 민규였다. 시퍼
런 그 물에 빠져 죽어도 들어가고픈, 손으로는 도저히 그 깊은 푸
름을 떠낼 수 없음을 알면서도 지치지 않고 두 손으로 물을 떠내게
만드는, 그런 사람이 바로 민규였다. 그 시퍼런 바다를 가슴에 담
고 출렁출렁 걷던 사람, 기어이 그 바다로 머나먼 항해에 나선 사
람이었다.

갈 길이 바쁜 민석은 딱 한 병의 맥주를 비우고 일어섰다. 하긴
나를 찾아온 일 자체가 이례적이었다. 민석은 대학생 이후로 줄곧
서울에서 살아온 데다 제주에 내려온 뒤로도 혼자된 제수가 결코

편한 상대가 될 수 없었으므로 돈독한 가족의 정 운운하는 것은 기대할 수도 없었다. 물론 지난 선거 때야말로 가족애로 똘똘 뭉친 김민석 일가의 *끄트머리*에서 잠시 돈독한 가족의 일원이 되긴 했었다. 하지만 이합집산을 일삼는 수많은 정치 무리배 중 하나처럼 나도 그리 했을 뿐이었다. 또한 지금은 엄연히 선거 기간이 아니었다.

체면치레로 시아버지를 한번 설득해야겠다고 생각했으면서도 숙제는 숙제였다. 사랑의 열병에 빠진 노인은 젊은것들보다 더 위험하다. 그들의 로맨스는 연약한 자기 방어막 안에서 필사적이다. 나잇값을 요구하는 사회와 자식들의 이해관계는 언제나 그들의 방어막보다 완강하며 질기기 때문이다.

난 시아버지의 욕망에 박수를 보낸다. 그리고 남편 민규도 이 사실을 알아야 한다.

민규는 자기 안의 욕망을 더러운 피처럼 닦아 내고 또 닦아 내고자 했다. 사정 뒤에 남는 약간의 허무함을, 담배 한 대로 날려 버릴 정도의 그것을 민규는 견디지 못했다. 그의 정액은 50프로의 허무함과 50프로의 죄의식으로 만들어졌다. 독신을 강요당하는 성직자의 정액보다 높은 함량의 죄의식은 기어이 날 생과부로 만들었다.

현빈이 내 자궁 안에서 8개월이 되었을 때, 민규에게 낯선 남자가 찾아왔다. 심하게 다리를 저는 그 남자는 독기와 두려움이 응축된 눈망울로 쭈뼛쭈뼛 들어섰다. 나중에 안 일이지만, 이 남자는 며칠 우리 집을 기웃거리다가 민규가 퇴근할 시간에 맞춰 골목에서 기다리고 있었던 것이다. 마침 학교에서 돌아와 막 자전거에서 도시락 가방을 내리던 민규가 이 남자를 보았다. 민규의 기척에 남산만 한 배로 마중 나온 나는 단숨에 이 남자에게서 심상찮은 기운을 느꼈다. 순간 배가 단단하게 굳어지며 통증이 몰려왔다.

남자는 민규에게 밖에서 보자고 했다. 그러나 내가 그 남자를 집 안으로 들였다. 본능이었다. 불길함이 닥치고 있다는 것을 나만 모르고 싶진 않았다. 모르고 당하는 게 더 두려웠다.

소설은 시작되었다. 절름발이 남자가 엮어 내는 소설은 삼류였다. 그러나 주인공들은 참혹했다. 나 또한 그랬다.

「우린 당연히 총각인 줄 알았다. 그때만 해도 교통이 편치 않았으니까 제주시에서 서귀포까지 출퇴근하기는 어려웠지. 동네에서 하숙하고 있는 멋진 경찰 청년이었으니 얼마나 인기가 있었겠나. 우리 누님은 어여뻤지. 절름발이에 보리알 같은 동생들만 창창한 집 맏딸이었어도 남자들한테 인기가 있었던 것은 예뻤기 때문이었지. 달밤의 박꽃처럼 희고 눈부신 여자였다. 지금 보니, 네 눈매가 엄마를 닮았구나. 하긴 우리 할머니가 늘 그랬지. 누님의 눈 속에 청승맞은 기운이 있다고, 그러니 조심하라고.」

남자의 누님은 절름발이 동생 앞으로 땅 몇 마지기를 장만해 주고 일본 남자를 따라 오사카로 갔다. 그런데 느닷없이 서울에서 그 어여뻤던 누님을 찾아가라는 통보가 날아왔다. 20년 넘게 일자무소식이었던 누님은 행려병자 병원에서 절름발이 남동생을 맞았다.

늙고 병든 누님의 마지막 소원은 민규를 보는 일이었다. 청승맞은 눈을 물려준 민규의 생모는 청승조차 빠진 남루함으로 아들과 상봉했다.

기민한 시아버지는 느닷없이 튀어나온 자신의 과거를 급히 밀봉했다. 그러나 세상의 그 어떤 것으로도 막을 수 없었던 게 민규의 절망이었다. 그는 근원을 알 수 없었던 깊은 슬픔의 정체를 알고 분노하고 절망했다. 그리고 늘 수줍어했던 자신의 욕망에서 죄를 찾아냈다. 시아버지에게 욕망은 삶의 원동력이었지만, 자식 민규에겐 덜어 내고 또 덜어 내야 할 죄였다. 민규의 생각은 내게 너무도 치명적이었다.

난 그를 너무나 사랑했었다. 선미를 통해 그를 유혹한 것도 나였고, 결혼하자고 먼저 운을 뗀 것도 나였다. 간절한 내 사랑에 민규는 수줍게 동참했을 뿐이었다.

시아버지는 여전히 자신의 욕망을 경쾌하게 수용하고 있었다. 버거운 숙제를 가진 아이처럼 느린 걸음으로 시아버지를 찾아갔을 때, 시아버지는 당구장도 아니고 게이트볼장도 아닌 헬스클럽에 있었다.

「민석이가 보냈냐?」

「느닷없이 웬 헬스예요?」

「알면서 뭘 물어. 이 바벨이 말이야 시간을 뒤로 돌릴 수는 없어도, 흉내는 내는 것 같다. 재미도 있고. 너도 여기 정기권 끊어

주랴? 여기 송 사장이 민석이랑 같이 선거 운동했다면서 정기권 싸게 끊어 줬다. 이제 너도 나이 먹는데 관리해야지.」

「전 요가 하잖아요.」

「그렇지. 근데 그거 남자들도 많이 하냐? 이왕 하는 거 여기에서 하면, 봐라, 쓸 만한 놈도 건질 것 같지 않냐? 일부러 어렵고 힘들게 살 필요 없다. 편안하게 주어진 대로 살면 돼. 안 되는 거 억지로 하는 것도 우습지만, 할 수 있는데 너처럼 움츠리기만 하는 것도 우스운 거야. 넌 나보다 더 늙었어. 내 주위에도 보면 송장처럼 근근이 숨만 쉬는 사람들 많아. 숨만 쉴 거면 자식들 귀찮지 않게 제 발로 무덤 파고 들어가서 빨대로 숨 쉬면 돼. 누차 이야기하지만 민규 놈은 잊어. 아니 버려.」

무거운 것을 들었다 놓기를 거듭하느라고 띄엄띄엄 말을 늘어놓는 시아버지 옆에서 나는 교무실에 불려 간 학생처럼 조신하게 서 있었다.

「이게 누굽니까?」

다행히 송 사장이 안 보인다 했더니, 호탕한 웃음으로 손을 내밀며 다가왔다.

「우리 며늘애도 알아?」

「그럼요. 옴파로스가 선거 캠프였잖습니까. 또 시인이기도 하고요.」

「잘됐다. 송 사장하고 차 한잔 마시면서 기다려라. 이따가 내가 맛있는 거 사줄게.」

「아니에요. 가게 나가 봐야지요.」

「하루 비운다고 망하지 않아. 내가 부탁할 일도 있고.」

무거운 역기를 어깨에 놓고 일어섰다 앉았다를 반복하는 시아버지의 얼굴은 그 어느 때보다 진지했다.

송 사장은 시아버지의 말이 떨어지기가 무섭게 날 잡아끌었다. 그는 사무실 한편에 놓인 미니 커피 자판기에서 커피를 뽑아 내게 내밀었다.

「아, 시인들은 녹차를 좋아하던데, 녹차로 드릴까요?」

송 사장은 호들갑스럽긴 했지만 진지했다. 난 괜찮다며 종이컵을 두 손으로 모아 쥐었다. 커피향이 좋았다.

「지난번 K 이야기 거북했다면 미안합니다. 하지만 고 시인 같은 사람이 혹시나 그놈의 고단수에…… 알 수 없는 건 여자들이 세상이 다 아는 그런 바람둥이에게 잘 빠진다는 거예요. 나같이 진국인 남자는 쳐다보지도 않는다니까요. 허허허.」

「송 사장님, 난 시인도 아니지만, 요가원에 대해선 뭔가 오해가…….」

「아뇨, 아뇨. 이 좁은 바닥에서 오해가 있으면 얼마나 있겠어요. 사통팔달 훤히 트인 게 길뿐이겠어요?」

송 사장은 어색하게 굳어지는 내 얼굴에 끈적한 시선을 박았다. 문어의 빨판처럼 집요한 눈빛의 송 사장은 K에 대해 뭔가 더 할 말이 많은 모양이었다. 난 유리 너머로 시아버지를 찾는 시늉을 하며, 송 사장의 입을 막았다.

내게 송 사장은 늘 부담이었다. 날 마치 고고한 시인인 양, 또는 남편을 기다리는 순종의 여자인 양, 그러므로 자신의 홀아비 생활의 마침표는 당연히 나 같은 여자가 완벽한 조건인 양—사회적인 지위에 대한 보상과 정서적인 만족 모두를 위해—오해하고 있는 송 사장은 매스꺼웠다. 또한 이 단순한 남자가 느닷없이 돌변할 지도 몰라 두렵기도 했다.

운동을 마친 시아버지는 커다란 가방을 들고 나타났다. 난 반가운 마음에 벌떡 일어났다.

「친구 놈이 절반 값에 준 건데, 가다가 이거 우리 집에다 들여다 놓거라. 무겁진 않은데 커서 거치적거린다. 옥매튼데, 옛날에 돌만 덜렁 붙여 놓은 거하곤 차원이 다르다나, 어쩐다나. 전기를 흐르게 해서 혈행을 원활하게 하고 자면서도 건강을 챙겨 주는 거라더라. 절반은 속는 셈 치고 사는 거야. 값도 절반이니까.」

운동을 마치고 나온 시아버지는 그새 더 젊어져 있었다. 엉덩이가 쫙 달라붙는 청바지에 분홍의 체크무늬 남방을 언더로 입은 시아버지의 몸매는 군살 하나 없이 매끈했다. 나이가 들면 살집이 없어도 엉덩이가 처지고, 나잇살이 붙는 복부는 탄력을 잃기 마련인데, 어쨌든 청바지에 셔츠는 적어도 20년은 집어삼킨 게 분명했다. 말쑥한 양복에 중절모로 멋을 부리던 때와는 또 다른 젊음이었다.

당신의 큰아들 민석과 형님 아우 해도 어색하지 않을 지경이었다. 링거 걸이를 밀며 비척비척 걷던 그 늙고 병든 남자는 확실히 그 밤에 죽은 게 틀림없었다.

「건강하게 오래 살아야겠다는 목표가 생기니까 힘이 솟아. 옛날에 그저 즐겁게 살아야지 했던 것과는 비교도 안 된다. 젊었을 때만큼은 아니지만, 싱싱한 에너지가 새롭게 고이고 있어. 몸도 그렇지만 마음도 자꾸 굴려야 한다니까. 옛날에 우리 샘물 쓸 때 말이야, 자꾸 퍼내니까 새 물이 고였잖아. 지금이야 죄다 수돗물 쓰니까 신선한 용천수가 제대로 쏟아지는 곳이 얼마나 되냐. 콱 말라 버린 것도 아니고, 썩어 가잖아. 자꾸 써야 돼. 몸도 마음도.」

시아버지는 막 박하사탕을 깨문 사람처럼 상큼한 표정이었다. 옆 자리에 앉은 시아버지에게서 은은한 향수 냄새와 함께 활력이 고스란히 전해졌다.

「운전 배우신다면서요.」

「머리가 굳어서 이론은 자꾸 잊어 먹는데, 그래도 운전 실습은 잘 된다. 면허 따면 차 사가지고 육지로 여행 갈란다.」

시아버지는 내게 보양식으로 오리 고기를 먹자고 했다. 식당에 가기 전에 시아버지는 스포츠 전문 상점에 들러서 등산화를 샀다. 그러면서 다리 근력을 키우는 데 등산만 한 게 없다며, 매주 함께 등산할 것을 제안했다. 나는 등산화를 신고 요리조리 걸어 보고 디자인도 살펴 가며 등산화를 골랐다. 물론 내가 신을 것이 아니라,

시아버지와 함께 산을 오르내릴 여자의 것이었다.

「새로 개업한 집인데 맛있더라. 젊은 애 얼굴이 그게 뭐냐, 푸석해서. 맛있는 것도 중요하지만 새로운 것을 꾸준히 찾아 먹으면서 미각을 단련시켜야 입맛을 잃지 않는 법이야. 입맛 떨어지면 그때부턴 매초 단위로 늙는다. 나이 들면 그래.」

비밀을 공유한 사람끼리의 유대감이 이럴까, 아님 홀로 나이 들어 가는 딸 같은 며느리에 대한 측은함이 이럴까. 시아버지는 내게 늘 친절했다. 난 그의 친절이 진심이라고 믿는다. 설령 친정아버지가 있다 해도 이렇게 노골적인 인생 철학을 들려주진 않으리라 확신한다. '편안하게 주어진 대로 살면 돼, 다시 말하면 욕망에 충실해.' 포르노 광고 문구 같은 시아버지의 충고는 때론 거북살스럽게 솔직했지만 언제나 명쾌했다.

「아주버니 말에도 일리가 아주 없는 것은 아니에요. 그분하고 지금처럼만 지내시는 건 어때요?」

내가 넘겨준 여성용 등산화를 받던 시아버지가 못마땅한 표정을 감추지 않고 나를 쳐다보았다.

「일리? 넘쳐서 탈이다. 지도 못할 것을 왜 나한테 강요한대니? 그놈이 내 자식 놈이긴 하지만, 내가 그놈이고, 그놈이 나야. 제 놈이 날 생각해 주는 척해? 허허. 소가 웃을 일이네, 소가 웃을 일이야.」

시아버지는 당신 등산화와 옥매트는 내 자동차 뒷좌석에 버려두고, 여성용 등산화만 들고 음식점으로 들어갔다. 순간 나는 고양이 눈빛을 한 그 여자와 같이 점심을 먹을지도 모르겠다고 생각했다. 애써 잘난 체는 하지 않지만, 겸손함 뒤에 도사린 경계심이 있었다. 혼자 사는 여자로서, 난 여자에게서 느껴지는 그 경계심의 의미를 이해한다. 그렇더라도 여자와 함께 하는 점심은 편할 수 없을 터였다. 무슨 핑계를 대서라도 점심 자리는 양보했어야 했다는 후회가 밀려왔다.

새로 개업한 곳이라더니, 시아버지는 그새 식당 사람과 안면을 튼 모양이었다. 주인 남자가 과장된 친절함으로 시아버지를 맞았고, 시아버지의 응수 또한 그러했는데, 자리에 앉기도 전에 음식부터 주문했다. 나와 시아버지는 홀에서 쑥 들어간 방으로 안내되었다. 하지만 그 자리에 여자는 없었다. 애써 묻지도 않았다. 행여 약속이 없었다 해도 내가 물으면 '불러서 함께 먹을까?' 하곤 냉큼 불러낼 사람이었다. 시아버지는 매사가 스스럼없고 자신감이 넘치며 무엇보다 지금 한창 열애 중이기 때문이다.

「아버님, 지난번 가족회의 때 나온 얘기요…….」

「되지도 않는 소리 하지도 마라.」

「아버님 성격에 결혼하지 않는 게 더 어울리실 거 같아요. 결혼 하면 아무래도 책임과 의무도 따르고…….」

「어젯밤에 내가 아주 좋은 생각을 하나 했는데 말이다.」

내키지 않아 작고 느린 목소리로 하는 내 말을 중간에 툭 자른 시아버지가 뜬금없는 소리를 하며 나를 바라보았다. 내 눈을 향해 똑바로 날아온 눈빛은 이글이글 타올랐다. 얼굴을 몽땅 가리고 그 두 눈만 드러낸다 해도, 그 눈 속에 무엇이 들었는지 알 것 같았다. 환희로 달뜬 눈빛이었다.

「너희 레스토랑을 결혼식장으로 쓰면 딱 좋겠더라. 전망 좋고, 술도 있고, 음악도 있고. 물론 메뉴는 좀 생각을 더해 보기로 하고. 어때, 딱 좋지 않니? 어젯밤 자리에 누워서 이 생각을 해내고는 '굿 아이디어' 하며 벌떡 일어나 무릎을 쳤지 뭐냐. 솔직히 난 요즘 젊은 신랑들처럼 멋진 양복을 입고 드레스 입은 신부 앞에서 만세 삼창이나 땡잡았다 삼창을 해도 괜찮다고 생각했다. 하지만 신부가 싫다고 해서 고민이었거든. 정말 굿 아이디어 아니냐? 물론 난 그래도 연미복 한번 입어 볼 생각이지만 말이다.」

시아버지는 당신의 굿 아이디어에 맞장구쳐 주어야 한다는 눈빛으로 날 바라보았다.

「물론 난 땡잡았다도 크게 외칠 거야.」

「땡잡았다는 신부가 하는 거예요.」

「그 사람은 그런 거 못하겠다고 하니까 내가 둘 다 하지 뭐. 어때 괜찮은 생각이지?」

부푼 기대와 장난스러운 행복감, 삶의 환희와 열정. 감정도 나이에 따라 질감이 다르다는 내 생각은 시아버지 앞에서 무너졌다. 그러나 그보다 먼저 어떤 일이 있어도 시아버지의 결혼 문제만은 철

저한 방관자가 되어야겠다는 내 생각과 상관없이, 난 자꾸 문제의 중심점으로 끌려 들어가고 있었다.

「장소가 협소하지 않을까요? 메뉴도 그렇고.」

「그런 건 문제가 안 돼. 진행 방법에 따라 넓을 수도 있어. 넌 걱정 마라. 내가 아이디어 뱅크잖아.」

시아버지의 표정은 진지했고, 행복했다. 쨍한 가을 하늘처럼 맑기만 한 그 표정을 보다가 문득 내가 민석의 사주를 받고 시아버지를 만날 때마다, 시아버지의 굿 아이디어는 하나씩 더 추가될 것이라는 예감이 들었다. 그리고 내 예감은 증폭되기 시작했다. 나를 메신저로 시아버지와 민석은 전쟁을 벌이고 있다고. 철판에서 잘 구워진 오리 불고기는 내 안으로 들어가는 즉시 날개를 펴고 파닥거리거나 두 다리로 자박자박 돌아다녔다.

여성용 등산화를 들고 있는 시아버지를 칠성통 당구장 앞에 내려 주고, 선미네 집으로 갔을 때, 내 안에서 난장을 벌이던 오리들은 명치끝에 몰려 내 숨을 압박하고 있었다. 선미는 새하얗게 식은 내 열 손가락을 따주었다.

「여기서 한숨 자고 가. 어차피 점심은 지났고, 저녁 손님 올 때까지만 쉬어.」

비상용 소화제를 주고 내 등을 토닥토닥 두드리던 선미가 혀를 끌끌 찼다. 물어보지 않아도 알겠다는 뜻이었다. 시아버지의 옥매트와 등산화는 아직 토방에 놓여 있었다. 내 등을 토닥여 주던 선미의 손길이 문득 멈췄다.

「당신 웬일이야, 이 시간에.」

마당으로 들어서던 시누 남편이 나를 보곤 꾸벅 인사를 했다. 그리고 난 알았다. 당신 웬일이야 이 시간에, 라는 말이 무얼 의미하는지. 선미 남편은 또다시 습관적인 실직 상태에 빠진 것이다. 난 가게를 오래 비워 둘 수 없다는 핑계를 대고 선미네를 나왔다.

선미의 결혼은 축복받은 것이 아니었다. 주변의 반대가 만만치 않았다. 심지어 나도 반대했다. 그는 가족이 없었고, 성격이 물렀으며, 떠돌이 기질이 있었다. 그러나 아버지의 강압에서 벗어나고픈 선미에게 그의 가족 없음은 홀가분함이었고, 무른 성격은 둘도 없는 착함이었으며, 떠돌이 기질은 자유인의 기상이 충만한 것이었다. 고명딸인 선미는 아버지의 사랑만큼 간섭과 강요도 함께 받았는데, 결혼은 이 모든 것에서 벗어나는 훌륭한 제도였던 것이다.

그러나 십수 년이 지난 지금, 아버지의 강압적인 사랑에서 벗어나고자 했던 고명딸의 결혼은, 불운한 결혼 생활을 하는 고명딸로부터 벗어나고 싶은 아버지로 대치된 게 아닐까 하는 생각이 들었다. 마당을 사이에 두고 사는 딸 부부는 하루가 멀다 하고 부부 싸움을 하고, 1년에 몇 차례씩 실업자가 되는 사위는 말갛고 투지 없는 눈망울로 장인의 처분을 기다렸다. 딸도 마찬가지였다. 선미는 자기가 취직해서 안정된 수입이 생기면 남편은 그때부터 완전히 건달로 주저앉을 사람이라고 강력하게 믿었으므로, 그녀 또한 직장을 갖지 않았다. 어쩌면 시아버지가 결혼을 핑계로 새 아파트를 보러 다니는 것은 진흙탕에 빠진 발을 빼고 싶어 신발을 과감하게 포기하는 심정일지도 모른다. 때로 결혼이 기존 가족으로부터의 탈출이라는 의미는 젊은 사람에게만 통용되는 것은 아닐 것이다.

나는 시아버지의 욕망을 이해했고 가족 탈출의 의미까지 이해할 수 있게 되었다. 난 너무 많은 것을 이해하고 있다. 그러나 나의 오지랖 넓은 이해는 불행했다. 이 이해는 가족으로부터의 질타 외 어떤 것도 기대할 수 없었으므로, 또한 불행한 나의 이해는 과거 나의 불행과 맞닿아 있기도 했다.

나도 한때 질기고 거칠며 푸석한 청상과부 엄마로부터 벗어나고 싶었다. 나를 길러 냈던 엄마의 악다구니로부터 벗어날 수 있다면 어떤 대가를 치르더라도 좋을 것 같았다. 그래서 언니처럼 결혼과 함께 서울로 휙 날아가 버리길 꿈꾸고 또 꿈꾸었다. 그것이 괘씸하더라도, 이 세상 모든 자식들은 부모 품을 벗어나길 갈망하는 게 순리다. 그러면 시아버지의 갈망은 또 무엇인가.

명치끝은 여전히 묵직하고 답답했다. 레스토랑으로 가던 차를 멈추고, K에게 전화를 했다. K는 벨이 여러 번 울린 다음에야 전화를 받았다.

「탑동으로 가 있으면 20분 뒤에 도착할게.」

「호텔은 싫어하는 거 알잖아.」

「그래도 지금 여긴 안 돼.」

난 잠시 고민했다. 난 그의 발이 너무도 절실히 필요했다. 지금 당장 그의 발아래서 잘근잘근 밟히고 싶었다. 내 어깨와 등과 허리와 엉덩이와 허벅지 그리고 종아리를 부드러운 그의 맨발이 밟고 지나는 그 감촉이 그리워 몸을 부르르 떨었다.

「알았어.」

대답과 동시에 K와 곧 헤어져야 될 때가 왔음을 선명하게 깨달았다. 난 10리 밖에서도 마음이 떠나가는 소리를 들을 수 있다. 나를 바라보는 주위의 많은 오해는 이 감각에 귀 기울여 온 내 잔혹함에 있다.

P와 헤어질 때도 그랬다. 그땐 서른 중반이었으니 이별의 잔혹함은 더욱 컸다. 열정이 용광로처럼 끓었던 그때에도 내 예민한 감각은 P의 마음이 떠나가고 있다는 사실을 알아챘으며, 2년이 아니라 3년쯤 앓아누울지 모르겠다고 생각하면서도 헤어졌다.

P에게 난 하마터면 청혼할 뻔도 했었다. 그에게 매달리고 사정하고 싶었다. 내 모든 것을 다 걸고 그의 숨구멍 하나까지 점령하고 무너뜨리고 싶었다. 그래서 그의 마음이 서서히 떠나가고 있다는 걸 알아채고도 1년이나 더 그를 사랑했다. 그리고 오래도록 그를 향한 마음이 닫히지 않았다. 나도 모르게 그를 볼 수 있는 곳으로 발길이 옮겨졌으며, 그의 전화번호를 누르지 않기 위해 주먹을 쥐어야 했고, 눈앞에 불쑥 나타나는 그의 헛것에 눈물을 흘리기도 했다. 그럼에도 난 그 이후로 한 번도 P를 만난 적이 없다. 내 이별은

언제나 독했으며, 그 독기의 칼날은 늘 내게로 향했었다.

난 뜨거운 욕조에 몸을 담그고 P를 생각했다. 그때의 아픔이 오롯이 되살아났다. 어떤 이별도 아프지 않은 적이 없었다. 아마 K와의 이별도 그럴 것이다. 내 딴엔 모든 사랑의 무덤을 평장으로 치러, 그 위에 풀이 돋고 나무가 자라 흔적조차 없애려 애썼다. 그럼에도 바람은 비석도 없는 그 무덤의 소식을 실어 나르곤 했다. 그래도 민규가 세워 둔 문처럼 무너지지 않고 여전히 삐걱거리지 않길 바랄 뿐이다.

내가 막 냉장고에서 맥주를 꺼내려는데 K가 들어왔다.

「힘든 일 있었구나.」

K는 언제나 다정했다. 그는 침대에 앉아 내가 마시던 맥주를 한 모금 마셨다. 그러고는 깃 한쪽이 안으로 접혀 있던 셔츠를 벗었다. 언제나, 단추를 열고 벗어야 할 옷도 K는 두 팔을 허리춤에 엇갈려 놓고, 머리로 들어 올려 뒤집어 벗곤 했다. 난 습관처럼 뒤집어진 그의 셔츠를 똑바로 뒤집어 옷걸이에 걸었다.

난 침대에 엎드렸다. K는 내 행동이 무얼 말하는지 알았다. 그는 내 엉덩이에 승마 자세로 앉았다. 엉덩이로 발기된 그의 물건이 느껴졌다. 그리고 그의 적당한 무게, 난 어쩜 K의 이 무게를 사랑했는지 모른다. 결코 70킬로그램을 넘지 않을 이 무게가 내 위에 포개지거나 내 위를 잘근잘근 밟고 갈 때의 편안함에 난 길들여졌다. 어깨를 지나 척추를 타고 흐르는 그의 손길은 부드럽고, 힘이 있었다. 명치끝에서부터 뭉친 경직된 기운이 그의 손끝을 타고 풀어지기 시작했다. 몸의 마디마디는 긴장을 풀고 느슨해졌다. 난 낮게 신음했다.

내 마음을 가장 먼저 아는 것은 내 몸이었다. 내 몸은 수시로 경직되어 근육통을 유발하거나 위장이 바짝 쪼그라들어 음식물을 거부하곤 했다. 처음 K의 무게를 만났을 때도 내 몸이 부린 성질 때문이었다. 요가 학원에 등록을 해놓고 몇 번 나가긴 했지만, 그날은 더욱 몸이 굳어져 있었다. K는 단박에 내 상태를 알아보았다. 그는 내게 몸이 경직되었다며, 굳어진 어깨 근육을 풀어 주겠다고 했다. 들이쉬고, 내쉬고……. 그의 부드러운 음성에 따라 감정 없이 와 닿는 그의 손길은 처음부터 편안했다. 그의 손길은 느리고 부드럽게 다가왔다가 강한 지압으로 내 몸을 긴장시키곤 했다. 요가원에서 보는 그는 부드러웠으나 무표정했고, 친절했으나 무심했다. 그래서 수강생들은 '템플 스테이'를 체험하는 사람들처럼 편안하면서도 일정분의 강요된 고요를 즐기는 눈치였다. 또한 은은하게 피운 향내가 그런 분위기를 더욱 고조시켰다. 난 마치 절에 가는 심정으로 요가원을 찾곤 했었다. 시간도 남들처럼 일정한 시간에 가는 것이 아니라, 내 맘이 쏠리는 대로, 시간이 나는 대로 들쑥날쑥했다.

「아, 수요일은 늦은 오후 한 강좌만 하는데요……. 안내문에 적힌 걸 못 보셨군요.」

비가 추적추적 내리던 봄이었다. 내 몸은 감기로 열을 내고 있었음에도 근육은 뻣뻣하게 굳어 견디기 힘든 상태였다. 며칠 민석과 선거 캠프 문제로 언쟁이 오고 갔었다. 그가 레스토랑에 공짜 손님을 대거 데리고 나타나면서부터였다. 시아버지가 선불로 물려준 재산이니 장남인 자신이 공짜로 이용하는 것은 타당하다는 태도였다.

셔터를 내리다가 막 도착한 나를 본 K는 잠시 망설이더니, 다시 셔터를 올렸다. 나중에 그에게 들은 말에 의하면, 꼴을 보아하니 봄비의 무게도 이기지 못할 해쓱한 얼굴로 자신을 애처롭게 바라보고 있었다고 했다.

K는 좌식으로 된 다실 겸 사무실로 나를 데리고 들어갔다. 그리고 난로를 피우고는 차를 따라 주었다. 녹차에서 시작해, 국화차, 고정차, 보이차, 끝으로 대홍포까지, 앉은자리에서 마신 차가 1.5리터는 족히 될 듯싶었다. 화장실을 두 번이나 갔다 왔었다. 그사이 몸도 마음도 많이 풀어져서 첫 번째 화장실을 갔다 오면서는 그동안 듣지 못했던 음악이 잔잔하게 나오고 있었다는 사실을 알았고, 촛불 위에 놓인 투명한 주전자에서 보랏빛 쑥부쟁이가 방금 피어난 듯 은은한 향을 품어 내고 있다는 것을 알아챘다.

「찻물로 몸속을 정화시킨다는 기분으로 천천히 마셔요. 화장실에 몇 번이고 가도 좋아요.」

K의 목소리는 울림이 있었다. 그의 목소리를 하나씩 분해해 보면 색색의 동그란 구슬로 이루어졌을 것 같았다. 리듬감과 볼륨감

이 함께 느껴지는 기분 좋은 소리였다.

　내가 K를 사랑한 것은 그의 무게와 침묵 때문이었다. 단 둘이 있던 처음부터 그는 말을 많이 하지 않았음에도 그와 난 많은 것을 알아냈고, 짧은 질문과 대답 사이의 긴 침묵이 편안했다. 사람과 사람 사이에 말이나 노래나 혹은 춤이나 손짓, 심지어 돈이 오고 갈 때도 편안함과 익숙함 혹은 불편함과 불쾌함이 있는 것은 당연지사다. 그중에서도 나는 침묵의 빛깔이 어떤가에 상당한 의미를 두는데, K와 나 사이에 놓인 침묵은 처음부터 부드럽고 편안했다. 묻지 않아야 될 것은 묻지 않고, 말하지 않아야 될 것은 말하지 않는 침묵은 허깨비처럼 가볍지 않고, 무쇠처럼 무겁지 않았으며 그의 무게처럼 안락했다.

「헬스클럽 하는 송 사장 알아?」

「잘 알지. 여기 개업하기 전에 요가 강좌를 거기서 했거든.」

「자길 무슨 비밀 종교 집단에 있던 사람으로 알던데, 섹스교라나.」

「어디서 탄트라 요가에 대해서 한마디 주워듣고 와서는 엉뚱한 소리로 떠벌리고 다닌다니까. 그 자식이 좀 그래. 단순하고 또 순진한 면도 있고.」

　그의 체중이 실린 발이 내 종아리까지 내려갔다가, 온몸으로 나를 지그시 눌렀다. 귓바퀴로 쏟아지는 그의 숨결에서 바다 냄새가 났다.

「아직도 그 짐승하고 살아?」

「문득 그 짐승이 낙타가 아닐까 생각했어. 내 친구가 폐경 증후군을 앓고 있다는 소릴 들었어. 2, 3년이면 그 친구의 경수는 끊어져. 그 친군 서럽대.」

「그건 요리에서 향신료의 배합이 달라지는 정도야. 호르몬의 배합 차이지.」

「어쨌든 낙타가 사는 것은 유쾌한 일은 아니야.」

「사막을 다니는 낙타가 자신의 등에 짊어지고 다니는 것은 물이 아니라, 기름이라더군.」

「물이었다면, 목마른 상인들이 낙타를 죽였을 거야.」

「당신 등엔 뭐가 있지?」

K가 나를 돌아눕히고, 내 눈을 바라보았다. 난 대답하지 않았다. 난 머리를 들어 그의 입술에 내 입술을 포갰다. 그의 손이 부드럽게 내 머리를 감쌌고, 그의 입술이 천천히 내 머리를 아래로 밀었다. 난 그를 안고 돌았다. 침대 매트리스가 가볍게 요동을 쳤다. 내 무게가 그의 몸에 얹혔다. 그리고 나의 모든 것이 그에게로 쏠렸다. 눈동자와 코와 입술과 유방과 거웃, 그리고 마음까지.

「당신 눈 속에서 허방이 보여.」

「내 눈동자에 비친 당신 눈이야.」

난 당신 마음이 돌아서고 있는 게 보인다고 말하려다 말았다. K는 지금 내 눈 속에서 그 명분을 찾고 있었다. K는 어림없는 소리라는 듯 푹 웃었다. 나는 몸을 활처럼 휘어 천장을 바라보았다. 좀 더 거칠어진 그의 숨결이 내 목덜미에서 부서졌다. 난 천천히 그의 몸을 삼키기 시작했다.

내 안의 그 짐승이 낙타인지 혹은 늑대인지, 내 눈에 허방이 있는지, K의 눈에 허방이 있는지, 지금 이 순간엔 그 어느 것도 중요하지 않았다. 난 그에게, 그는 나에게 이 순간이 전부였다. 그거면 됐다.

4

일찍 찾아온 무더위에 열대야까지 겹쳐 다들 피곤한 얼굴을 아래로 늘어뜨리고 다녔다. 바다도 청회색 우울한 얼굴로 낮게 엎디어 조용했다.

「아직 장마도 안 왔는데 날씨가 왜 이러냐.」

점심 전인데, 선미가 씩씩거리며 찾아왔다.

「속에서 화기가 푹푹 펀치를 날리는 통에 죽겠다. 폐경을 경고한다고 푹 치고, 잘난 서방 놈이 지른 부아가 툭 치고, 이젠 날씨까지 가세해서 아예 삼박자 펀치로 리듬감 있게 날 죽이려고 작정을 했나 보다.」

곧 들이닥칠 손님들을 위해 마지막으로 홀을 점검하던 나는 선미를 외면했다. 때때로 바다 빛과 함께 하루를 시작할 때가 있다. 청회색 우울한 바다의 조짐에 기어이 선미의 방문이 다시 한 번 쐐기를 박은 셈이다. 발톱을 세운 고양이처럼 낮게 가르랑거리는 불쾌감이 내 입술을 간질였다.

「장사하는 집에 개시도 하기 전에 와서 화통 삶는 소리하는 것은 어디 예절이냐?」

「생각해 보니 그렇네. 미안하다. 이 인간이 직장 때려치운 것도 자랑이라고 해가 중천에 오도록 오뉴월 개처럼 퍼질러 자잖아. 나, 위에 올라가 있을게.」

벌건 대낮에 쭈뼛거리며 집에 들어왔던 그날, 내 예측대로 시누 남편은 직장을 그만두었다고 했다. 선미 말에 의하면 복날이 한참 남았는데, 개 잡아먹고 사람들하고 개처럼 싸우고 오는 길이었다고 했다. 그런데 물러 터진 그는 싸움의 원인이야 어쨌든, 모든 잘못을 자기가 뒤집어쓰고 직장까지 그만두었다고 했다.

선미가 박은 쐐기 때문인지 런치 타임은 한산했다. 후텁지근한 이런 날, 제주 사람들에겐 포크와 나이프보단 시원한 물회 한 사발 들이켜는 것이 최고의 호사일 터였다.

「야, 일어나.」

선미는 침대에 큰대 자로 누워 있었다.

「뭐야, 벌써 점심시간 끝났어?」

「시 자 붙은 년이 개시 전부터 와서 초 치는데 장사가 잘될 턱이 있냐.」

「하이구, 지가 시집살이 얼마나 했다고 시 자 붙은 년 타령이냐.

너야 솔직히 시 자 붙은 아버지 사랑을 나보다 더 받고 있으면
서. 그 아버지야 우리 아버지라기보단 야목이 너네 아버지 아니
냐? 솔직히 뻑하면 직장 때려치우는 서방 놈도 밉지만, 우리 아
버지가 더 밉다. 아무리 미운 사위여도 어쩜 그렇게 보리밥 한
그릇 공짜로 안 주냐.」

「나가. 사랑받은 년이 점심이라도 사야지.」

「그냥 여기서 맥주나 한잔 할래.」

그러나 난 부득불 선미를 끌고 밖으로 나왔다. 종업원들만 사장
눈치를 보는 게 아니었다. 때때로 선미가 찾아와 앙앙거리며 미주
알고주알 집안일을 털어놓는 것도 민망했다.

「차라리 니가 취직해. 손가락 빨면서 서로 노려보지 말고. 보라
아빠보고 살림하라면 되잖아. 요즘엔 남자 주부들도 많다던데.
보라 아빠야 직장 자주 때려치우는 것 빼고 다 좋잖아. 착하고,
여자 문제로 속 썩이지도 않고.」

「그 주제에 여자가 따르기나 하냐? 요즘 세상에 착한 것도 병신
인데, 그 남자는 착한 게 아니라 물러 터지고, 줏대도 없고, 그저
남이 나가라면 나가고, 들어오라면 들어오고 그게 다야. 어렸을
때는 그 착한 것이 평생 나 하나만 보고 살 거라고, 나만 사랑할
거라고 착각한 거지. 근데 밖에서는 물렁텅이 호박인데 마누라한
테만은 큰소리치고 강한 척한다니까. 내가 왜 취직 안 하는 줄 알
아? 취직해도 집안일은 100퍼센트 내 몫이야. 그 남자 절대 집안

일 안 해. 남들이 보기엔 순하고 착해 보이지? 어림없어. 그리고 막말로 사내 다리 세 개 강하면 입줒이 사나워도 참아 주기나 하지. 꼴에 분수도 모르고. 난 이담에 우리 보라년이 돈 없는 놈 데리고 오면 몽둥이로 다릴 분질러서라도 결혼 안 시켜. 사랑? 그거 아주 잠깐이지. 언젠가 신문에서 보니까 사랑도 호르몬 작용이라며? 그것도 효과가 1, 2년밖에 안 간대. 그런데 거기에다가 자기 평생을 걸 필요가 있어? 생각해 보면 사랑도 지랄병이지.」
「야, 김민규 같은 남자도 있어. 집구석 좋은 줄 알고, 일자리 떨어져도 알아서 기어 들어올 때 어르고 뺨 쳐서 잘 좀 살아.」
「솔직히 민규 오빠에 대해선 할 말이 없다만, 그래도 이 인간처럼 눈앞에서 알짱거리면서 평생 속 썩일 거면 안 보이게 사라져 주는 것도 좋은 일이야. 그 인간 덕에 내 인생 전체가 징징거림으로 가득 찼어. 솔직히 이 나이면 경제나 자식이나 남편이나 다들 안정될 줄 알았다. 근데 아직도 난 징징대면서 살잖아. 결혼할 때도 아버지가 반대해서 징징대면서 결혼 허가받아 냈지, 그 인간 직장 수시로 때려치워서 징징댔지, 집 안에 들인 물건들도 그래. 장롱이며 냉장고, 싸구려 합성피 소파며 텔레비전이며 다 징징대면서 사들인 거야. 한번도 넉넉하게 돈이 있어서 산 게 아니라, 그저 가랑이 찢어지지만 않게 겨우겨우 돈 맞추고, 그 인간 비위 맞추고 이러면서 사들인 거라고. 차라리 혼자였으면, 어떡하든 나 혼자 벌어서 내가 쓰고 싶은 대로 쓰고 살기나 했지. 명

색이 가장이랍시고, 온 데 사방 간섭 안 하는 일이 없고. 그렇다
고 애새끼라도 공부를 잘해서 편안하게 해준 적도 없고 말이야.
이러다가 늙어서도 징징대며 살까 봐 겁나. 아버지가 결혼 반대
할 때 징징댔던 게 이렇게 평생 갈 줄 어떻게 알았겠느냐구. 철
없는 나이에 사랑 운운하면서 잘난 체한 게 평생 후회돼. 사랑?
하이고 꼴난 사랑. 난 텔레비전에서도 사랑 타령하면 꺼버려. 그
게 밥 먹여 주는 것도 아니고.」

보신탕에 반주 삼아 시킨 소주 한 병이 선미의 신세타령을 부추겼
다. 늦은 점심상을 앞에 놓고 선미의 신세타령은 질기게 이어졌다.

「솔직히 나 이번엔 확실하게 집을 나가 버릴까 하다가 못 나갔
어. 우리 아버지 또 쓰러지실까 봐. 또 내가 집 나가면 그 인간이
야 굶든 먹든 상관 않겠는데, 먹는 걸 중요한 일과로 치는 우리
아버지가 내 핑계 대고 그 여자네 집으로 들어가서 살까 봐. 기
회다 하고 말이야. 그럼 오빠한테 얻어맞고 뼈도 못 추릴 거다.
생각해 보면, 내 팔자도 참 그래. 못난 서방 눈치에 아버지 눈치
에 오빠 눈치에, 잘났건 못났건 어째 내 주위에 있는 남자들은 내
게 눈칫밥만 주냐고. 한때는 잘나가던 경찰서 집 고명딸 김선미
의 팔자도 참 안됐다.」

그랬다. 잘나가던 경찰서 집 고명딸, 한때 선미는 선망의 대상이
었다. 유복한 집에서 어여쁜 엄마와 똑똑한 오빠와 동생을 가진 선
미를 무척 부러워했었다. 악다구니만 쓰는 청상과부 엄마와 그 엄

마에 맞서서 콩 한 쪽이라도 더 뜯어내려고 징징거렸던 언니, 그리고 그 불똥이 튈까 봐 전전긍긍했던 나를 가족이란 이름으로 묶어 두었던 우리 집이 지긋지긋했었다.

그래도 난 그 지긋지긋한 엄마의 초가집 울타리를 벗어나는 순간 허리를 곧게 펴고 턱을 치켜든 채 도도한 표정을 하고 학교에 갔다. 누구도 내가 악다구니와 징징대는 것에 지겨워하는 초라한 여자라는 사실을 알지 못했다. 아직도 학교 동창들을 만나면 나를 유복한 집 딸로 기억하는 친구들이 많았다. 심지어 선미조차 민규와 결혼 말이 오고 갈 때까지 내가 홀어머니의 딸이란 사실을 몰랐었다. 이런 나를 두고 선미는 새침데기에 왕내숭쟁이라고 놀렸다. 하지만 새침도 내숭도 아닌, 내 자존의 한 방편일 뿐이었다.

보신탕으로 몸보신시키고, 속에 있는 울화까지 넉넉히 받아 주고 나서도 난 선미가 불안했다. 습관적인 실업일지라도, 그 실업에 체념하고 익숙해질 때까지 혹은 재취업할 때까지 선미는 그 남편과 수시로 싸움을 벌일 것이고, 그 끝은 언제나 우리 집으로의 도피일 것이다. 무엇보다 더 큰 문제는 시아버지였다. 시아버지의 도피처가 드디어 생긴 것이다. 도피는 실질적인 결혼 상태로 진입했음을 의미하면서 동시에 법적 결혼까지 무사통과로 이루어질 가장 큰 호재라는 점이다. 그러나 무엇보다 큰일은 이 과정을 결코 쉽게 넘길 김민석이 아니란 점이다. 한바탕 가족들 간의 폭풍이 몰아칠지도 몰랐다.

내 불안은 드디어 실체를 드러냈다. 그러나 그것은 예상치 못한 곳에서 터져 나왔다.

일은 시누 남편의 무른 성정이 발단이었다. 평소 피붙이가 아닌 다른 사람들에게 유난히 착했던 시누 남편은 그가 저지를 수 있는 최악의 일을 저지르고 말았다. 선미는 자기 남편의 많은 부분들을 참아 내야 할 것들로 인정해 버린 지 오래였으므로, 직장에서 수시로 뛰쳐나오는 일이나, 밖에서 당한 화를 선미에게 푼다거나, 가끔 술을 마시고 쌈박질을 하는 따위의 것들에는 포기와 인내를 버리지 않았다. 시누 남편은 선미가 우리 집으로 도피해 있을 때, 라면을 끓여 장인어른을 대접한다든가 장인의 구박을 견딘다든가 빨래를 걷는 따위의 평소의 보잘것없는 자상함으로 선미의 연민을 샀었다.

하지만 연대 보증에 대한 책임으로 은행에서 날아온 빚 독촉장은 선미의 인내심을 바닥내고 말았다. 말이 불알친구지, 소주 몇 잔으로 줏대 없이 착한 시누 남편을 종부리듯 부려 온 남자를 위해 빚보증을 섰다는 것이다.

결국 시아버지의 유쾌한 삶조차 며칠 동안 보류되고 말았다. 마른장마로 비 한 방울 뿌리지 않는 후덥지근한 날씨는 밤이 되어도 쩔쩔 끓어 댔다. 열대야 덕분에 모두들 덥다는 생각에만 사로잡혀 있었다. 세상의 모든 것들은 덥혀졌다. 가로수가 만든 그늘이거나 건물들이 만든 그늘도 모두 덥혀진 채 펄펄 끓었다.

선미의 이성은 덥혀지는 수준을 넘어서 푹푹 끓더니 아예 증발

되어 사라져 버렸다. 시누 남편의 옷가지들이 마당에 다 쏟아져 나오고, 마당의 대야가 시누 남편에게 날아갔다. 선미의 분함은 온 동네가 떠나가도록 들썩거렸다. 그러다가 제풀에 꺾인 선미가 선풍기 바람 앞에 한참 앉아 있는 동안, 시누 남편은 처마 밑에 쭈그리고 앉아 담배꽁초만 수북이 쌓아 놓았다. 놀이처럼 며칠 동안 계속 반복된 똑같은 일이었다. 그는 선미의 분이 풀려서 사면령이 떨어지기만을 계산하고 있는 얼굴이었다.

내가 선미의 전화를 받고 달려갔을 때도 시누 남편은 처마 밑에 쭈그리고 앉아서 담배를 피우고 있었다. 문이 열린 채 어둑신한 시아버지의 거처에서도 사람의 기척이 느껴지는 걸로 보아 시아버지도 외출을 하지 않았거나, 외출했다가 돌아온 게 분명했다.

한동안 씩씩거리던 선미가 말짱하게 가라앉은 얼굴로 사람들을 집 안으로 불러들였다. 선미의 그런 모습은 뭔가 비장한 데가 있어 어색했는데, 장인에 처남과 처남댁까지 한꺼번에 불러들였으므로 시누 남편은 주눅이 잔뜩 든 채 쭈뼛거리며 집 안으로 들어섰다.

선미는 착 가라앉은 목소리로 시아버지에게 미안하다는 인사부터 챙겼다. 뭔가 분위기가 심상치 않았다. 차라리 좀 전처럼 악을 바락바락 쓰는 게 나았다. 이 어색함은 시누 남편도 마찬가지였는지, 반바지 아래로 드러난 털이 부숭부숭한 다리만 연신 문질러 댔다. 민석과 함께 오지 않고 혼자 온 큰동서는 핸드폰 폴더만 폈다 접었다를 반복하고 있었다.

「여기 가족들 있는 데서 당신이 결정해. 둘 중 하나 선택해. 다른 대안은 없어. 난 어떤 것도 다 받아들일 용의가 있어.」

다리만 문질러 대다 손동작을 문득 멈춘 시누 남편은 자신의 아내와 장인과 처남을 번갈아 쳐다보며 어깨를 더욱 움츠렸다.

「이혼 서류에 도장을 찍던가, 선원으로 나가. 선원으로 나가면 그 선납금으로 당신이 보증 선 빚을 갚을 수 있을 거야. 이혼 서류에 도장을 찍으면 보라는 물론 내가 맡고 당신은 몸과 그 빚만 들고 나가면 돼. 다른 선택은 없어.」

선미의 말투는 차분하고 단호했다.

「내가 어떻게 배를…….」

시누 남편이 용수철처럼 튀어나오는 말을 중간에서 툭 멈추었다. 말과 함께 부라리던 눈빛이 순간 숙연해지며 장인과 처남을 바라보았다. 그러나 주먹 쥔 손엔 자기 아내가 제시한 처사에 대한 터무니없음이 아직 남아 있었다.

「분명히 말했지. 다른 대안은 없어. 이 자리에서 결정해. 당신이 다른 사람 빚보증 설 때처럼 단호하게 해. 어른들 기다리게 하지 마.」

선미는 종이 두 장을 내밀었다. 하나는 이혼 서류고 다른 하나는 백지다. 아마 선원으로 나가겠다는 각서를 받을 종이인 모양이었다. 시누 남편은 그 종이들을 바라보다가 담배를 꺼내 물었다.

「남편을 노예로 팔아먹겠다는 거잖아. 아버님!」

시누 남편은 애절한 눈빛으로 시아버지를 불렀다. 시아버지는 비스듬히 돌아앉은 채 묵묵부답이었다.

「노예? 그럼 이혼해요.」

「처남!」

시동생 민호도 그런 매형을 외면했다.

「당신 식구들 앞이라고 너무 하는 거 아냐?」

「결정해. 다른 말은 필요 없어.」

「지난번 어마어마한 형님 선거 비용도 아버님이 대주셨잖아요. 더는 이런 일 없을 거예요. 아버님, 아버님이 이번만 어떻게 해주시면 평생 이런 일 없을 겁니다. 저도 이런 일은 이번이 처음이잖습니까. 그 친구가 지금 어려워서 그러는데 조만간 갚을 겁니다. 그렇게 큰돈도 아니잖습니까. 단돈 몇 백만 원에 사람을 이렇게 무참하게 잡아도 됩니까. 이 사람이 지금 너무 오버하는 거라구요.」

비스듬하게 돌아앉은 시아버지를 향해 내뱉는 시누 남편의 소리가 간절했다. 그러나 시아버지는 어깨 위에 올라간 사위의 손을 털어 낼 생각도 없이 조용했다.

「여기서 우리 그이 얘기가 왜 나와요? 아버님 돈이 거저인 줄 알아요? 우리도 달러 이자 물고 있어요.」

억지로 불려 나온 이 낯선 풍경에서 자리 값이나 하고 가자는 태도로 앉아 있던 서울내기 큰동서가 발끈하고 화를 냈다. 그렇잖아

도 말 설고 물 선 섬에 내려와서, 정치하는 남편 따라다니며, 알아
듣지도 못하는 사투리에 연신 웃음으로 끄덕이는 데 진저리를 내
던 큰동서였다. 게다가 은근히 시아버지의 원조를 믿고 내려왔는
데, 그 주머니 끈 한 번 열려면 온갖 아양과 비굴함을 동원해도 어
림없는 일이었다.

「누나 말대로 해요. 매형이 평소에 잘했는데도 누나가 이래요?
허구한 날 직장을 때려치우고 놀기 일쑤고, 우리 누나 그만큼 고
생시켰으면 됐어요. 단 돈 몇백만 원? 매형이 언제 그런 돈 벌어
다 주기나 해보고 하는 소리에요?」

그동안 별말이 없던 민호도 선미를 거들고 나섰다. 아랫사람인
민호마저 볼멘소리로 제 누나 편을 들고 나서자, 시누 남편은 라이
터를 거칠게 켜서 담배에 불을 붙였다. 담배 연기가 선풍기 바람을
타고 집 안으로 폴폴 흩어졌다. 아주 잠깐의 침묵을 누르고 시아버
지가 끙, 소리를 내며 일어서 나갔다. 이어 가족들이 하나씩 소리
없이 자리를 뜨기 시작했다. 나도 조용히 일어나 소리도 내지 않고
신을 신었다. 내가 막 마당에 내려서는데, 시누 남편의 '어이, 씨팔'
하는 소리가 들렸다. 내가 누구처럼 처자식 버리고 땡중이 됐어,
선거판에서 돈을 날리기를 했어, 하는 소리도 따라 들려왔다. 그
말에 마당 끝을 막 벗어나던 큰동서가 획 돌아서며 샐쭉한 눈으로
집을 한 번 노려보다가 서둘러 마당을 빠져나갔다.

「땡중? 차라리 민규 오빠처럼 그렇게 사라지기라도 해……」

선미의 악에 받친 목소리는 닫힌 대문 안으로 잘려 들어갔다. 골목에 세워진 차 안은 쩔쩔 끓었다. 더위는 내 인내심을 자극했다.

시누 남편은 아직도 내 편인 게다. 민규를 아직까지 용서하지 못한 게 틀림없었다. 저토록 생각 없이 툭 튀어나오는 말인 걸 보면, 십수 년이 지나도록 그 일을 마음에 품고 있었던가 보다. 하지만 난 진즉에 그를 잊었다. 구엄리 엄마 집으로 현빈을 데리고 들어갈 때 이미 그랬다. 사랑이니 용서니 그리움이니 기다림이니 하는 단어들은 아무짝에도 쓸모없는 것이었다. 들들 끓어 대는 것 이외에 그것들이 할 수 있는 일은 없었다.

나는 차를 구엄리로 돌렸다. 거리엔 때 이른 폭양이 쏟아졌다. 단 하나의 욕망만을 가진 고양이처럼 맹렬한 눈빛으로 타오르는 여름 한낮의 태양이 거리에 쏟아졌다. 뜨거운 욕망은 살아 있는 모든 것들을 고갈시키며 맹렬하게 타올랐다. 거리의 사람들도 그 욕망에 넋의 일부를 빼앗긴 몰골로 늘어지고 지쳐 보였다. 그 빛에 모든 것들은 하얗게 바래진 채 시들었다. 사나운 햇빛이 세상을 반쯤 녹여 버려 모든 사물들은 흐물거리며 어지러웠다. 아스팔트 군데군데 물웅덩이가 일렁였다. 달려가 보면 말짱 헛것이었다. 신기루였다. 자글자글 끓어 대는 건 길만이 아니었다. 거대한 찜솥에 들어앉은 도시가 쩔쩔 끓어 댔다. 마른장마에 이토록 독한 햇살이 퍼부어지다니. 에어컨을 2단까지 틀었는데도, 팔뚝에만 고슬고슬 한기가 맺혔다. 마을도 데친 푸성귀처럼 시든 채 조용했다. 그러려니 하고 왔지만, 구엄리 집 마당은 온통 소란스러운 난장판이었다. 잔디는 발목이 잠기게 자랐고, 꽃밭은 잡초와 꽃들이 뒤엉켜 어미 없는 가난한 집 어린 형제처럼 처참했다.

나는 제일 먼저 낫을 들고 마당으로 나섰다. 쭈그리고 앉아 무서운 속도로 자라는 잔디의 머리채를 잡고 쓱쓱 낫질했다. 그것도 바람막이라고, 세 칸 슬레이트 집은 그새 기운 해를 제 몸으로 받아내, 마당의 반쪽에 제법 그늘이 졌는데도 달궈진 지열은 어쩔 수가 없었다. 등허리로 땀이 흘러내리고 쭈그리고 앉은 오금이 땀으로 끈적거렸다. 하지만 난 멈추지 않았다. 벼린 낫이 스칠 때마다 잘려 나가는 풀이 아니었다면, 누군가의 멱이라도 따고 싶은 심사였다. 넓지도 않은 마당인데 3분의 1도 하지 않아서 다리가 저리고 허리가 뻐근했다. 등허리에 땀이 촉촉하게 뱄다. 나는 일어서서 허리를 폈다. 주먹으로 다리도 톡톡 두들겨 보지만 신통치 않았다. 나는 깎인 쪽의 잔디를 보았다. 그 위로 개미 한 마리가 윤기 나는 검은 햇빛을 지고 기어가고 있었다. 나는 물끄러미 그 개미를 쫓다가 깎지 않은 잔디 위에 다시 쭈그리고 앉았다. 낫이 아주 무디지 않아서 다행이었다. 금방 마당 한편에 깎은 풀이 소복이 쌓이고, 풀 내가 비릿하게 퍼졌다. 나는 이미 한쪽 끝을 점령한 토끼풀을 뽑아내기 시작했다.

'누구처럼 땡중이 되길 했어.' 시누 남편의 어기댄 목소리가 땀을 타고 흘렀다. 욕망을 버리기 위해서든 자아를 찾기 위해서든, 민규의 실종은 '땡중'으로 압축되었다, 시누 남편에게는. 나 또한 크게 다르지 않아서, 부아가 날 때마다 땡땡거리며 종소리가 나도록 땡중의 머리통을 두들겼다. 그럼에도 느닷없이 날아온 '땡중'이란 말은 비수가 되었다. 시퍼렇게 세웠던 민규의 칼은 철학적 깊이나 삶의 고뇌와 상관없이, 언제나 내 가슴을 도려냈다.

「퇴계가 왔어요, 퇴계가. 이 퇴계가 3천 원, 저 퇴계도 3천 원. 합치면 5천 원. 퇴계가 왔어요, 퇴계가! 이 퇴계 저 퇴계 합쳐서 5천 원!」

느닷없이 골목에서 트럭 행상의 마이크 소리가 쩌렁쩌렁 울렸다. 나는 무슨 소린가 싶어서 밖으로 나갔다.

「폐계가 왔어요! 폐계가 왔어요. 한 마리 3천 원 두 마리 5천 원! 빨리빨리들 나오셔서 골라 가세요. 폐계요, 폐계.」

옆집 할머니가 벌써 나와 봉지에 담긴 두 마리를 다시 들여다보며 아직 아이스박스에 남아 있는 것과 비교를 하는 중이었다. 어쩌다 들어오는 아들과 단 둘이 사는 할머니는 꼬깃꼬깃한 천 원짜리를 손으로 펴며 5백 원만 깎아 달라고 흥정을 했다. 노동으로 굵어져 굽은 손은 마지막 천 원짜리 한 장을 장사꾼 앞에 내밀며 못내 아까운 얼굴이었다. 할머니 등 너머 멀지 않은 곳에 먹장구름이 보였다.

습기로 무거워진 공기를 헤집고 다시 마당으로 돌아왔다. 마당 한쪽은 깔끔했지만, 나머지 반은 여전히 풀이 무성했다. 그러나 더 이상 풀을 베고 싶지 않았다. 코앞에 닥쳐온 먹구름도 심상치 않았다. 나는 목장갑을 탁탁 털어, 낫과 함께 처마 밑에 걸어 두고 집으로 들어왔다. 갑자기 빛이 없는 집에 들어오니, 눈에 남아 있던 빛의 잔상이 무지개 입자로 둥둥 떠다녔다. 땀에 전 몸을 씻고 나오니, 장대비가 쏟아지고 있었다. 이 비 쏟아 내자고 그렇게 포악을 떨었는지, 슬레이트 지붕을 두드리는 빗소리가 굿장단처럼 요란했다. 온몸이 뻐근하도록 낫질을 했건만, 마당의 절반도 손길이 가지 못했다. 그래도 빗줄기를 타고 퐁퐁 솟아 나오는 막 베어진 풀 냄새에 버린 낫 같던 마음결이 한결 편안해졌다.

나는 시계를 보았다. 너무 오랫동안 가게를 비워 두었다. 저녁 시간에 맞추려면 지금 길을 나서야 했다. 그러나 빗줄기는 좀체 가늘어질 줄 몰랐다. 나는 신발장을 열어 보았다. 한두 개쯤은 있어야 될 우산이 하나도 없었다. 보일러실과 부엌 그리고 마루 밑까지 둘러보았지만, 도통 우산이 보이지 않았다. 마당을 지나 차를 세워 둔 골목까지의 거리야 얼마 되지 않지만, 빗줄기가 심상치 않았다. 우산이란 게 닳도록 써서, 오달지게 쓰고 더 이상 쓸 수 없어서 못 쓰는 게 아니다. 흐리기만 했던 날, 비가 오다 말짱하게 그쳐 버린 날, 누군가 툭 던진 말이 상처가 되는 날 우산은 어디론가 사라져 버린다. 잃어버렸으면 누군가 줍겠지만, 길모퉁이를 돌아설 적마다 잃어버리고 또 잃어버려도 눈먼 행운으로 우산 하나 줍지 못하는 나다. 내게서 너무나 쉽게 사라지는 우산들. 나는 마루문에 기대서 한참 밖을 내다보았다.

골목에 세워 둔 차까지 뛰어가는데, 익어 가는 폐계 냄새가 골목에 가득 차 있었다. 쭈그러진 피부 아래 고름처럼 고여 있던 누런 기름 덩어리가 압력솥에서 고아지는 냄새였다. 미주알이 빠져 더 이상 알을 낳을 수 없는 폐계는 압력솥에 고아야만 살결이 부드러워졌다.

땀에 절고 비에 젖은 옷을 갈아입고 아래로 내려오니, 레스토랑은 한산했다. 아직 저녁 시간 전이기는 했지만, 이 굵은 빗줄기를 뚫고 올 손님이 많지 않을 것이다. 한줄기 시원하게 듣고 갈 소나긴 줄 알았더니, 명색이 장마라고 밤새 쏟아질 기세였다. 이런 날은 초저녁 가족 단위 손님들보단 늦은 저녁 연인들이 자리를 메울 것이다. 누군가의 우산이 되고 싶거나, 우산이 필요한 사람들이 서로 어깨를 겯고 오래도록 앉아 있을 것이다.

그토록 무덥던 날씨가 굵은 빗줄기에 말끔하게 씻겨 내려 갔는지, 얇은 시폰 블라우스 밑으로 슬며시 한기가 들었다. 나는 제습을 위해 틀어 놓았던 에어컨 온도를 낮추고, 주방으로 들어갔다. 주방은 내가 자리를 비운 티를 내느라고, 아직 재료 준비가 끝나지 않은 상태였다. 나는 아무 말 없이 앞치마를 두르고, 양상추를 씻기 시작했다. 양파를 썰던 오 씨가 내버려 두라며, 주방장 눈치를 보았지만, 난 아무 말도 하지 않았다. 아침나절에 재료들을 점검했어도 다시 한 번 냉장고를 열고 확인했다. 가끔 냉장고를 뒤집어,

오래도록 구석에 처박혀 있는 재료들을 바닥에 다 쏟아 넘으로써 주방장에게 경고장을 날리기도 했지만, 오늘은 그 지경까진 가지 않으려고 마음을 다잡았다. 바야흐로 저녁 손님이 들이닥칠 시간이기도 했지만, 여름 들어서면서 이미 한바탕 난리를 피웠기 때문이다. 나는 주기적으로 주방에서 사나운 마녀가 되곤 했다. 남편 그늘 없이 살면서 터득한 지혜였다.

「야, 야목아, 일 났다. 나 어떡해.」

막 몇 테이블에 손님들이 차기 시작할 무렵, 선미에게서 다급한 전화가 왔다. 난 낮에 벌어진 일도 있고 해서, 시누 남편이 선미가 원치 않은 방향으로 결단을 내린 것이겠거니 했다. 처갓집 식구들이 떼로 몰려와 몰아붙였으니, 아무리 속없고 무능한 남자라도 한 번쯤 뭔가 큰일을 저지를 것이라고 생각했다. 이혼과 뱃사람 되는 것 말고 그가 택할 수 있는 카드가 무엇일까.

「나, 오빠한테 맞아 죽게 생겼다.」

「또 무슨 일인데.」

직감적으로 시아버지에게 또 탈이 났다는 걸 알면서 딴청을 부렸다. 이번에 또 쓰러졌다면, 벌써 선미 때문에 병원 신세 진 게 몇 번째란 말인가.

「아버지가 짐을 싸가지고 나가셨어. 당분간 떠나 있겠다고.」

「당분간? 어디로?」

「뻔하지. 미치겠네, 정말.」

우려했던 최악의 일이 벌어진 것이다. 자식도 없이 사별하고 혼자 살아온 여자였으니, 언제든 시아버지를 위해 열려 있을 터였다.

「정말 박옥분 씨한테 간다고 하셨어?」

「옥분이든 똥분이든 아버지가 갈 데가 거기밖에 더 있어. 너, 나랑 당장 그 여자네 집에 쳐들어가자, 오빠 알기 전에.」

「그분한테 간 거라면, 아버님 신경만 더 자극하는 거야. 날 밝으면 보라 아빠랑 둘이 찾아가. 물론 그 전에 둘이 잘 해결 보고. 그게 순리지. 참, 보라 아빠 뭐 해? 어떻게 하겠대?」

「몰라, 그 웬수 같은 인사. 지가 뭐 잘났다고, 그 길로 나가서는 돼졌는지 소식도 없다. 어디 가서 술이나 퍼먹고 있겠지. 이참에 확실하게 갈라서든지 해야지, 원. 그래도 그 인간은 그 인간이고, 오빠 알기 전에 아버지 모시고 오는 게 먼저야. 지금 가자.」

선미는 이상하게 민석을 어려워했다. 어려서도 그랬다. 하긴 나도 민석이 한번도 편한 적은 없었다. 그래도 마흔을 훌쩍 넘긴 나이가 될 때까지 오빠를 그토록 어려워하는 건 좀 우스웠다.

「결혼을 맹세한 연인끼리 있는데, 이 밤에 쳐들어가는 게 오히려 역효과야. 제발 흥분하지 말고 가만있어. 보라 아빠나 찾아서 해결을 먼저 보라니까.」

전화는 툭 끊어졌다. 미친 척하고 같이 흥분해서 시아버지를 찾으러 갈걸 그랬나 하는 생각이 들었지만, 며느린 며느리라는 소리를 듣더라도 어쩔 수 없었다. 아무래도 운명은 시아버지 편인 모양이었다. 명분 있는 가출에, 결혼할 이유까지 획득했으니 말이다.

난 미처 벗지 못했던 앞치마를 벗었다. 벗은 앞치마를 손에 뭉쳐 쥐고 멍하니 밖을 내다보았다. 비는 여전히 쏟아졌다. 비에 젖은 도로에 울긋불긋한 네온사인이 흐느적거렸다. 젖은 도로에 누운 네온사인은 때로는 상큼한 유혹이 되기도 하지만, 오늘은 상념처럼 어지러웠다. 흔들리는 네온사인을 밟고 나무의 검은 실루엣이 환영처럼 휙 지나갔다. 이내 주차장에서 나무의 오토바이가 질주의 본능을 빼앗기며 아쉬워하는 소리가 들렸다.

「아, 오늘 사장님 의상 캡이다.」

예원이 쪼르륵 달려가 반갑게 손을 흔드는 것에 대한 답례로 손을 흔들면서 말은 내게로 먼저 던졌다. 유리창에 반사된 나무의 모습을 바라보던 나는 돌아섰다.

「이렇게 비가 많이 오는 날은 택시를 타고 와. 오토바이 위험하지 않아?」

「언제 비 오는 날 오토바이 한번 안 타실래요? 비 오는 날이 더 좋아요. 나한테 쏟아지는 빗줄기가 거셀수록 더 좋은데.」

「치사하다. 내가 그렇게 태워 달라고 졸라도, 자기 뒷자리는 절대 사람 안 태운다고 그러더니, 뻥이었구나.」

예원이 입을 실룩이며 토라졌다.

「야, 넌 여태 내 원칙을 몰랐구나. 이 세상에 내 할리와 관련된 사람은 딱 두 종류야. 고야목 사장님과 나머지 사람.」

「치, 아부도 그 정도면 올림픽 금메달감이다.」

예원은 늘 유니폼 입은 모습만 나무에게 보여 주는 것을 속상해
했다. 유니폼만 벗으면 자신이 얼마나 멋진 외모를 가졌는지 훨씬
잘 알려 줄 수 있을 것이라고 굳게 믿었다. 그러므로 어쩌다 회식
이 있는 날이면, 예원의 옷이 제일 튀었다. 스물을 갓 넘긴 예원에
게 유니폼은 분명 교복처럼 답답할 것이다. 그런 점에서 나무가 인
사 삼아 내 옷이 멋지다고 하는 날이면 샐쭉한 표정을 감추지 않았
다. 옷이 날갠데, 날개를 꺾인 새처럼 억울한 표정이었다. 그리고
아마 20년 후쯤 자기 나이가 날개였음을 깨달을 것이다.

「빈말이 아니라, 사장님 비 오는 날 내 오토바이에 한번 초대할게
요.」

빗물을 닦아 낸 말간 얼굴로 나무가 웃었다. '그래? 지금 당장 나
가자.' 나는 꿈틀거리는 충동을 감추며 애매하게 웃었다.

「생명 보험 든 다음에 생각해 볼게.」

「에, 지난번 카메라에 찍혀서 범칙금 날아온 거 보니까 180까지
밟으셨던데. 그렇게 시침 떼시면 안 되죠. 속도에 몸을 내맡기는
사람은 알아요, 그 맛이 얼마나 짜릿한지. 장담하는데, 사장님이
오토바이에서 속도감을 제대로 맛보면 나보다 더하면 더했지, 덜
하지 않을걸요?」

영업을 마치고, 가끔 달리고 싶을 때가 있었다. 녹초가 된 몸으
로 열린 창으로 들어오는 바람을 맞으며 달렸다. 단 두 개의 빛줄

기에 의존한 채 팽팽하게 당겨진 신경조차 의식하지 못할 정도로 달리고 나면 속이 후련해지곤 했다. 마라토너에게만 러너스 하이가 찾아오는 것은 아니다. 견딜 수 없는 통증을 잊기 위해 황홀한 엔도르핀을 품어 내는 몸의 속임수는 얼마나 갸륵한 기만인지. 새벽녘에 달궈진 차를 주차장에 세우면 가르랑거리며 잦아지는 차의 엔진 음에 맞춰 나도 전력 질주한 것처럼 숨이 가빠지곤 했다. 그러나 관광 도로가 확장되면서 곳곳에 설치된 카메라는 내 본능에 제동을 걸었다. 아직 난 새로운 길을 모색하지 못하고 있었다.

「김, 나, 무 씨, 오버하고 있는 거 아시죠?」

웃고 있지만 머쓱해진 얼굴로 돌아서는 나무의 뒤통수를 일별하고, 다시 비 오는 밖으로 눈을 돌렸다. 오토바이든 자동차든 더 이상 속도를 낼 수 없는 지점까지 액셀러레이터를 밟고 싶은 욕망이 스멀스멀 몸을 간질였다.

속도만이 엑스터시를 가져다주는 것은 아니다. 달빛이 교교해서 그냥 집에 들어가기 싫은 날, 혹은 귤꽃 향기가 지천으로 날아다니며 나를 유혹하는 날이면 농로를 헤집고 다니기도 했다. 달빛이 자동차 보닛 위에서 부서지며 나를 따라오는 날, 귤꽃 향기를 쫓아 과수원 길로 핸들을 잡곤 했다. 때론 밤꽃 향기와 범벅이 되어서 달착지근한지 비릿한지조차 분간할 수 없는 그 향기를 쫓아다녔다. 벨벳처럼 부드러운 밤바람이 얼굴을 간질이는 촉감도 나를 설레게 했다. 정신없이 귤 밭들 사이로 돌아다니다 보면, 때로 외통수 길에서 무지막지한 덩치의 트럭과 맞닥뜨리기도 했다. 그 높은 트럭 운전 석에 앉은 근육질의 남자는 비릿한 향기에 취한 듯 비틀거리며 후 진을 해주거나 혹은 냅다 경적을 울리며 나를 희롱하기도 했다. 그 러나 달빛과 향기가 교접하는 그 밤의 유혹은 너무 달콤해서 거부 하기 어려웠다. 때때로 그 덩치 큰 트럭과 살을 맞댈 듯 간신히 스 치고 나면 섹스 뒤의 유쾌한 피로가 느껴질 때도 있었다.

예상했던 대로 손님은 많지 않았다. 나무는 차분한 음악과 발랄 한 음악을 섞어 가며 노래를 부르고 있었다. 나무의 기타 소리는 묘한 여운이 있었다. 가끔 나무가 전자 기타를 들고 나오면, 환장 하고 싶을 때도 있었다. 하지만 난 나무의 전자 기타에 대해 경고 를 하곤 했다.

「자주 하지 마, 우리 가게랑 어울리지 않잖아.」

본 적은 없지만, 나무는 자신이 록커였다고 했다. 난 그가 왜 록 음악을 그만두었는지 묻지 않았다. 어쨌든 그는 내 레스토랑에서 노래를 부르고, 편의점 아르바이트를 하고 있다. 그는 유행처럼 번 져 있는 마라톤 대회를 거의 참가하는 마라톤광이며, 오토바이 '할 리데이비슨'의 마니아다. 지난해에는 동해시에서 열리는 랠리에도 갔다 왔다. 그는 록커답게 자신의 오토바이 엔진 소리를 미치도록 사랑한다고 했다. '다다다닥' 하는 소리를 들으면 세상이 온통 자기 를 부르는 것 같다며 행복해했다. 그의 오토바이는 웬만한 승용차 값과 맞먹는다는데, 그래서 그런지 어느 누구도 그 오토바이에 태워 주지 않을 뿐만 아니라, 어찌나 애지중지하는지 옆에서 꼴불견이라고 비아냥거릴 정도였다. 어쨌든 록커와 오토바이는 썩 잘 어울리지만, 나무는 나의 레스토랑에서 해바라기의 노래를 부르고, 이문세의 노래를 부른다.

나무가 신승훈의 〈보이지 않는 사랑〉을 부를 때, 난 시아버지를 생각했다. 시아버지는 정말 고양이 눈빛의 여자와 같이 있을까. 그 나이 대의 사랑은 어떤 맛일까.

언젠가 나간 동창회에서 한 친구가 조카의 포경 수술 때문에 비뇨기과에 갔다가 시아버지를 만났다고 했다.

「내 장담하는데, 전립선 때문은 아니야.」

그 친구는 자신 있게 말했다.

「간호사들 눈빛이 그랬거든.」

「너도 그렇게 살도록 해.」

내게 시아버지의 비밀을 캔 양 호들갑을 떨던 그 친구는 순간 천박한 년, 하는 표정으로 나를 바라보았다. 속사정이야 어쨌든 평생 제복에 싸여 처녀로 늙어 갈 여자들보다 더 엄격한 눈빛이라니. 그 친구의 그 표정을 보는 순간 잊었던 한 비구니가 떠올랐다.

친구 몇 명과 반은 장난처럼 또 반은 간절함 때문에 용하다는 어느 암자를 찾아갔었다. 친구 말로는 속 시원하게 풀어 주는 보살이라고 했다. 이제는 관광지가 되어 버린 곳에 자리 잡은 허름한 건물이었는데, 어쨌든 마당엔 탑도 하나 덜렁 놓여 있고, 부처까지 모셔 놓은 불당도 있었다. 예순은 훨씬 넘어 보이는 그 보살은 청상과부 해녀였으나, 동네 불량배들에게 윤간당하고 산속으로 들어와 도를 닦은 지 30여 년이 되었다고 했다. 그래서였을까. 그녀의 성에 대한 생각은 우리들이 용납하기에 버거운 것이었다. 그녀는 우리들에게 아이가 몇이냐고 물었다.「하나요.」「둘이요.」「음, 음. 전 넷이에요.」눈을 내리깔고 듣던 그 여자는 번쩍 눈을 들어 그 친구를 바라보더니「허이구 많이도 쑤셔 댔구먼」하곤 경멸의 눈빛을 감추지 않았다.「그거하고 그거하고 무슨 상관이래요, 요즘처럼 피임이 발달한 세상에서.」친구가 입이 뾰루퉁 해져서 눈을 흘겼다. 그러나 그 비구니는 싸늘하게 말했다.

「이 세상 모든 사내들의 생각은 다 똑같아, 여기 앉은 지 30년이야. 10년 전만 해도 이 패션으로 찾아오는 늑대들이 얼마나 많았는지 알아? 심지어 지금도 있어. 보시하라고. 이 옷에 속지 마. 다른 것도 마찬가지야. 애 많이 낳았다고 그런 줄 알아? 자네 눈에 있는 색기 조심하란 말이야. 그건 여자들보다 남자들이 더 잘 알아. 귀신이지. 온통 그 생각만 하고 사는 놈들이 쌔발렸으니까.」

결국 거기까지 우리를 안내한 친구만 마지못해 불전함에 시주를 하고 왔었다.

「넌 아이가 셋이니, 그 늙은 보살이 널 보면서 많이 쑤셨다고 할 것 같지 않니?」

동창들이 탁자를 두들기며 '와―' 하고 웃음을 터뜨렸다. 그러고는 이내 「너무 했다」 하는 탄성도 터져 나왔다.

「하여튼 난 여자들이 이렇게 뻔뻔하게 나이 먹어 가는 게 정말 싫더라.」

전립선 운운하며 호들갑을 떨었던 그 친구는 새침하고 도도한 얼굴로 나를 흘겨보았었다.

그렇게 비뇨기과까지 다닐 정도로 만반의 준비를 마친 시아버지였으니, 시아버지의 가출은 결혼을 위한 기본 수순일 거라고 생각했다. 옆에서 본 바에 의하면, 시아버지의 세상은 언제나 쉬웠고, 언제나 순조로웠다. 가장 중대한 고비는 사별이었지만, 그 또한 1년도 못 되어서 자유로운 싱글로의 변신을 의미하게 되었다. 그런 시아버지도 나이는 어쩔 수 없었던 게다. 그래도 시아버지의 세상은 늘 그랬듯이 쉽고 간단했으므로 비뇨기과에서 약간의 장애물을 가볍게 넘었을 것이다.

그동안 때 이르게 무덥고 진득거렸던 날씨조차 세찬 비로 시아버지의 가출을 축하하고 있지 않은가. 시아버지의 인생은 언제나 상큼했다. 애써 누르지도 않고, 지치게 끄달리지도 않았다. 그 가벼움이 내겐 늘 부러움이자, 경탄이었다.

문득 지병처럼 민규의 죄는 어떻게 되었는지 궁금해졌다. 그토록 억누르고, 버리려 했던 민규의 죄는 소멸되었을까. 죽기 전엔 절대 잊혀지거나 소멸되지 않을 거라고, 생명 자체가 바로 욕망이라고 악을 썼던 내 비웃음을 가볍게 물리쳤을까. 욕망이 소멸된 자리에 청량한 산바람을 채웠을까.

비는 밤새 내렸다. 밤새 불면으로 뒤척거리다 현빈의 등교 시간에 맞춰 억지로 눈을 뜨니, 창으로 한라산이 성큼 다가와 있었다. 녹색이 완연한 한라산에 이마를 대고 잠을 깨려고 버둥거리는데 전화벨이 울렸다. 추측대로 선미였다.「오전에 어디 가지 마.」선미는 내가 보라 아빠 안부를 묻기도 전에 전화를 끊었다. 하지만 굳이 묻지 않아도 알 수 있었다. 선미의 바가지를 무력화시킬 만큼 떡이 되도록 취해서 새벽녘에 들어와 널브러져 자고 있을 것이다. 기실 갈라져 내려앉은 선미의 목소리는 아버지에 대한 불안과 새벽에 온 동네를 깨우며 거칠게 입성했을 남편 때문이었을 것이다.

아무 때나 전화하고, 아무 때나 자고 가고, 아무 때나 신세타령하고, 혼자 사는 여자의 자유란 실은 주변 사람들의 것이었다. 특히 30년 지기이자, 시누이며, 볼꼴 못 볼꼴 다 보여 준 선미는 내 시간을 엿장수 엿 자르듯 하였다. 물론 나도 그랬지만, 아무래도 난 시누 남편의 눈치를 살펴야 했다.

이혼과 뱃사람 중 하나를 택하라며 큰소리 탕탕 쳤던 선미는 하룻밤 새 많이 꺼칠해졌다. 나이가 들수록 몸은 한여름 풀밭 같아서, 조금만 손을 덜 타도 꼭 티를 냈다. 화장이 받지 않는다며 맨 얼굴로 나타난 선미는 어린것처럼 나를 따라다니며 보챘다. 매일 배달되는 음식 재료들은 여차하면 물건이 달라지니 좀 기다리라고 해도, 주방으로 가면 주방으로, 홀로 가면 홀로 따라다니며 내 옷자락을 잡고 늘어졌다.

「집은 확실한 거야?」

「민석이 오빠가 눈치 채지 않게 알아내느라고 혼났어. 두 노인네 나란히 어디 놀러 가기 전에 빨리 가보자. 아버지 알잖아. 집에 붙어 있을 양반이 아니야.」

본의 아니게 중심으로 딸려 들어가고 있었다. 사소한 것은 사소한 것대로, 중요한 일은 중요한 것대로, 나는 시아버지 결혼 문제의 중심에 서게 되었다. 그것도 모자라 혼전 동거에까지 개입할 판이었다.

「아니, 아까 그쪽에서 좌회전하라니까. 할 수 없다. 이 골목에서 좌회전했다가 한 번 더 꺾어 들어가자. 이번엔 놓치지 마.」

선미는 조수석에 앉아서 메모지를 보며 초조한 길라잡이 역할을 했다. 내가 짐짓 길을 잘못 들기도 하고, 신호를 느긋하게 기다리기도 하면서 시간을 늦추면, 선미는 「노란 불이란 건 빨리 지나가라는 거야」, 「우회전은 사람의 신호니까 저건 그냥 무시해」 하며 닦달을 해댔다.

여자의 집은 다가구 주택 2층이었다. 지은 지 꽤 오래된 것으로 한눈에 봐도 궁상기가 도는 집이었다. 녹물이 오래된 아이보리색 벽을 타고 흘러 누추함을 더했고, 1층 알루미늄 새시 문은 유리가 한쪽이 깨져 있었으며, 갈라진 담벼락에는 풀들이 소복이 자라 있

었다. 2층 계단으로 오르자 좁고 금이 간 벽에서 습한 냄새가 스멀
스멀 퍼져 나왔다.

「우리 아버지 좀 만나러 왔는데요.」

한 뼘쯤 열린 문으로 화장을 하지 않은 여자의 푸석한 얼굴이 드
러났다. 경계하는 듯한 고양이 눈빛이 아니었다면, 난 잘못 찾아왔
다고 생각할 뻔했다. 여자는 잠시 당황한 얼굴이더니, 문을 닫아
잠금장치를 풀고는 다시 문을 활짝 열었다.

「무슨 소리예요?」

「아침부터 연락도 없이 죄송합니다. 혹시 저희 아버님 어제 여기
오시지 않았는지…….」

「아버님이 안 들어왔어요?」

「죄송한데, 들어가 봐도 돼죠?」

선미는 문에 버티고 선 여자를 밀고 안으로 들어갔다. 마치 내연
의 처 집을 들이닥친 조강지처 같았다. 순간 고양이 눈빛에 불쾌함
이 스치고 지나갔지만, 여자는 선선히 몸을 비켜 주었다.

「죄송합니다. 밤새 걱정하느라고…….」

「아무리 급해도 다음엔 전화라도 하고 오세요.」

여자는 문밖에서 선미가 나오길 기다리는 내게 눈을 깊숙이 들
이박았다. 여자의 목소리는 선미를 겨냥한 듯 날이 서 있었다.

「죄송합니다. 겪어 봤는지 모르겠지만, 이런 일에 전화하고 오는
법은 없다는 걸 이해하세요.」

순간 여자의 눈빛에서 털을 바싹 치켜세운 고양이의 가르랑거리는 소리가 들리는 듯했다. 나는 실망한 얼굴로 나오는 선미의 팔을 얼른 낚아채 내 뒤로 당겼다.

「죄송합니다. 신경이 예민해져서 그러니 이해하세요. 죄송합니다.」

나는 뭔가 더 이야기를 하려는 여자에게 고개를 숙이고, 선미의 등을 계단 아래로 밀어냈다. 힘이 빠진 건 선미도 마찬가진 듯 계단 아래로 구르듯 떠밀려 내려갔다.

시아버지는 사라졌다. 여자를 향한 분기도 잠시, 허망함과 막막함으로 다리에 힘이 풀린 선미는 유리가 깨진 1층 현관문 앞에 쭈그리고 앉았다. 시멘트를 아무렇게나 쳐 발라 놓은 다가구 주택의 좁은 마당엔 벌써부터 독기 오른 햇살이 하얗게 쏟아졌다.

5

먼바다에 강풍 주의보가 내렸다고 했다. 섬에도 바람이 거셌다. 관음사에 갔더니, 부처를 안은 뒷산이 들썩들썩 춤을 추며 햇살에 웃고 있었다. 녹색 짐승이었다. 내 머리칼은 미친 듯이 울부짖으며 흩어졌다. 헝클어진 머리칼을 쓸어안고 부처님 앞에 조아리고 돌아서 나오는데, 햇살 속에서 여우비가 하얗게 웃으며 옆으로 달려갔다.

아침부터 현빈과 한바탕 싸우고 나오는 길이었다. 어제 현빈은 굽이 높다란 샌들을 한 켤레 사들고 왔었다. 벌써부터 신발장은 현빈의 신발로 넘치고 있었다. 교복에 신는 신발이야 뻔하게 한정되어 있는데도, 온갖 신발들을 사들이곤 했다. 심지어 학교에도 끝이 뾰족하게 하늘로 치솟은 마녀 신발을 신고 가기도 했다. 발도 나보다 두 치수는 커서, 내가 신을 수도 없었다. 사놓고 1년 내내 신발장에 묵혀 있는 그 신발들이 가끔 내 부아를 지르곤 했는데, 어제 새 신발까지 사들고 온 게 화근이었다. 새 신발을 사오면 꼭 집 안에서 신고 돌아다녔다. 새 신을 신을 기회가 별로 없었으므로 그렇게라도 신어 댔다. 또 토요일이나 일요일은 그 신발을 신기 위해 외출을 했다. 키가 빼죽하게 큰데, 사는 신발도 꼭 굽이 높은 것을 사곤 했다. 그러므로 고개를 뒤로 젖혀 위로 올려다보면서 야단을 치는 것도 쑥스러운 일이었다.

「두 발바닥을 땅에 굳건히 붙이고 사는 건 재미없는 일이잖아. 신발 굽이 한 뼘 높아지면 기분은 두 뼘 세 뼘 높아져. 자존감도 그렇고. 학생 단화야말로 이승에서 쫓겨날까 봐 겁내는 할머니들이나 신으라지.」

새로 산 하이힐 샌들을 신고 집 안을 돌아다니는 것을 보다 못한 내가 소리를 질렀을 때, 현빈은 이해할 수 없다는 눈으로 나를 바라보았다.

나는 더 이상 현빈과 함께 신발을 사러 가지 않았다. 내가 현빈의 신발을 마지막으로 사러 간 것은 중학교 3학년 겨울이었다. 현빈을 제주시의 고등학교에 지원시켜 놓고, 현빈이 고등학교를 졸업할 때까지만 레스토랑 위에서 살림을 하기로 결정했던 무렵이었다. 그때 현빈은 신발 가게에 있는 온갖 신발을 신으며 거울 앞을 연신 오갔다. 나는 부지런히 학생용 신발을 골라 내놓았지만, 현빈은 선심 쓰듯 한번 신어 볼 뿐이었다. 현빈은 온갖 스타일의 구두를 신어 보며, 마치 패션쇼 하듯이 거울 앞을 떠날 줄 몰랐다. 옆에서 시중 들던 종업원조차 한 발 물러서 버렸다. 그런데 어느 순간, 골라 놓은 하이힐에 현빈의 하얗고 기다란 발이 쏙 들어가는데, 내 가슴이 사무쳤다. 현빈의 분홍빛 발뒤꿈치가 검은 하이힐에 쏙 들어가 버렸을 때, 내 가슴은 먹먹해졌다. 앵두알 같던 10개의 발가락과 말랑한 살구 같던 뒤꿈치가 저렇게 불쑥 커버렸다는 게 믿기지 않았다. 마치 하룻밤 새 그렇게 자라나 버린 것같이 낯설고도 황망했다. 내가 안으면 겨울 스웨터 주머니에 쏙 들어가던 그 발이 아니었다. 제 할머니의 한 손에 올려져 둥개둥개 웃던 발이 아니었다.

「이 신발 신으면 내가 마녀라도 될 듯이 쳐다보는 눈빛 좀 봐.」

끝이 뾰족하게 치솟은 그 하이힐에 눈을 박고 있는 내게 현빈은 쯧쯧 혀를 찼었다.

현빈은 이상하게 신발에 까다로웠고, 집착했다. 어쩌면 교복의 틀에서 그나마 자유를 맛볼 수 있는 창구여서였을까.

0교시 수업 때문에 아침 일찍 나갔다가, 야간 자율 학습까지 마치고 집에 들어오면 늦은 밤이었다. 또 그 무렵 레스토랑은 아직 영업 중이었다. 그러니 달랑 둘이 있는 모녀가 말을 섞을 일은 자꾸 줄어들었다. 중학교 1학년 때 잠시 제 아버지를 찾으러 가겠다고 한바탕 소란을 피운 이후로는 아버지 이야기는 하지 않았다. 제 아버지를 따라 중이 되겠다고 산으로 들어갈 조짐은 없어 보여 그나마 다행이었다. 하이힐과 승복은 어울리지 않는 패션이었다. 그렇다고 무엇이 되고 싶다는 야망도 없었다. 단지 하나, 섬을 벗어나기만 하면 된다는 게 현빈의 꿈이었다. 태어난 자리에서 죽는 건, 두 발 달린 것도 모자라 하늘을 날기까지 하는 인간에 대한 모욕이라는 게 현빈의 주장이었다. 갈 수 있는 데까지 멀리 나가는 것, 그것만이 현빈의 목표였다. 현빈이 공부에 목을 매는 유일한 이유는 멀리 달아나기 위함이었다. 나도 한때 그랬었다. 10대의 날개는 붕새의 것과 같아서 세상이 얼마나 비좁았던가. 한 남자를 사랑하기 전까지 그 날개는 얼마나 튼튼했던가.

여우비는 금세 그쳤다. 하지만 바람은 여전히 거세어서, 가로수들은 산발한 머리로 휘청거렸고, 기역 자로 꺾인 신호등은 위태롭게 출렁거렸다. 시내를 벗어나 바닷가로 내려오니, 의외로 너울은 심하지 않았다. 잔물결이 종종걸음으로 연신 달려왔다가 사라지곤 했다. 그렇게 종종걸음으로 현빈은 벌써 나가고 없었다. 일요일이면 현빈이 외출을 하는지, 그 아이의 신발이 외출을 하는지 나는 모른다. 갈수록 난 친정엄마처럼 되어 간다는 생각이 들었다. 나와 현빈이 공유할 수 있는 생각들은 점점 적어졌다. 부부야 밉든 곱든 살아온 세월만큼 공유점이 넓어지겠지만, 자식은 그 반대였다. 산을 오르는 사람과 내려오는 사람 사이의 숙명일 것이다. 그러나 같이 산을 내려오는 처지라고 모두 그 간격이 좁아지거나 공유할 게 다시 생기거나 하지 않는 건 분명하다. 내가 산을 내려오던 무렵에도 난 엄마와 공유할 게 많지 않았었다. 그리고 지금 민석과 시아버지를 봐도 그렇다.

민석은 펄펄 뛰었다. 그래도 고양이 눈의 여자와 동거하는 게 아니었으니, 그만큼에서 그쳤는지 몰랐다. 어쨌든 사라진 시아버지 때문에 가족은 비상 상태였다. 사방팔방 아주 조금의 연관성만 있어도 다 뒤지고 다녔지만, 시아버지는 감쪽같이 사라지고 없었다. 기어이 민석은 내게 민규에게 가보라는 압력을 넣기 시작했다. 못 이기는 척하고 가보고 싶다는 생각과 제 발로 다시 찾아오기 전에는 평생 보지 않을 거라던 다짐 사이에서 난 평상심을 잃고 말았다. 어쩌면 아침에 현빈에게 기어이 큰소리를 친 것도 그 때문이었을 것이다.

자기 이익을 위해서라면, 사소한 기회도 크게 쓰고야 마는 시아버지였다. 고명딸 내외의 불화를 핑계로 시위를 하는 거라고 민석은 굳게 믿었다. 시아버지의 사라짐은 단순한 문제가 아니었다. 정치를 하겠다는 민석에게 도덕적인 치명타는 물론이거니와 그보다 더 복잡한 문제점을 내포하고 있었다. 모든 것, 민석이 희망을 걸고 있는 모든 것이 시아버지의 명의로 되어 있었다. 하다못해 민석이 월세를 꼬박꼬박 내면서 사용하고 있는 GD 유통의 사무실 건물도 시아버지 명의였다. 시아버지의 실종은 민석에겐 곧 힘의 상실로 이어질 터였다.

「치사한 노인네 같으니라고.」

민석은 월세를 꼬박꼬박 챙기는 시아버지에게 이를 갈았다. 심지어 지난번 선거 비용을 대면서 민석이 갖고 있는 서울의 아파트도 담보로 잡았었다. 시아버지가 쥐고 있는 칼은 여전히 날카롭게 번득이며 민석의 턱밑을 위협하고 있었다. 정치는 곧 패가망신의 지름길이라고 굳게 믿는 시아버지로서는 결코 포기하지 않을 재산이었다. 그런 터에 자신의 결혼에 쌍수 들고 반대하고 나선 그 속셈 또한 시아버지를 자극한 게 분명했다. 시아버지는 연애는 하되 결혼만은 하지 말라는 자식 놈의 속셈을 모를 만큼 아둔한 사람이 아니었다.

「전 못 가겠어요. 선미를 보내세요.」

목울대가 뻐근하게 아팠다. 전화기 너머에서 민석의 엷은 한숨 소리가 들려왔다. 민석은 마지막으로 시아버지가 갈 데라곤 민규의 거처뿐이라고 생각했다. 민석은 내게 몇 번이고 지금이 자연스럽게 민규를 만날 기회이니, 좋은 기회를 놓치지 말라고 등을 떠밀었다. 시아버지를 설득해서 데리고 올 사람도 오직 나뿐이라며, 시아버지의 사랑을 부풀렸다. 선심처럼 내놓은 민석의 제안을 못 이기는 척 받아들이고 싶은 마음도 있었다. 그러나 끝내 그 선심을 거절했다. 다른 것도 아니고 민규와 관련된 문제였다. 물론 민규가 배다른 동생이라는 걸 안다면 조금이나마 품고 있던 연민도 사라질 것이고, 시아버지가 내게 선불처럼 준 레스토랑도 다시 생각해 보자 할 것이다. 누구보다 이를 잘 알고 있는 사람은 시아버지였다. 그래서 재바르고 철저하게 일을 마무리 짓고 밀봉해 버린 것이다. 어쨌든 민석은 민규가 배다른 동생이란 생각을 해본 적도 없었다. 그런 점에서 시아버지 말대로, '아무리 자식 놈이지만 내가 그놈이고, 그놈이 나'란 말은 맞는 말이었다.

민규를 못 잊어 여태 이대로 사는 것은 아니다. 그렇다고 그를 잊은 것도 아니었다. 내게 민규는 더 이상 민규가 아니다. 그는 민규란 이름을 가진 하나의 허구일 뿐이다. 그는 아물지 않는 상처일 뿐이다.

막상 가지 않겠다고 결심을 굳히고 나자, 허둥대던 마음 위로 말갛게 슬픔이 고였다. 이럴 때 내 척추는 더욱 곧게 펴지고, 행동은 더욱 차분해졌다. 나는 테이블 사이를 오가거나 카운터에 앉아 우아한 웃음으로 손님을 맞이하고 배웅했다.

「지독한 년.」

엄마는 이런 나를 보고 이렇게 욕했었다. 민규가 짐을 꾸려서 섬을 떠났다는 것을 뒤늦게 안 날이었다. 돌도 안 된 딸을 그 얼굴에 들이밀고 울고불고 매달리고 애원해도 시원찮을 판에 싸늘한 얼굴로 돌아섰다고, 내 등짝을 후려치고 통곡했었다. 여자 혼자 사는 것이 어떤 것인지 아느냐, 닮을 게 없어서 잘난 니 에미 팔자 닮느냐며 민규가 떠나고 없는 집이 떠나가도록 소리치고 울부짖었다.

내숭이든, 지독함이든 이게 내가 사는 방식이었다. 남들이 권유하는 대로 목청껏 울거나 미친년처럼 악을 쓰고 노래를 부르거나 혹은 애원하거나 해도, 그 어떤 것도 그 뒤에 남는 것은 환멸뿐이었다. 기껏 내가 할 수 있는 것이라곤 요가원에서 요가를 하거나 믿지도 않는 부처 앞에서 절을 하는 것이 다였다. 그리고 평상심으로 돌아왔을 때 난 B를 찾았으며 또 P를 찾거나 K를 찾았다. 나의 섹스는 혹은 욕망은 치밀함이었다. 결코 허둥대거나 욱하는 기분으로 일을 치르지 않았다. 욕망을 인정하고, 그것과의 줄다리기를 즐겼다. 민규처럼 고순도의 죄의식에 빠지는 것은 수도승조차 하지 않는, 어리석은 자가 빠지는 고전의 함정이라고 믿었다. 용도조차 알 수 없는 고물을 유난히 좋아하는 사람이란 늘 있게 마련이다.

새 하이힐을 신고 나갔던 현빈은 저녁 늦게야 절룩이며 돌아왔다. 나는 화를 삭인 말간 얼굴로 그런 현빈에게 저녁을 차려 주었다. 더 이상 집에서 그 하이힐을 신을 수 없었으므로, 현빈은 세상이 푹 꺼진 것 같다며 까진 발뒤꿈치를 나에게 내밀어 보였다.

「자존감을 높여 준 대가치고는 너무 약소하다.」

「언제부터 운전면허를 딸 수 있지?」

「뭐?」

「고등학교 졸업해야 하나? 지겹다. 왜 만날 기다려야 하지? 솔직히 이 나이면 완성품 아닌가? 어른들은 뭐가 그렇게 갖춘 게 많아서 우리들보고 더 커야 한다고 하지? 팔십 노인도 운전하는데 우리가 못한다는 건 좀 그렇지 않아? 운동 신경도 우리가 훨씬 좋고, 판단력도 좋을 것 같은데 말이야.」

「부지런히 공부하셔야겠어요. 차까지 장만하려면.」

「어른들의 결론이란 너무 뻔해서 유치해, 그치?」

「물론입니다. 그리고 설거지도 당신 몫이에요. 아시죠? 잘난 우리 따님.」

아무리 촘촘한 그물을 드리운들, 아무리 높은 담을 세운들 현빈의 저 욕망을 가둘 순 없겠다는 생각을 하며 돌아서는데, 하나밖에 없는 딸을 너무 부려 먹는다는 불평이 날아왔다.

레스토랑엔 가족 두 팀과 계모임하는 초로의 여자들이 다였다. 일요일 저녁 시간은 비교적 사람이 없는 편이었다. 대체로 가족 단위 손님은 아직 아이들이 어린 집이었다. 부모 품이 전부인 어린것들이어야 저렇게 단란한 한 끼 외식도 가능할 터였다. 친구들을 보면 많지도 않은 식구가 갈수록 한자리에 모이는 것이 쉽지 않은 것 같았다. 하긴 현빈과 단둘인 나도 예외는 아니었다. 나는 여자들 계모임에서 아는 얼굴을 발견하고는 그리로 가서 인사를 하였다.

「어머, 오셨어요. 요즘 뜸하시더니, 어디 해외여행이라도 다녀오셨어요?」

「아까까진 안 보이시더니.」

「예, 잠깐 나갔다 왔어요. 더 필요한 건 없으시구요?」

「근데, 노래하는 그 젊은 친구가 오늘은 없네요?」

「일요일은 쉬어요.」

「섭섭하네.」

「앤, 지 아들 또래한테 침을 흘리고 그러냐.」

「보기만 하는 건데, 아들 아니라, 손자뻘이래도 난 상관없어. 좋
잖아, 이쁘고 상큼하고. 난(蘭)도 사랑하고 강아지도 사랑하는데,
잘생긴 젊은 남자 완상하는 것이 그중 으뜸이지, 안 그래?」

나는 맞다고 박수 치며 떠드는 여자들을 뒤로 하고 돌아섰다. 젊
음을 백자처럼 감상하는 아린 저들의 취향이 예술이든 관음(觀淫)
이든 상관하지 않은 지 오래되었다. 이상하게 나무에겐 여자들이
따랐다. 젊은 여자도 따랐지만, 나이 든 여자도 나무에게 열광하곤
했다. 그러나 맥주 몇 병 놓고 나무만 물끄러미 바라보다 가는 여
자든, 주차장에서 나무가 나타나길 기다리는 여자든, 그들이 겨워
하는 것은 결국 잊혀진 자신일 터였다.

나는 카운터로 돌아와 시아버지 핸드폰 번호를 눌렀다. 지난 이
틀 사이에 생긴 버릇이었다. 틈만 나면 전화를 했지만, 시아버지의
전화기는 번번이 꺼져 있었다. 여전히 먹통이었다.

다른 때보다 조금 일찍 문을 닫을 수 있으려나 했는데, 정리하고
보니 여전히 비슷한 시각이었다. 그런데도 다른 날보다 더 지치는
듯했다. 물먹은 솜처럼 무거운 몸으로 마지막 불을 끄는데, 나무의
오토바이 소리가 들렸다. 그는 주차장으로 들어가지 않고, 데크 옆
에 오토바이를 세웠다. 마지막 스위치를 내리려던 나는 가만히 나
무의 행동을 바라보았다. 헬멧을 벗어 머리를 흔들자, 웨이브 진
그의 머리칼이 턱선을 타고 굽이쳤다. 나무는 자신을 바라보고 있

는 나를 향해 손을 들어 인사했다. 나는 몸짓으로 무슨 일이냐고 물었다. 그는 그런 나를 보고 웃으며 안으로 들어왔다.

「이 시간에 무슨 일이야?」

「지나다가 막 불이 꺼지기에 들어와 봤어요.」

「매일 오는데 지겹지 않니. 지금 편의점에 가는 길이야?」

「들어가는 길이에요. 일요일엔 노래 안 하니까 조금 일찍 시작하거든요.」

「그럼 얼른 들어가서 쉬지, 뭐 하러 들러. 나도 막 올라가려던 참이었어.」

「맥주 한 잔만 마시고 가요.」

「마시고 싶으면 딴 데서 마셔. 난 올라갈래.」

「원가에 마실 수 있는 데는 여기 말고 없어요, 사장님!」

「지금 이 순간부터 제값 받기로 했는데, 너 몰랐구나. 그냥 가. 오토바이도 음주 운전하면 안 되는 거 알지?」

「그렇게 겁나요?」

돌아서는 내 앞을 턱 가로막으며 나무가 나를 똑바로 바라보았다.

「뭐?」

순간 가슴이 덜컥 내려앉았다. 정색을 하고 당돌하게 묻는 나무의 얼굴을 똑바로 바라볼 수 없었다. 나는 팔짱을 끼며 굳어졌을지 모를 얼굴을 감추기 위해 픽 웃었다.

「오늘 수입은 별로거든. 그러니 겁도 안 나. 이왕 털 거면 수입 많은 집으로 가. 나 피곤해, 얼른 들어가.」

「하여튼 눈치 하난 빠르다니까. 그래도 딱 한 잔만 마실래요.」

나무는 주방 쪽으로 성큼성큼 걸어가 맥주를 들고 나왔다. 그러고는 나를 위해서라며 안주까지 챙겨 왔다. 오이와 당근, 토마토까지 짧은 시간에 창가의 탁자가 풍성해졌다. 나무는 가장 중요한 것이라며, 전등을 완전히 꺼 버렸다. 그러나 잠깐의 어둠이 지나자 이내 가로등 불빛과 네온사인, 그리고 바다를 향해 뻗쳐 있는 관광용 조명등이 오랜 지기처럼 편안한 얼굴로 들어왔다.

「아직 영업 안 끝난 줄 알고 손님 오면 어떡해요.」

빛이 죽자 사위가 조용해지며 낮은 해조음이 들려왔다. 그러자 갑자기 나무의 존재감이 크게 느껴졌다. 똑바로 바라봐지지 않는 나무는 먹먹함이었다. 나는 고개를 돌려 밖을 쳐다보았다. 데크 아래 세워진 나무의 오토바이가 눈에 들어왔다. 오토바이를 타고 있을 때, 나무는 바람이고 자유였다. 그 자신이 말하지 않아도 그의 오토바이는 나무의 애인이고 전부란 걸 알 수 있었다.

「시동을 걸어 저놈을 깨우고, 저놈의 심장이 뛰기 시작하면 같이 흥분돼요. 달리지 않으면 저놈 발길에 차여 죽을 것 같다니까요. 살아 있는 놈이죠. 그것도 거친 성정을 지닌 야생의 짐승처럼요. 사람들이 야생마라고 말하는 딱 그런 힘이 느껴지거든요. 요즘 새로 나온 할리를 타봤는데, 너무 순해져서 맛이 없더라고요.」

익숙한 사이라도 침묵이 꼭 편한 것은 아니다. 나무도 그럴 것이다. 그는 내 시야에 잡힌 자신의 오토바이를 바라보았다.

「다카르 랠리에 저놈을 끌고 갈 수 있다면 얼마나 행복하겠어요. 하지만 그건 불가능하니까요. 하지만 언젠간 그 랠리엔 꼭 갈 거예요. 스폰서를 구하는 중이거든요. 나처럼 미친놈이 몇 있는데, 그놈들이 애쓰는 중이에요. 그땐 저 할리가 섭섭해해도 다른 놈을 몰고 가겠죠.」

「다카르 랠리? 사하라 사막에서 한다는 그거? 사람들이 죽기도 한다던데.」

「그게 무슨 상관이에요. 도시에서 교통사고로 죽을 수도 있는데요. 어차피 동서고금을 막론하고 저승사자는 갈 길로만 가잖아요.」

「운명이고 팔자라고?」

「그렇게 말하니까 노인네 팔자타령 같지만, 어쨌든 죽고 사는 일에 연연하지 않는다는 말이지요.」

나무가 오이를 와작와작 씹었다. 통기타를 매고 노래를 부를 때, 나무는 유순하고 고왔다. 그러나 오토바이 이야기만 나오면 그는 전혀 다른 사람이 되었다. 그의 몸 전체에서 거친 숨소리가 뿜어져 나오는 착각이 들 때도 있었다. 난 통기타를 맨 나무와 오토바이를 모는 나무가 정말 같은 사람일까 놀랄 때도 많았다.

「사람들은 왜 메마른 사막으로 가는 걸까.」

난 내 소리에 깜짝 놀라 의자 등받이에 붙였던 등을 얼른 뗐다.

목구멍 안에서 웅얼거린 소리가 스스로 튀어나온 것에 나는 당황했다. 내 몸 어딘가에 사막이 만들어지고 있다는 불안도 불쑥 튀어나왔다. 그 짐승이 서걱거리며 꿈틀거리는 게 생생하게 내 몸속에서 느껴졌다. 시아버지 문제 때문에 잠시 잊었던 그 불안이 가쁜 심장처럼 펄떡거렸다.

「교과서는 말하죠. 오아시스 때문이라고.」

나무의 대답에 불쑥 화가 치솟았다. '니들이 뭘 알아. 말장난이나 하는 것들.'

「하지만 난 아니에요.」

마치 내 안에 치솟는 화를 안다는 듯이 나무가 나를 빤히 바라보았다. 난 고개를 돌렸다. 나무의 눈빛에 휘둘리고 싶지 않았다. 슬며시 화가 났다.

「초등학교 때 책에서 봤어요.」

단호했던 나무의 목소리가 부드럽게 다시 풀렸다.

「사하라 사막이 아주 오래전, 5천 년 전쯤엔 푸른 숲이었대요. 상상이 돼요? 거기에 몇 개의 호수와 강이 있었고, 그곳에서 물고기들이 헤엄치고 다녔대요. 삼나무와 물푸레나무가 자라고 커다란 코끼리와 영양과 코뿔소가 있었다는 게 믿어져요? 그 이야기를 읽는데, 어린 게 뭘 안다고, 가슴이 먹먹해지더니 여태도 그 사막에 가고 싶다는 꿈을 꾸고 있잖아요. 가끔 그렇게 번개를 맞을 때가 있잖아요.」

점점 잦아지며 몽환적이 되어 가던 나무의 목소리는 '번개를 맞을 때가 있잖아요'에서 잠시 살아났다. 그러나 이미 나무는 나른한 무언가에 함몰되어 버린 모습이었다. 마치 빨아들일 듯이 나를 직시하던 나무의 눈빛이 사라지자 난 나무를 정면으로 바라보기 시작했다. 쌍꺼풀 없이 옆으로 길게 찢어진 서늘하게 큰 눈과 정중앙에 반듯하게 선 콧날, 너무 가늘지 않은 입술, 웨이브 진 머리. 어느 한구석도 심장이 벌떡거리는 오토바이를 타고 시속 200킬로로 질주하지 않으면 미칠 것 같은 얼굴이 아니었다.

「번개요, 사장님도 살면서 번개 맞은 적 있지요.」

나른했던 나무의 눈이 웃으며 나를 바라보았다. 그의 눈이 웃든지 혹은 직선으로 날아오든지, 내게 나무의 눈은 버거웠다. 난 픽 웃으며 그 버거움을 피해 갔다.

「내가 만난 첫 번째 번개가 사하라 사막이었거든요. 사장님의 첫 번째 번개는 뭐였어요?」

「글쎄.」

마음 한쪽에서 그만 일어서야 한다는 소리가 자꾸 들려왔다. 하지만 선뜻 일어서지지가 않았다.

「에, 솔직해져 봐요. 혹시…….」

「혹시 뭐?」

민규란 이름을 애써 누르며 난 새하얗게 눈을 흘겼다.

「나요……. 클클클, 농담이에요. 말해 봐요. 뭐였어요? 아니 누구인가?」

「일어날 때가 된 것 같다. 번개든 천둥이든 그런 건 니 친구들하고 이야기해.」

나는 자리에서 일어났다.

「알았어요, 알았어. 아, 되게 무게 잡으시네.」

나무가 내 팔을 눌러 앉혔다. 나무의 체온이 사무치게 따뜻했다.

「정말 일어설 때가 됐어. 그만 일어나.」

척추를 곧게 펴고, 깊이 움츠리고 들어간 목소리를 끄집어냈다.

「알았어요. 그 번개 이야긴 그만 할게요. 나 이번 여름에 록 공연해요.」

나무의 눈이 반짝이며 생기가 돌았다. 그에게서 청량한 물방울 소리가 났다.

「관광객들 상대로 이호 해수욕장에서 공연이 있는데, 거기에 출연해요. 지금 그것 때문에 정신없어요. 옛 멤버들 중에 아직 그룹 활동을 하는 사람이 주축이긴 하지만, 나처럼 오랜만에 호흡을 맞추는 사람도 있거든요. 토요일이라서, 그날은 여길 빠져야 할 것 같아요. 봐주실 거죠?」

「결국 그 말 하려고 그렇게 번개니 뭐니 하면서 뜸들인 거니? 좀 쉽게 가자.」

나는 일어났다. 나무도 더 이상 내 팔을 잡지 않았다. 나무는 탁자를 정리했다.

「아니요. 솔직히 시간도 많이 남았는데, 그 이야긴 그때 하면 되지요. 번개 이야기가 진짜였어요. 오늘은 못 들었지만 언젠가 꼭 해주세요. 첫 번째도 그리고 세 번째 혹은 네 번째도요.」

「넌 번개를 자주도 맞는구나.」

「보너스로 말씀드리자면, 내 두 번째 번개는 저놈이었어요.」

나무가 창밖으로 손짓을 했다. 거기 나무의 애마가 묵묵히 서 있었다. 제 주인이 볼일을 다 볼 때까지 기다리는 충직한 짐승처럼.

그러나 조용히 기다리던 그것은 나무가 올라타는 순간 요란한 엔진 음을 토해 내기 시작했다. 놈의 몸체에서 곤한 얼굴로 쉬고 있던 가로등 불빛도 거친 숨결을 따라 번뜩이며 깨어났다. 곧 달려 갈 태세로 헐떡거리는 놈 위에 앉아서 나무는 내게 손을 흔들고 헬멧을 썼다. 다다다닥 부아앙—.

돌아서는 내 등 뒤로 나무가 사라지는 소리가 들렸다. 마치 내 등을 밟고 지나갈 것 같아 뒤를 돌아보았다. 나무의 오토바이는 내 심장을 밟고 오래도록 요란하게 들썩거렸다. 나무가 사랑하는 '할리'의 소리가 추억처럼 내 고막을 울리며 맴돌았다. 나무가 환장하고 반한 소리다. 자유의 소리고, 야생마의 소리다. 난 오토바이 소리를 지우기 위해 음악을 틀었다. 걸려 있던 CD에서 이은하의 〈청춘〉이 나지막하게 흘러나왔다.

'슬픈 노래 한 곡 들려주오, 청춘은 길기도 한데. 귀뚜리 소리 물러가면 달빛에 내 노래 젖어들겠지, 소리 없는 눈물 베갯잇 적시네.

아무도 모르는 이 심정을 달래어 주려고 부나. 바람 소리 낡은 창가에 한숨 소리처럼 깊기만 한데, 누워도 마음은 동산에 뛰노네. 가질 것 줄 것도 없는 인생, 어둠을 헤치는 불빛. 멀리 간 사람 말이 없고, 지나간 시절은 물 따라가고, 홀로 남아 발길 돌릴 수 없구나.'

난 음악을 끄고 다시 밖으로 나왔다. 부릉, 크으 클클클. 낡은 자동차에 무겁게 시동이 걸렸다. 난 놈을 달랠 생각 따윈 없이 바쁘게 기어를 변속했다. 차는 금방 달뜬 짐승처럼 뜨거워지기 시작했다. 더 이상 속도계를 보지 않고 달리기 시작했다. 사람들이 모두 집으로 돌아간 늦은 밤, 거리는 허기진 뱃구레처럼 텅 비어 있었다. 난 편안히 잠든 사람들의 머리맡을 굉음을 내며 질주했다.

6

혼자 민규에게 갔던 선미가 울상으로 전화한 건 시아버지가 가출한 지 4일째 되는 날이었다.

「여기에도 안 계셔.」

그때까지도 시아버지의 핸드폰은 꺼져 있었다. 걱정하던 온 가족은 분노하기 시작했다. 그리고 시아버지에게 향했던 분노가 급기야 민석에게로 방향을 틀었다. 민호 내외가 먼저 두 손을 들었다.

「난 더 이상 아버지 결혼에 반대하지 않겠어요.」

「나도 그래. 이러다가 부모 자식 간에 의절하겠어.」

시아버지의 가출에 원죄 의식이 있던 선미가 기어 들어가는 소리로 말했다. 난감해진 민석이 나를 바라보았다.

「더 이상 어쩔 수 없네요.」

「아니, 분명히 하자고. 이건 결혼 문제가 아니야. 선미 너네 문제

였지. 원인 제공은 선미넨데 엉뚱하게 왜 결혼 문제에 연결시키냐
고.」

「형, 누나네야 핑곈 거, 잘 알잖아. 아버지가 생각 없는 어린애도
아니고, 아버지 인생인데 우리가 너무 하는 거 아닌가? 막말로
진즉에 자식들이 새어머니를 만들어 드렸어야 했잖아. 우리가
사춘기도 아닌데.」

「글쎄, 어쨌든 성급하게 이러지 말자고. 일단 선미 너네부터 해결
해. 어떻게 하기로 했어?」

「그래요. 아가씨네 문제부터 푸는 게 순리 같아요. 근데, 보라 아
빠는 왜 안 보여요? 이런 자리에 빠지면 안 되죠. 누가 발단인데
요. 이제, 정신 차릴 때도 됐구먼, 나이가 몇인데.」

큰동서가 민석의 편을 들고 나섰다. 그렇잖아도 큰동서는 제주
에 내려온 뒤로 불만이 많았다. 당장 이해할 수 없는 시아버지의
행태도 그렇거니와 사사건건 부딪치면서도 능력 없는 놈팡이와 헤
어지지 못하고 사는 선미도 짜증스러웠다. 그러나 무엇보다 정치
한다고 덤비는 남편에게 자신의 출신이 얼마나 약점인지가 눈에
들어오면서부터 큰동서의 불만은 최고조에 이르렀다. 적어도 부부
가 모두 이 제주에 기반을 두고 있는 다른 후보들보다 지연이나 학
연 등 온갖 인간관계에서 50퍼센트 이상 손해를 보고 들어가는 판
이었다. 게다가 육지 출신이어도 지방이라면, 그 지방 출신들끼리
의 모임도 있으련만, 보리알보다 더 헐거운 서울내기들은 관계망

이랄 것도 없었던 것이다. 처음엔, 제주에서는 시부모들이 자기 손으로 밥을 끓여 먹을 수 없기 전에는 절대 자식에게 얹혀살지 않는다는 것에 은근히 환호했다. 하지만 그 환호는 너무 짧았고, 그럴 만한 것도 못 되었다. 이미 능력 없는 선미네가 시아버지 집에 얹혀살고 있었기 때문이다. 게다가 눈치를 보아하니 선미네가 눌러앉은 집은 적어도 상속분에서 제외될 공산이 컸던 것이다. 또 아리고 아린 고명딸의 비루함도 시아버지의 감정선을 자극할 게 분명했다. 막말로 부잣집 맏아들의 끗발이 형편없다는 걸 깨닫는 데 그리 오랜 시간이 걸리지 않았던 것이다.

「솔직히 나야 할 말 없어요. 하지만 언니가 그렇게 말하면 안 되지요. 우리 보라 아빠 무능하고 일 저지르는 건 어제오늘 일이 아니에요. 맞아요. 그 인간 형편없어요. 세상이 다 알고, 그 일에 대해서라면 아버지도 질릴 대로 질려 있어요. 그렇다고 그 일로 가출하진 않아요. 결국 아버지의 가출은 시위예요. 어린애도 아는 일을 가지고.」

「참, 아가씬 속도 좋아.」

「속이 좋으니까 샐쭉한 언니 데리고 여기저기 초상집 개처럼 기웃거리지요.」

선미가 바락 소리를 질렀다. 행사마다 상가마다 잔칫집마다 민석 혼자 다 다닐 순 없었다. 사돈의 팔촌이라는 둥, 막내 올케 친구의 사돈이라는 둥 온간 연을 꿰맞춰서 얼굴 닦음 하는 큰동서를 데리고 다니는 것이 선미였다. 물론 그렇게 하는 데는 민석의 전리품 중, 행여 보라 아빠한테 걸려들게 있을지 모른다는 기대감도 없진 않았지만, 어려서부터 민석을 단순한 오빠 이상으로 좋아하고 존경했던 선미의 정서 때문이기도 했다.

「아니, 아가씨가 내 말을 오해한 거예요.」

「오해고 육해고 간에…….」

「왜 이래. 대책을 모색하자고 모인 거지, 싸우자고 모였어?」

민석이 담배를 꺼내 들었다. 이어 민호도 담배를 꺼냈고, 잠시 무거운 침묵이 흘렀다. 흡연 '행위'는 침묵과는 엄연히 질을 달리했다. 한때 나도 일일이 다 대답하고 싶지 않은, 어색하지 않은 침묵을 위해 담배를 배우고 싶은 적도 있었다.

「일단은 이렇게 하자. 어차피 가방 들고 나간 노인네 경찰서에 신고할 수도 없고, 선미 네가 그 여자 집에 한 번 더 가봐. 저녁 늦게. 첫날이야 당연히 그 집으로 찾아갈 수 있다는 계산이 서니까 피했을 수도 있잖아. 지금쯤 한 번 지나간 자리라고 방심하고 그 집에 계실지 모르니까 다시 한 번 가보라고.」

「이번엔 새언니가 가요. 지난번엔 야목이하고 나하고 갔으니까.」

「내가요?」

큰동서가 불에 덴 듯 펄쩍 뛰었다.

「당연하지요. 난 이번에 충청도까지 갔다 왔잖아요. 언닌 뭐 했는데요. 큰며느리 노릇도 한번 해보세요. 언제나 손님처럼 그러지 말고.」

「아가씨, 난 지리도 어둡고, 또 아버님이 아직 어려워요.」

「야, 이왕 한 김에 네가 마지막까지 힘 좀 써라. 솔직히 아버지가 너하고 제수씨는 이뻐하시잖아. 그러니까 그렇지.」

「글쎄, 그 이유로 다른 것도 그렇게 이해하고 넘어가면 진심이라고 믿겠지. 하지만 지난번 우리 살고 있는 집을 같은 이유로 양서방이 달라고 했을 때 펄쩍 뛰었잖아. 그럴 땐 속 썩이는 고명딸이고, 이럴 땐 이쁜 고명딸이고. 잣대를 획일화시키지 그래.」

선미는 단단히 삐쳤다. 아무리 미운 남편이어도 고까웠던 큰동서가 걸고넘어진 것이 화근이었다.

「말을 말자, 말을 말어. 그래, 내가 가마.」

민석이 자리를 박차고 일어났다. 끙, 하고 일어서는 민석의 몸짓에서 단단한 오기가 보였다. 형제들이 아버지의 고집에 슬슬 두 손 들고 물러날 것이 확실해진 것도 민석을 서운하게 했을 것이다. 처음엔 함께 머리 맞대고 맞장구쳤던 동생들이 이제 자신을 파렴치한 아들로 몰고 있다고 생각했을 터였다.

그러나 구석에 몰릴수록 단단해지는 게 민석이었다. 냉정하고 잇속이 분명한 것에 관한 한 민석과 시아버지는 붕어빵이었다. 그리고 무엇보다 자신이 '중요한 사람'이 되어야 한다는 욕구는 시아버지의 그것보다 훨씬 컸다. 아무리 높은 자리에 올라도 넥타이 맨 종놈은 늘 파리 목숨이었다. IMF가 그 진실을 일깨워 주었다. 선거를 위해 들인 비용과 시간과 굽실거림은 넥타이 맨 종이 아니라, 중요한 사람이 되기 위한 그의 투자였다. 창자가 뒤집어지고 밸이 꼴려도 그것보단 그의 욕망이 훨씬 컸다. 그러니 그 여자의 집을 한 번이 아니라, 열 번도 방문할 수 있을 것이다.

그렇다고 이제야 일이 볼 만하게 된 것은 아니었다. 시아버지의 가출로 강경과 온건이 확연히 드러나긴 했지만, 어차피 처음부터 칼자루는 시아버지 것이었다. 그리고 무엇보다 민석은 아직 챙길 게 많았다. 그러므로 신중해야 했다. 민석은 똑똑했고, 대기업에서 무수한 사람들을 부려 봤으며, 짧으나마 정치판에서 배운 바가 많은 사람이었다.

나는 횡허케 돌아 나가는 민석의 뒷모습을 물끄러미 바라보았다. 문득 민석이 두려워하는 것이 무엇일까 하는 생각이 들었다. 그것을 거스르고 거슬러 올라가니, 분명한 것 하나가 남았다. 베개 밑 송사.

어쩌면 소문이 맞을지 모르겠다. 그가 회사를 그만두게 된 결정적인 것은 여자 문제였다고 했다. 마침 IMF와 맞물려 거대한 명퇴 바람에 함께 날려 갔지만, 실상을 들여다보면 여자 문제였다고 했다. 회사에서 어린 여자와 연인 관계였는데, 여자를 잘 다독이지 못했다는 것이다. 설에 의하면 유산까지 시켰는데, 여자가 목 빼고 기다리던 이혼은 기미조차 보이지 않은 것이다. 거기다가 어린 여자가 저지른 약간의 문제를 들어쥐고 협박까지 하면서 자신에게서 떠나지 못하도록 했다는 것이다. 결국 그 어린 여자는 새로운 남자를 적극적으로 모색했는데, 그게 바로 민석의 상사였고, 그 상사는 여자의 달콤하고도 치열한 공작에 넘어가지 않을 수 없었다는 것이다.

선거판에서 쏟아져 나온 이야기니, 어디까지가 진실인지 도통 알 수 없는 일이었다. 더구나 큰동서조차 냉정하게 치졸한 모략이라고, 명예 훼손 죄까지 들먹였으므로 민석의 결백을 믿지 않을 수 없었다. 물론 측근의 믿음과 그 반대편의 믿음엔 분명한 차이가 있긴 하다.

선미가 내 팔을 슬며시 당겼다. 할 말이 있다는 표시였다. 민규에게 다녀온 길이었으니, 민규 소식일 것이다. 잠시 갈등이 일었다. 민규의 소식은 들은 거나 안 들은 거나 같았다. 단조롭고, 변화될 게 없었다. 그런데도 난 선뜻 선미가 잡은 팔을 뿌리칠 수 없었다. 그렇다고 어떻게 사느냐고 묻고 싶지는 않았다.

「가족사진을 챙겨 갔었어.」

기어이 내 차로 옮겨 탄 선미가 말을 꺼냈다. 난 앞만 보며 운전을 했다. 이런 이야기를 듣기엔 운전 중인 것이 그나마 다행이었다. 그래도 선미는 내 옆얼굴에서 뭔가를 읽어 내려고 했다. 음악을 틀까 하다가 그만두었다. 그렇게까지 예민한 반응을 보이는 것이 더 우스울 것이다.

「너랑 현빈이 사진도 따로 가져가고.」

난 순간적으로 선미를 바라보았다. 그러나 실수였다는 듯이 얼른 다시 얼굴을 돌렸다.

「현빈이를 오래도록 쳐다보더라.」

내 눈앞에 민규의 모습이 또렷이 그려졌다. 그 깊은 눈으로 현빈을 쓰다듬으며 골똘히 들여다보았을 그의 얼굴, 한때 내가 반했던 그의 허방 같은 눈빛.

「고등학교 2학년이라고 말해 주자, 그냥 웃기만 하더라.」

웅숭깊게 느껴졌던 그 눈빛이 타고난 그의 슬픔에서 길어진 것이란 걸 알았을 때도 여전히 그를 사랑했었다. 다시 한 번 그 눈빛에 지독한 상처를 받더라도 보고 싶었다. 주체할 수 없는 그리움이 밀려왔다. 선미에게 민규 사진이라도 한 장 찍어 왔느냐고 묻고 싶었지만, 차마 물을 수 없었다. 그가 훌쩍 커버린 현빈을 볼 행운이 있다면, 나도 그 남자의 얼굴을 볼 권리가 있어야 한다고 우기고 싶었다. 패션과 헤어스타일이 다른 세계에 사는 그 남자에게 무얼 더 바랄 수는 없지만, 늙어 가는 모습이라도 한번 보고 싶다는 생각에 목이 메었다.

「너, 건강하냐고 묻더라.」

난 선미를 흘끗 바라보았다. 선미가 꾸며 낸 말이란 걸 알았다.

「정말이야. 몇 년 전만 해도 네 이야긴 묻지도 않더니, 묻더라고. 역으로 생각하면 이젠 너에게서 조금씩 편안해지고 있다는 뜻이겠지. 그러니 너도 잊고 결혼이나 해라. 아버지도 한다는 걸 넌

왜 안 하니. 좋다는 사람도 있고. 오빤 정말로 다시 돌아올 사람
이 아니야. 현빈이 사진도 그냥 돌려주더라.」

「이왕 시작했으면 독하게 해서 득도해야지. 그나저나 아버지 결
혼한다니까 뭐라디?」

「…….」

「아버지 찾으러 거기까지 갔는데, 앞뒤 사정 이야기를 안 할 수
있었겠어? 뭐래?」

난 심술이 좀 났다. 눈 가리고 아웅이지, 사진을 돌려준다고 있는
자식이 사라지는 것도 아니고, 마음이 편안해져 내 안부를 물을 정
도가 되었다고 해서 아내인 내가 없어지는 것도 아니었다. 그렇게
출가를 하고 싶었다면 대처승도 있는데, 처자식 다 버리고 홀로 들
어간 그 처사가 새삼 미웠다.

「웃지 뭐.」

「아버지 결혼에 대해 형제들에게 부여된 투표권이 있으니 찬반
을 결정하라고 말하지, 왜.」

「아직도 민규 오빠 못 잊겠니? 그냥 버려.」

「누누이 얘기했잖아. 나한테서 떠나는 순간 버렸다고.」

선미가 날 빤히 바라보았다. 그리고는 한숨을 푹 쉬더니 입을 다
물었다.

선미를 중간에 내려놓고, 요가원으로 차를 돌렸다. K와 단둘이
있을 수 있는 시간은 아니었다. 또한 이미 낮반이 시작된 지 한참

이 지난 시간이었다. 그래도 잠깐이라도 K를 보고 싶었다. 그를 보면서 내 안에서 여전히 꿈틀거리는 욕망을 느껴 보고 싶었다. 여전히 건강하고 싱싱하게 살고 있는 나를 확인하고 싶었다.

요가 수련생은 거의 여자였다. 늦은 오후엔 직장인들이 많았지만, 낮반은 대체로 전업 주부들이 대부분이었다. 나는 점심과 저녁 사이인 오후 시간을 선호했지만, 고정적인 것은 아니었다. 빼먹는 날도 많았다.

수련장 문을 열자 향내가 코끝에 닿았다. K는 수련생들 사이를 오가며 자세를 교정해 주고 있었다. K는 향로에 향 피우는 것을 좋아했다. 담백하고 덤덤해 보이는 그가 까탈스럽게 고르는 것이 바로 차와 향이었다. 내가 이 수련장에서 그와 한 몸으로 어우러질 때도 그는 향을 피웠다. 그가 피운 농염한 향은 전면에 설치된 거울과 함께 욕정을 부추겼다.

난 수련생들 끄트머리에 섞여 들었다. 그리고 거울로 수련에 몰두한 여자들 틈에 섞여 있는 나 자신을 보았다. 거울 속에 있는 나에게 몰두하느라고, 자주 다른 수련생들과 박자가 맞지 않았다. K가 거울 속에서 나에게 눈짓으로 경고를 했다. 거울 속에서 난 K를 쫓아다녔다. 그는 낮게 구령을 외치거나 취해야 할 자세 이름을 제시해 주며 내 눈을 외면했다. 난 거울 속에서 그의 손을 잡고, 얼굴을 쓰다듬으며, 부드러운 그의 종아리를 핥았다. 그리고 그의 부드러운 발길 아래 밟히고 싶은 욕망이 내 목젖을 간질이고 있는 걸 즐겼다.

「당신, 엉덩이 곡선이 얼마나 매혹적인지 봐.」

K는 알몸의 나를 안고 서서 거울에 옆모습을 비추며, 손끝으로 엉덩이 라인을 따라가며 보여 주었다. 그때 그의 목소리는 지금처럼 건조하지 않았다. 깊은 울림이 있는 K의 목소리는 사랑하기 좋은 목소리였다. 내 몸의 곡선보다 더 풍만하고 기름졌다. 그러나 난 그의 목소리를 거울로 보여 줄 수 없었으므로, 그 입에 깊은 키스를 해주었다.

「고야목 씨, 늦게 온 만큼 집중하세요. 오늘 무슨 일 있어요? 정신을 모으지 않으면 문제가 생길 수도 있어요. 기가 흐트러지지 않게 모으세요. 고요하게.」

K의 목소리가 거울에 튕겨졌다. 난 여전히 싱싱하게 살아 있었다. 발그레하게 달궈진 기운이 얼굴을 홧홧하게 했다. 내 기가 흐트러지든 달궈지든, 난 내 안에서 맹렬하게 움직이는 욕망을 느낄 수 있었다. 꼬리를 흔들며 맹렬하게 질주하는 정자처럼, 내 안의 생명은 펄펄 살아 날뛰고 있었다. 여전히 날뛰며 살아 있는 나 때문에 행복했다. 난 머릿속으로 K와 단둘이 있을 수 있을지를 생각했다. 다음 강좌까지 한 시간 정도의 여유가 있긴 했다. 하지만 수련생 중엔 곧장 가는 사람도 있지만, K의 주변에서 좀 더 얼쩡대는 사람들이 꼭 있기 마련이었다. 차를 마시고 싶다거나, 특별히 안 되는 동작이 있다며 개인 교습을 원하거나, 몸의 어디가 안 좋은데 어느 동작을 집중적으로 해야 하느냐 하면서 꼭 일을 만들어 내는

여자들이었다. 그러므로 핑계를 만들어 이 수련장에서 K를 빼내지 않으면 안 될 것이다. 그렇더라도 이곳을 정리하고 그와 내가 어쩌다 가는 탑동으로 이동하고 나면, '아아—' 시간은 고작 10분도 안 될 것이다.

「선생님, 여기 좀 봐주세요. 몸이 풀리지 않은 상태에서 급하게 했더니.」

난 그의 발 아래 조금이라도 밟히고 싶었다. 자근자근 밟으면서 내 몸의 구석구석을 깨우는 그의 힘을 그렇게라도 느껴 보고 싶었다. 마지막 시체 자세로 고요히 기운을 고르던 여자들 몇이 나를 흘끗 바라보았다. 하지만 난 그런 여자들의 시선 따윈 두렵지 않았다. K가 내게 다가왔다. 내가 엄살을 부리며 짚고 있는 어깨에 그가 손을 얹었다. 그의 손이 닿자, 내 몸의 촉수들이 일제히 일어섰다.

「요즘 잘 안 나오시더니. 봐요, 이쪽이 완전히 굳으셨네요.」

한없이 부드럽고, 한없이 억센 그의 손이 내 어깨를 주물렀다. 난 눈을 감고 그의 손길에 빠져 들었다. 조금만 더, 조금만 더. 그러다 날 밟아 줘.

「숨을 천천히 내쉬면서 쟁기 자세로 들어가 보세요. 천천히요.」

메마른 K의 목소리에 눈을 떴다. 가슴이 서늘하게 식었다.

언제나 만월로 충만해 있을 순 없는 일이었다. 지난번에도 이미 난 그 사실을 확인했다. 하지만 초생달의 섬세하고 선병질적인 모습도 아름다운 법이다. 억장이 무너지는 소리를 들으며, 난 그가 어디까지 이지러지기 시작했을까 생각했다. 보름에서 며칠 지난, 처녀의 싱싱한 아랫배처럼 봉긋한 반달의 지름을 생각했다. 팽팽하게 긴장된 그 지름, 만월이 되기 위한 열망이든 그믐으로 저물어 가는 숙연함이든, 그 봉싯한 지름의 팽팽한 긴장이 살아 있는 반달이라도 상관없었다. 난 그를 쉽게 보내지 않을 것이다. 아직도 그의 발아래 기꺼이 엎드리고 싶다.

느닷없이 시아버지가 나타난 것은 사라진 지 1주일째 되던 날, 점심이었다. 아무리 내 욕망을 들여다보고, 그것에 거리를 두고 즐긴다고 내심 큰소리를 쳤지만, K와의 일을 유쾌하게 즐길 수는 없었다. 언제든, 몇 번이라도, 누구라도, 내게서 멀어지는 것을 보는 일은 낯설고 가슴이 아팠다. 그날 요가원에서 태연한 얼굴로 돌아왔지만, 다음 날도 그리고 오늘도 난 요가원에 가지 못하고 있었다. 물먹은 솜처럼 축 가라앉은 몸을 억지로 추슬러 점심 손님을 기다리는데, 첫 손님으로 시아버지가 들어왔다. 카운터에 앉아 있던 나는 벌떡 일어났다.

「어이쿠, 아버님!」

「호들갑 떨지 말고, 나 시원한 맥주하고 해물 볶음밥 좀 줘. 약간 맵게 해서.」

난 누굴 시킬 정신도 없이 주방으로 달려가 해물 볶음밥을 주문하고, 직접 맥주를 챙겼다. 시아버지는 편안하게 소파에 묻혀서 바다를 바라보고 있었다.

「아니, 여태 어디 계셨었어요? 온 데 사방 다 찾아도 안 계시더니. 다들 걱정했잖아요.」

「걱정은. 잘 있었다.」

「아주버님도 아버님 여기 오신 거 알아요?」

「그래, 누가 날 경찰서에다 실종 신고까지 한 거냐?」

「실종 신고요?」

경찰서에 실종 신고를 하겠다는 사람은 아무도 없었다. 아버님이 손수 짐을 꾸려 나간 것은 형제가 다 아는데, 무슨 망신당하자고 실종 신고를 하느냐고 했었다. 우리 모두의 생각이었다. 그런데 느닷없이 무슨 소리냐며 오히려 내가 물었다.

「엊그제 그 사람 집에 서에서 나왔다며, 건장한 청년 두 사람이 와서는 나를 찾는다고 집을 뒤지고 갔다고 하더라.」

순간 나는 고양이 눈빛의 여자를 떠올렸다. 둘이는 서로 연락이 되고 있었던 것이다. 결국 시아버지는 우리가 그곳까지 찾아갈 것을 예상했던 것이다. 그런데 경찰서는 또 무엇인가. 나도 모르게 고개가 끄덕여졌다. 민석이 분명하다. 선미가 큰동서를 몰아붙였을 때, 오기에 받친 눈으로 자신이 직접 찾아가겠다고 했었다. 그러더니 직원들을 보낸 모양이었다. 그리고 서에서 왔다고 시켰을 것이다. 서! 나는 짚이는 바가 있었다. 친구들 모임에서 들었던 이야기다. 그 이야기를 민석이 써먹은 것이다.

전도를 목숨처럼 생각했던 한 남자가 있었다. 그는 여호와의 사랑을 전파하기 위해 가가호호 벨을 눌러 댔지만, 아무도 그를 받아 주지 않았다. 그 남자는 생각 끝에 기발한 발상을 하나 하게 되었다. 그는 자신의 기발함에 들떠서 어떤 집의 벨을 눌렀다.

「누구세요.」

안에서 여자의 소리가 들렸다. 남자는 근엄하게 말했다.

「서에서 왔습니다. 문 좀 열어 주세요.」

그러자 여자가 무슨 일이냐고, 놀라면서 문을 활짝 열어 주었다. 남자는 손가락을 탁 튕기며, 쾌재를 불렀다. 자신이 개발해 낸 이 멋진 생각을 고전을 면치 못하는 동료들에게도 전수해 줘야겠다고 생각했다. 남자는 여자가 놀란 눈으로 문을 열자, 발로 현관문을 탁 잡았다. 그리고 그가 목숨처럼 중히 여기는 전도지를 내밀었다.

「하나님을 믿지 않으면 지옥에 갑니다. 여호와는 우리의 목자시니, 여호와의 길로 가지 않는 자는 모두 멸망하고 맙니다.」

너무 놀랐던 여자는 황당한 생각이 들었다. 여자는 남자를 집으로 끌어들이고는, 경찰서에 경찰 사칭 죄로 고소해 버렸다. 경찰서로 끌려간 이 남자는 어리둥절한 얼굴로 자신이 왜 그곳에 왔는지 모르겠다며, 일의 전후를 설명하기 시작했다.

남자는 자기는 원래 달마의 제자였는데 서쪽으로 서쪽으로 여행을 하다가 서역 땅에 도착한 후 기독교를 만나 그 위대함에 굴복하고 독실한 기독교인이 되었다고 말했다. 그리고 그 깨달음을 전파하기 위해 계속 여행을 했는데, 서쪽으로 갔던 자신이 지구를 반바퀴 돌아 이 땅에 돌아오니, 그게 바로 동쪽이었다는 것이다. 이 모든 말은 예수의 가르침처럼 비유이니, 이 세상을 구원할 것은 결국 예수라며 전도의 기회 또한 놓치지 않았다. 즉 자신이 말한 서에서 왔다 함은 서(署)가 아니고 서(西)였는데, 무지몽매한 여자가 미처 그 사실을 알지 못하고 호들갑을 떨었다는 것이다. 이 말을 듣고 경찰서에 있던 모든 사람들은 낄낄거리며 웃었는데, 진지한 그 남자만은 웃을 수 없었다.

그 이후로 이 남자는 자신의 기발하고 발칙한 이 방법을 더 이상 사용하지 않았다. 왜냐하면 이 수준 높은 비유를 이해하지 못하고, 한낱 말장난이라며 괘씸 죄로 구치소에 이 남자를 이틀이나 가두었던 것이다. 그런데 남자는 목숨처럼 지키려고 했던 전도 활동을 구치소 사람들에겐 할 수 없었으며, 하루도 거르지 않고 복음을 전파하겠다는 약속을 지킬 수 없었다.

「이 이야기는 '이웃의 똘똘이 아빱니다' 후속작으로 사용하려다가 실패한 한 전도 단체에서 전해져 내려오는 가슴 아픈 전설이야.」

친구는 이렇게 결말을 맺으면서 낄낄 웃었었다. 비틀기의 지존이며, '이웃의 똘똘이 아빠'라는 말에 속아서 문을 열어 준 경험이 있던 친구였다. 물론 그때 모인 친구 중에 기분이 나빠서 눈을 흘긴 친구도 있었지만, 나는 이 이야기가 재미있어서 가족들 앞에서도 우려먹었었다. 그때 종교는 없었으나, 선거 기간 동안 누구보다 열심히 교회도 다니고 절도 다녔던 민석도 함께 웃었던 기억이 났다.

「친구 분 댁에 계셨어요?」

「여행 갔다 왔다.」

「혼자서요?」

믿을 수 없다는 눈빛으로 시아버지를 바라보았다. 여행이라면, 둘이 함께 갔지 않았겠느냐는 생각이었다.

「자식들이 아버님 실종되었다고 온갖 걱정할 거 아시면서요? 전화기도 꺼놓고요? 저한테까지 숨기실 거예요?」

「숨기고 말 것도 없어. 혼자 조용히 있고 싶어서 그랬어. 속도 시끄러운데 누구랑 어울린들 재밌겠냐?」

「할 수 없죠, 뭐. 그렇게 믿어야지요. 그나저나 건강은 괜찮으시죠?」

「건강? 너보다 더 건강해.」

시아버지는 해물을 듬뿍 넣은 볶음밥을 먹었다. 며칠 밥 구경도 못해 본 사람처럼 연신 음음, 감탄사를 넣어 가며 급하게 먹었다. 난 맥주를 더 따라 주었다.

「역시 밥은 간이 맞아야 맛있는 거야.」

아닌 게 아니라 시아버지는 오랫동안 해외에 있다 온 사람처럼 김치와 된장 국물을 추가로 더 시켰다. 그런 시아버지를 보면서 정말로 해외여행이라도 다녀온 걸까 생각했다.

「아주버님 부를까요? 아님 전화라도.」

「됐다. 그나저나 선미년은 어떻게 됐냐. 양 서방하고 갈라서겠대?」

시아버지는 급하게 상을 비우고 나자, 그제서야 선미네 안부를 물었다.

「여전히 그 상태예요. 아버님 생각은 어떠신대요?」

「글쎄 말이다. 그늘도 그늘 나름이고, 비빌 언덕도 언덕 나름인데. 때론 없는 게 훨씬 나을 때가 있긴 하지. 하지만 선미년이 혼자된다고 해도 뾰족한 수가 있는 것도 아니고. 그년은 너처럼 야무지지도 못해. 지 에밀 닮아서 착해 빠지기만 했지. 그래도 이번엔 고게 그렇게 당차게 나와서 내심 기쁘긴 하더라. 남자들은 그렇게 한 번씩 바싹 고삐를 당겨 줘야지 정신을 차리는 법이다.」

맛있게 먹은 밥과 시원하게 마신 맥주 때문인지 시아버지의 얼굴은 만족감으로 여유가 있었다. 1주일씩 여행을 다녀온 여행자의 노곤함도 없었다.

「여행 다녀오셨다면, 그 가방 속에 빨래만 있겠네요. 그 가방 저 주세요. 얼른 세탁기 돌려 놓을게요.」

「됐다. 맛있게 먹었으니 슬슬 일어나야지.」

「어디로 갔다 오셨기에 기념품도 안 사오셨어요?」

난 아무래도 시아버지의 여행을 믿을 수 없었다.

「어린애도 아니고.」

시아버지는 일어섰다. 내가 당신의 여행에 대해 믿지 않는다는 것을 알고 있을 것이다. 그러나 서둘러 변명하거나 거짓을 위해 또

154

거짓을 말하는 아둔한 짓은 하지 않았다.

「제가 모셔다 드릴게요.」

난 시아버지가 들고 있는 여행용 가방을 얼른 들었다. 그리고 그다지 무겁지 않은 가방의 안을 유추해 보았다. 옷이 들어 있다면 딱 맞을 무게이긴 했다.

「그분 댁에 가시게요?」

「이제 그 집을 알고 있을 테니 안내할 필요는 없겠지만, 일단 집으로 들어가자. 이 가방도 내려놓고.」

난 뜨끔해서 룸미러로 시아버지를 쳐다보았다. 그 여자는 이미 모든 것을 시아버지에게 고해바친 것이다. 문득 민석이 그토록 두려워하는 베개 밑 송사가 결코 멀리 있지 않다는 걸 알았다. 그 생리에 대해 누구보다 꿰뚫고 있을 터였으므로, 그는 이번에도 자신이 직접 그 여자를 찾아가지 않은 것이다.

난 차 안에서 더 이상 시아버지의 여행에 대해서 묻지 않았다. 서로가 알고 있는 뻔한 거짓으로 수작을 부리는 일 따위를 하고 싶지 않았다. 그렇게 뻔뻔하게 굴고 싶지도 않았다. 한편으론 민석에게 남겨질 숙제를 내가 굳이 풀 필요가 없단 심술 때문이기도 했다. 불이 떨어진 곳은 내 발등이 아니라, 민석의 발등이다. 한참 전에 들은 우스갯소리, '서에서 왔습니다'를 기어이 우려먹은 수완가인 그의 문제로 남겨 두고 싶었다. 내 안의 아픈 욕망도 구경하는 판에 '중요한 사람'이 되고 싶은 그의 열망을 구경하는 일도 그리

나쁘지 않을 것이다.

「기분 나쁘셨다면, 다시 한번 사과드린다고 전해 주세요. 하지만 다음부턴 그렇게 말없이 혼자 여행 가지 마세요. 아무리 불효자식이지만, 정말로 걱정된단 말이에요.」

시아버지는 대답을 하지 않았다. 난 룸미러로 시아버지를 쳐다보았다. 창밖을 내다보며 무심하게 앉은 시아버지의 얼굴에서 1주일간 여행을 다녀온 피곤은 한 점도 찾을 수 없었다. 다만 그 기간 동안은 헬스클럽에도 다니지 못했던 듯, 탄력 있는 표정 또한 아니었다. 어딘지 생기가 없었고, 풀이 좀 죽어 있었다.

「정말 어디 편찮으신 건 아니죠?」

「한 말 또 하고, 한 말 또 하는 거 보니, 나이는 네가 먹었다. 멀쩡한 사람한테 자꾸 그러는 것도 실례야. 꼭 어디 아파서 누워야 될 것 같잖아.」

시아버지가 역정을 냈다. 난 더 이상 물을 수 없었다. 하지만 시아버지를 집에 두고 오면서도 내내 찜찜한 기분이 남았다. 뭔가 평소와 다른 것이 있었는데, 그게 무엇인지 알 수 없었다. 사라졌다 1주일 만에 나타난 사람에게서 풍기는 낯섦인지, 아니면 정말 달라진 것인지 종잡을 수 없었다.

그런데 내내 찜찜했던 기분에 대한 답을 선미가 들고 온 것은 그날 오후 늦게 였다.

「아버진 어떠셔? 집에 계시지?」

「집에 있긴. 가방 던져 놓고 횡허케 나가셨지. 하여튼 책가방 던져 놓고 놀이터로 쫓아 나가는 초등학생하고 똑같다니까. 어디 당구장에나 가셔서 오랜만에 친구들하고 술 한잔 하고 계시겠지. 아님, 그 여자랑 회포를 풀던가.」

「너한텐 아무 말도 안 하셔? 보라 아빠에게도?」

「일부러 그러시는지, 본 체 만 체, 관심도 없어 보이더라.」

선미는 냉정한 아버지에게 서운한 얼굴이었다. 난 선미에게 시아버지가 한 말을 전해 주었다. 선미는 믿을 수 없다는 얼굴로「당차게 나와서 좋았대?」하며 히죽 웃었다.

「당찬 게 아니라, 삶에 대해 질겨진 거지.」

서운했던 얼굴은 그새 배시시 풀어졌다.

「그나저나 너는 그렇게 세게 나갔으면서, 어째 변한 게 없어.」

「야, 그것도 뭔가 받쳐 주는 게 있어야지. 내가 2박 3일 집을 비웠잖아. 첫날이야 충청도 간답시고 비웠고, 다음 날은 구엄리 너네 집에 있었잖아. 근데 내가 거기에 있는 걸 어떻게 알았는지 보라년이 전화를 해서는 부부 싸움도 때를 좀 봐서 하래. 자기가 고3인 걸 잊었느네. 돈 몇 푼에 그렇게 아버지를 구박해도 되느냐고, 엄만 돈이 그렇게 소중하냐고 막 신경질을 내더라니까.」

배시시 풀어졌던 선미의 얼굴에 다시 서운한 그늘이 졌다.

「햇반에 3분 짜장에 컵라면에 즉석 육개장에 널린 빵 봉지에…… . 이불은 사람이 엉켜 있던 모습으로 널려 있고, 먼지는 수북하고, 수염은 덥수룩한 채 한쪽 구석에서 담배만 피우고 있더라. 아마 그렇게 하지 않고, 지 아버지가 밥도 해 먹이고, 빨래도 잘해 주고 그랬다면 나한테 전화도 하지 않았을 애야. 자기가 불편하니까 결국은 참지 못하고 전화를 한 거지. 그 사람도 그걸 노린 것 같아. 솔직히 밥도 나보다 더 잘하거든. 그렇게 불쌍한 모습으로 애를 자극한 거야. 하여튼 밖에서는 더할 수 없이 착해 빠지고 순진한데 나한테만은 온갖 잔머리까지 다 굴려서 제 뜻대로 움직여야 직성이 풀린다니까. 그 남자 그런 걸 누가 알아. 다들 나보고 남편 못 잡아먹어서 환장했냐고 그러지.」

「그래서, 결국 원점이야?」

「모르겠어. 어떻게 해야 할지. 하지만 두고 봐. 힘 떨어지면 가만 안 둘 테니까. 보라년 결혼시키고 나면 그땐 정말 가만 안 둘 거야. 몽둥이로라도 쫓아 버릴거야.」

「참, 너도. 지금도 못하는데 그때 무슨 수로 가만 안 둬. 그리고 늙어서 힘없는 늙은이 패대기친다고 기분이 풀릴 것 같아?」

「그럼 어떡해?」

「나도 몰라. 하지만 지금 행복해지는 방법을 찾아봐. 아님, 확실하게 지금 헤어져 버려. 지지리 궁상떠는 것보단 나을지 모르잖아. 아버님 말대로 그늘도 그늘 나름이고, 비빌 언덕도 언덕 나름이지.」

난 일부러 선미를 자극했다. 착해 빠져서 할 수 있는 일이란 게 많지 않았다.

「분명한 건 이제부터 무슨 일을 하든 내 주머니를 채워 놓겠다는 생각이야. 난 그래도 보라년 앞으로 다 밀어 넣으면 좋은 끝이 있겠지 했는데, 이번에 확실히 깨달았어. 내 앞으로 비자금을 챙겨 두지 않으면 큰일 나겠다는 걸 말이야. 보라년한테 그 전화 받고 돌아서는데 정말이지 눈앞이 노랗더라. 내가 늙어 힘 떨어지면 날 구박할 년이란 생각이 먼저 들더라니까.」

「제일 확실한 수확을 거뒀네.」

「웃기지만 나도 그렇게 위로하고 있는 중이야. 그래도 너무 허무해. 미치겠다 정말.」

「보라 아빠 믿지 말고, 어디라도 일거리를 찾아봐. 그래야 비자금을 만들든지 할 거 아냐.」

「그렇잖아도 오빠 회사에서 내가 할 일이 있나 물어보려고. 하다 못해 트럭 운전이라도 해야지. 나 운전 잘하잖아.」

「잘 생각했어. 참, 아주버님도 아버님 오신 거 알지?」

「내가 전화했어. 근데, 아버지가 어디 갔었는지 알아내지 못했다고 되레 나한테 화를 내더라고. 솔직히 아버지가 가방 내던지고 나간 것도 오빠가 뽀르르 달려올까 봐 그랬을 거야.」

「나도 실패했거든. 도통 말하지 않으셔. 여행 다녀오셨다는데, 그런 것 같지는 않고.」

「여행은 무슨.」

선미는 다시 시무룩해졌다.

「실은 그 일 때문에 왔어. 걱정도 되고, 아버지한테 송구스럽고, 보라 아빠 패 죽이고 싶고. 정말이지 생각이 복잡하다.」

「왜, 아버님이 또 뭐라고 하셔?」

「던져 놓고 나간 가방을 열어 보니 아닌 게 아니라 빨래만 잔뜩 있더라. 정말 혼자서 여행을 다녀왔구나 싶었지. 근데, 그게 빨래는 아니고, 그냥 짐을 그렇게 마구잡이로 싼 거야. 그 옷들 입을 일도 없었더라고.」

「그게 무슨 소리야?」

내가 다그치는 소리에 선미는 푹 한숨을 쉬었다. 그러고는 쯧, 하고 혀를 차고는 한참 말이 없었다.

「가방 바닥에서 뭐가 툭 떨어지는 거야. 의료 보험증이더라고. 아마 노인네가 아직도 의료 보험증이 있어야 되는 줄 알고 옛날 걸 챙긴 모양이야. 근데 그 보험증 사이에 아버지가 입원한 병원 영수증이 있는데……. 아버지가 사라진 그 기간하고 일치하는 거 있지.」

「맙소사! 정말 그 날짜가 맞아?」

기함하기는 나도 마찬가지였다. 난 멀뚱하게 선미만 바라보았다. 선미는 김이 빠지도록 내버려 두고 있던 맥주를 한 모금 홀짝였다.

「놀라서 그 영수증 들고 병원에 쫓아갔는데, 개인 정보에 관한 것이라나 뭐라나 하면서 알려 줄 수 없다고 하더라. 한바탕 난리를 쳤는데도, 알려 줄 수 없대. 그래서 정말로 입원한 것이 맞는지만 확인해 달라고 했더니, 그건 맞다는 거야. 도대체 이 노인네 꿍꿍이속을 알 수가 없어. 정말 우리 아버지지만 그 속을 모르겠다. 병원에 입원하면서 그게 무슨 잘못이라고 아무한테도 알리지 않고, 자식들 발 동동 구르게 하는지…… 숨듯이…….」

그래, 숨듯이. 난 숨듯이가 아니라, 정말로 숨은 것이라고 생각했다. 가장 안전한 도피처가 병원이었을 것이다. 과도한 스트레스로 또다시 쓰러질 일도 없으며, 사라짐으로써 자식들에게 시위도 할 수 있는 곳.

「아주버님도 이 사실 알아?」

「아니, 그냥 직감적으로 오빠한테 비밀로 해야겠단 생각이 들더라.」

난 시아버지 핸드폰 번호를 눌렀다. 그러나 신호만 갈 뿐 받지 않았다. 어쩌면 내 번호인 걸 알고 받지 않을 것이란 생각이 들었다. 바로 문자를 날렸다.

'아버님, 병원 기록 확인했어요. 선미랑 저랑만요. 어떤 상탠지 알려 주세요. 아니면 가족회의라도…….'

「걱정 마. 아버님 이리로 오실 거다.」

선미는 내가 보낸 문자 메시지 내용을 확인하고는 씩 웃었다.

「그동안 공들였던 시위가 허탕이 될까 봐 달려오시긴 하겠다. 하여튼 우리 아버진 능구렁이야. 그나저나 많이 편찮으신 게 아니어야 할 텐데.」

「글쎄 말이야. 근데 곧바로 친구 분들한테 달려가신 거 보면 괜찮은 것 같기는 하다. 아까 우리 집에서도 볶음밥이랑 맥주 한 병 맛있게 잡수셨거든.」

간이 맞으니 좋다며 기갈 들린 듯이 매운 볶음밥을 먹던 시아버지의 모습을 떠올렸다. 1주일 동안 병원 밥에 학을 뗀 것이다. 더구나 지난번처럼 스트레스로 위벽이 얇아졌다면, 병원 식사야 오죽했을 것인가. 쿡, 웃음이 나왔다. 병원이라면 질색하고 가지 않겠다고 버티던 분인데, 결국 시위 장소로 병원을 택한 걸 보면, 기어이 당신 의견을 관철시키고야 말겠다는 의지가 굳은 게 분명했다.

내 전화가 아니라, 선미의 전화벨이 울린 건, 문자 메시지를 보내고 1분쯤 지났을 때였다. 선미가 발신자 번호가 찍힌 핸드폰을 보여 주며 엄지를 들어 보였다.

「네, 아버지. 지금 어디세요? 괜찮은 거죠?」

선미는 전화를 받으면서 연신 내게 눈웃음을 날렸다. 난 그러리라 생각했으면서도 시위용 입원이었다는 확신이 들었다.

「친구들이랑 회포 푸는 중이래. 입 다물고 둘만 알고 있으란다. 내일 점심 근사한 걸로 한턱 쏘신다네. 하여튼 우리 아버지를 누가 말리냐. 무슨 로미오와 줄리엣도 아니고, 결혼하자고 온갖 것도 마다하지 않는 이 노인네의 열정을 무슨 수로 반대해. 아이고, 난 두 손 번쩍 들래.」

어쨌든 아버지에게서 점심 얻어먹을 건수 하나는 확실히 올렸다며 환호하고 돌아간 선미에게 전화가 온 건 다음 날 아침 이른 시간이었다. 어떻게 찾아온 기회인데 놓치느냐며 기어이 확실한 약속을 받아 냈다고 했다.

민소매 차림의 늘씬한 여자의 팔뚝에 떨어지는 햇살이 챙, 하고 튕겼다. 눈이 부셔서, 나는 마치 튕겨진 물방울을 피하듯 나도 모르게 고개를 외로 꼬았다. 마른장마가 이어지고 있었으므로, 한여름 더위는 반갑지 않은 손님처럼 일찌감치 찾아와 있었다.

시아버지와 선미는 약속 시간이 지났는데도, 아직 나타나지 않았다. 장어 집 창밖에 쏟아지는 햇살을 물끄러미 바라보았다. 할머니 하나가 지친 허리로 지나갔다. 이미 아이들이 커버린, 손주들까지 다 컸을 할머니의 유모차엔 신문지며 빈 병이 가득 담겨 있었다. 자식과 손주들이 버리고 간 자리엔 왜 그렇게 헌 신문과 빈 병이 쌓이는지 모르겠다. 유모차에 가득 담긴 신문과 빈 병들이 할머니의 나이가 남긴 무게일 것이라 생각하는데, 할머니가 골목 귀퉁이에 주저앉았다. 쉬었다 갈 태세였다. 그런 할머니 등 위로 오래 묵은 햇살이 떨어졌다. 그 햇살이 오랜 세월을 견뎌 온 듯 무거워 보였다. 솜이불 몇 채는 너끈히 될 듯한 무게였다. 그 무게 때문인 듯 할머니는 고개를 떨어뜨리고 등허리를 구부린 자세로 구겨져 있었다. 그러다 아주 잠깐 고개가 몇 번 툭툭 떨어지더니, 이내 무거운 짐을 진 사람처럼 엉덩이를 쭉 빼고, 관절을 힘들게 펴면서 천천히 일어났다.

문득 엄마가 지게를 지고 일어서던 모습이 떠올랐다. 초가지붕에 얹을 새를 지게에 잔뜩 지고 오던 모습이 마치 엊그제 일처럼 눈에 선했다. 다른 집에서는 남자들이 할 일이었지만, 엄마에겐 남편이 없었다. 우린 새를 베러 가자는 그 말을 너무나 싫어했다. 어떻게든 이리저리 핑계를 대서 빠지려고 하면, 엄마는 악을 쓰고 푸념을 하면서 우리에게 욕을 해댔다. 언니도 나도 새를 등에 지고 오는 모습을 친구들에게 들키는 게 싫었지만, 엄마에게 차마 솔직히 말할 수 없었다. 기어이 엄마한테 등짝을 얻어맞고 새를 베러 가면, 엄마는 서방 없고 아들 없는 년 신세타령으로 쉴 새 없이 구시렁거렸고, 낫을 든 손은 마치 누구 목을 치듯 사나웠다. 그렇게 서방 있는 년들 목을 치듯 사정없이 후려 온 새를 마당에 부리고, 동네 청년들 손을 빌려 지붕을 얹을 때, 엄마의 목소리는 한없이 부드럽고 간드러졌다.

마흔이 넘으면서 엄마 생각이 불쑥불쑥 났다. 전혀 생각지 못한 곳에서 엄마 생각은 지뢰처럼 터졌다. 이래서 추억을 지뢰처럼 간직한 노인들이 눈물이 많은가 보다.

눈앞에 어룽거리던 할머니는 어느새 사라지고 없었다. 울툭불툭한 보도블록 위를 힘겹게 굴러가는 유모차 바퀴 소리만 환청처럼 남았다.

「뭘 그렇게 넋 놓고 보고 있어?」

나는 탁자 치는 소리에 깜짝 놀랐다. 선미였다.

「왜 혼자야.」

「아직 안 오셨어? 또 떨어졌나 보다.」

「뭐가?」

「오늘 운전면허 필기시험이라고 했거든. 병원에 있는 동안 아무
도 안 만나고 죽어라고 공부해서 이번엔 꼭 붙을 거라고 자신하
시더니.」

선미가 혀를 끌끌 차면서 자리에 앉았다. 어제 근심이 기미처럼
내려앉았던 얼굴은 하룻밤 새 비 젖은 풀처럼 살아났다.

「아주버님 왔다 갔어?」

「아니, 아버지가 오늘 아침부터 바쁘다고 오지 말라고 딱 잘랐어.
면허 시험 본다는 얘기해 봤자, 또 뭐라고 한 소리 날아올 거 같
으니까, 그 얘긴 아예 하지도 않더라고. 하여튼 아버지하고 오빠
하고 무슨 게임하는 것 같다니까. 어쨌든 무탈하게 나타나셨으
니 오빠도 더 이상 뭐라 캐묻지 않을 것 같고.」

「그럼 이제 취직 부탁해도 되겠네. 미리 말을 해야지, 아주버님도
생각을 해두지. 무턱대고 사람을 쓸 수도 없고, 너 쓰자고 있던
사람 내보낼 수도 없고.」

「보라년 전화 받고, 집 안이 온통 컵라면 쓰레기로 뒤덮인 거 보
면서 열 받아서 확 저지르고 싶었는데……」

「근데, 근데 뭐. 또 바뀌었어?」

「보라 아빠 취직이 된 다음에나 알아봐야 하지 않을까 생각 중이야. 나 믿고 그나마 일자리도 알아보지 않을까 싶어서. 그 사람 집에 푹 처박혀서 밥만 축내고 잔소리나 해댈 거 생각하면 정말 진저리 쳐져.」

그러나 진저리가 난 건 나였다. 나는 쯧 소리를 내며 못마땅한 표정을 감추지 않았다.

「그렇게 한심한 표정 짓지 마. 그래도 오빠한테 미리 말은 해놓을 테니까. 일이란 게 확 분이 났을 때 저질러야 하는 건데, 씨. 난 왜 이렇게 물러 터졌을까?」

선미가 속없이 씩 웃었다. 나는 그런 선미를 헛웃음을 치며 바라보았다. 이건 익숙한 일이었다. 선미가 결혼한 이래로 반복적으로 일어난 일이었다. 그래도 이번엔 터진 일이 일인만큼 뭔가 단단한 결기를 보여 주겠거니 했더니, 역시 마찬가지였다.

둘이 실없이 웃고 있는데, 덥다고 셔츠 자락을 펄럭이며 시아버지가 들어섰다. 시아버지는 에어컨 앞에 잠시 서서 우릴 보곤 음식을 주문했느냐고 물었다. 우린 당연히 음식을 주문하지 않았다. 왜냐하면 어디까지나 음식에 관해 주도권을 놓고 싶지 않은 시아버지의 성격을 매우 잘 알고 있었기 때문이다. 시아버지는 새롭고 별나며 맛있는 음식을 찾아다니는 것을 좋아할 뿐만 아니라, 누구든 당신이 주선하고 설명하는 음식을 선택하고, 만족해하는 것을 즐겼다. 나는 시아버지가 음식을 주문한 다음, 그 음식에 대한 풍부한 상식과 당신이 선택한 집만의 비법에 대해 들을 태세를 갖추었다. 그런데 시아버지는 음식 주문 이후의 과정을 생략했다. 시아버지는 들어올 때부터 들떠 있었다.

「드디어, 내가 필기시험에 합격했다.」

시아버지는 뿌듯한 얼굴로 나와 선미를 바라보았다. 선미가 정말이냐며, 손바닥을 내밀었다. 시아버지는 그런 선미의 손에 하이파이브를 하고는 내게도 손을 내밀었다. 난 시아버지가 내민 손에 찰싹 소리가 나도록 부딪쳤다.

「아자, 아자, 파이팅!」

「명색이 국가고신데, 잔치해야 하는 거 아닌가?」

선미가 한술 더 떴다.

「필기만 되면 나머진 따 놓은 당상이니까, 차 사면 그때 고사 겸해서 근사하게 하자.」

「아버님, 병원에 입원하신 게 아니라, 필기시험 합격하시려고 고시원에 들어가신 거 아니에요? 근데 솔직히 얘기해 보세요. 무슨 입원을 그렇게 첩보 영화처럼 하셨어요? 우리들이 얼마나 찾았는데요.」

「첩보? 그래, 첩보 영화처럼 했지. 양 서방 일 저지르고 났는데, 내 속이 뒤집어지면서 지난번처럼 수상하더라. 그래서 쓰러지느니 먼저 검사받고 조용히 맘 가라앉히려고 했다. 의사한테 얘기했어. 그냥 푹 쉬다 가겠다고. 소화제나 처방하라고. 호텔보다 안전하니까.」

「아무리 그래도 그렇지요. 누구에겐가는 알렸어야지요.」

「이번에도 내가 아파서 병원 신세 진다고 해봐라. 그 몸으로 무슨 결혼이냐고 니들이 벌 떼처럼 일어날 거 아니냐. 솔직히 위장이 예민한 거 빼곤 아직 멀쩡하다. 근데 그것도 꼬투리라고 잡고 늘어질 꼴들이 보기 싫어서 그랬지.」

시아버지는 장어를 두 조각씩 한꺼번에 집어먹으며 팔을 들어 근육을 만들어 보였다.

「솔직히 아버진 왜 그렇게 결혼이 하고 싶어요? 그냥 슬슬 연애나 하면 됐지. 더구나 아버지 인기 짱인데, 뭐 하러 한 여자한테 매이냐고요. 나라면 신 나서 매일 양말 갈아 신듯이 새로운 사람 만나면서 즐기겠다.」

「니들은 늙는다는 것에 대해 대단히 오해를 하고 있어. 너, 선미, 내가 양 서방하고의 결혼 그렇게 반대했는데도 기어이 한 놈이 그런 말 하면 안 되지. 나도 똑같아. 정말 사랑하는 사람이다 싶으면 솥단지 걸어 놓고 살고 싶어. 아침에 눈 뜨면서 옆 자리에 그 사람 있는 거 확인하고 싶고. 텔레비전 앞에 앉아서 혼자 중얼거리기도 싫어. 늙은이가 그런다고 주책이라고 생각하는 건 정말 대단한 편견이다. 나, 니 엄마 죽고 혼자 10년 넘게 살았고, 지금보다 훨씬 젊었을 때도 내가 결혼 얘기한 적 있냐? 없지? 근데 이 여자랑은 하고 싶어. 결혼해서 살고 싶다니까. 니들 구린 속처럼 그 여자가 내 재산 노리고 꼬리를 쳤네 마네 하지만 내가 바보냐? 이 결혼 내가 먼저 하자고 했다. 자식이 다 커서 가정을 이루었는데도 치마폭에 싸고도는 엄마들 보면 얼마나 꼴불견이냐? 니들도 마찬가지야. 공부시키고, 결혼시켜 가정을 이루었으면, 그걸로 끝이지, 행여 부모한테 떨어질 콩고물 더 있나 기웃거리는 것도 꼴불견이야.」

「솔직히 난 아버지 턱밑에서 콩고물 떨어지길 기다린 적은 없다, 뭐.」

「입에 침이나 바르고 그런 소리해, 요년아. 너, 니 올케 구엄리 집으로 이사 나간다니까, 제일 먼저 침 흘리고 달려든 게 너였어. 너, 나한테 공짜 밥 한 번 안 먹여 준다고 하지만, 그동안 넌 집세 한 번이라도 냈냐? 전기세, 수도세 누가 냈어? 나 밥해 준다는 명목으로 내 밥상에 니들 세 식구가 달려들어 먹었잖아. 표 안 나게 지들 살림 뒷바라지해 주면 고마운 줄 알고 입 꾹 닫고 살아. 난 할 만큼 했다.」

「아, 말 한 번 잘못했다가 맛있는 장어 체하겠다.」

「넌 한번쯤 체해도 돼. 40년 넘게 아버지 밥 얻어먹으면서 그럼 만날 기름져야겠냐?」

「아버지, 이걸로 우리 입 막으려는 거 맞아? 어째 상황이 거꾸로 같지? 야목이 넌 잘만 먹네. 너도 찔릴 사람 중 하난데.」

「난 더 이상 콩고물 안 바라니까.」

난 장어를 상추에 싸서 입에 넣으며 선미를 보고 웃었다.

「쳇, 한몫에 큰 거 하나 챙겼다 이거지?」

「그런 소리 마. 전체 양으로 따지면 현빈이 에미가 제일 적어.」

「체, 그럼 나도 그렇게 큰 거 한몫으로 주지.」

「넌 양 서방 한량기가 무서워서 취직도 안 하고 빈둥거리는 년이 무슨 한몫? 다 그릇대로 받았어.」

시아버지는 거의 비어 가는 접시를 보며, 음식을 더 주문했다. 딸년이 턱밑에서 미주알고주알 따지는 바람에 무슨 맛으로 먹었는지 모르겠다면서, 화제를 바꿨다.

「근데, 차는 어떤 게 좋을까? 새 차 하나 뽑을까 하는데, 이 나이에 작은 거 뽑기도 그렇고, 아직은 운전이 미숙한데 새 차 박으면 아깝고.」

「아버지, 차 사는 김에 나도 하나 사줘요. 중고라도 좋은데.」

「시끄러워. 넌 그 사람 집에 가서 마치 첩년 집 온 본마누라처럼 뒤지고 갔다면서?」

「와— 그 여…… 사람 정말.」

선미가 눈을 동그랗게 뜨고는 젓가락을 탁, 식탁에 내려놓았다. 나도 놀라서 시아버지를 바라보았다. 고양이 눈빛을 한 여자, 경계심을 겸손함으로 가장하고 조용조용 다니던 여자의 얼굴이 떠올랐다. 방 안에 틀어박혀 나오지 않는 사람을 나오게 하는 방법으로 억지로 끌어내는 방법도 있지만, 있는 대로 사흘 밤낮 불을 지펴 스스로 나오게 하는 방법도 있단 생각이 들었다. 시아버지는 이 여자랑만은 살고 싶다고 했지만, 그렇게 만든 건 여자였을 거란 생각이 들었다. 다음엔 미리 전화를 주시고 오라며 냉정한 얼굴로 웃던 여자였다.

「아버님, 큰 차는 초보자가 주차하기도 어렵거든요. 좀 성에 안 차시더라도 운전이 익을 때까진 소형 중고차를 먼저 구입하시는 것도 좋을 것 같아요. 그런 다음엔 제가 중형 세단으로 하나 뽑아 드릴게요. 아버님 결혼 선물…….」

「그럼, 그 차 버릴 땐 나한테 버려요. 그런 의미에서 너무 낡은 차는 사지 말고요.」

선미가 내 말이 채 끝나기도 전에 톡 튀어나왔다. 난 그런 선미를 보며, 오락기 속에서 튀어나온 두더지처럼 망치로 때려 주고 싶었다. 난 더 할 말이 있었다. 새 사업을 상의하고 싶었다.

시아버지는 또다시 새로운 꿈으로 부풀어 있었다. 새 꿈으로 충전된 시아버지는 좀 더 젊어지고, 헬스클럽에 가서 역기의 무게를 2킬로그램쯤 늘릴 것이다.

7

검게 그은 피부는 한결 탄탄해 보이고 햇볕에 막 말려 낸 고추처럼 윤이 났다. 그런 그에게서 잘 말린 햇빛 냄새가 났다. 그의 몸 깊숙한 데서 힘차게 소리치며 달리는 생명의 소리가 들렸다. 막 오토바이에서 내려 홀 안으로 걸어 들어오는 나무를 나는 그림처럼 바라보았다. 한여름, 단단하게 뿌리를 내리고, 햇빛을 듬뿍 받고 자란 포플러처럼 싱싱했다.

난 얼른 시선을 돌렸다. 나무가 빠르게 내 쪽으로 걸어왔다. 나는 먼저 「이제 오니?」라고 인사를 던지고 밖으로 나왔다. 낮 동안 달궈진 지열로 공기는 후끈했다. 봄과 여름이면 늘 습기를 지병처럼 지니고 있는 섬이지만, 오늘은 유난히 더 무더웠다.

며칠 마음이 너무 건조해져서 힘들었다. 마치 오래된 판자때기처럼 물기도 없이 낡아 버린 내가 낯설었다. 옹이 지고 갈라지고 별 쓸모없는, 영락없이 남의 집 문짝으로 쓰다가 뜯겨져 나온 판자 같았다. 어쩌면 이미 사막이 되어 버린 내 안 어느 구석에서 날아 온 바람 때문인지도 몰랐다. 벌써 며칠째 요가원에 나가지 않고 있었다.

「무슨 일 있어요?」

어느 새 나무가 내 곁에 와 있었다. 나도 모르게 레스토랑 안에서 내가 보이지 않는 곳으로 몇 걸음 옮겨 갔다. 바로 옆에 선 나무에게서 햇빛의 열기가 고스란히 느껴졌다. 그의 동맥을 펄떡거리며 돌아다니는 생명의 소리가 내 팔뚝으로 전해졌다.

「에어컨 바람을 너무 오래 쐬었더니 머리가 아파서.」

「며칠 우울해 보였어요.」

「록 공연 준비는 잘돼 가?」

「그보다 여길 그만두어야 할 것 같아요.」

마르고 말랐던 판자때기가 풀썩 먼지를 일으키며 주저앉았다. 순간 목이 매캐해진 나는 기침을 했다.

「왜, 이 기회에 아예 그 록 그룹에 합류하기로 한 거야?」

「아뇨. 저 사막에 가요.」

「사막? 아, 그 사막.」

나무가 첫 번째로 맞았다는 천둥인지 번갠지 하는 사막이 떠올랐다. 초등학생의 그 여린 가슴을 먹먹하게 만들었다는, 5천 년 전에는 몇 개의 호수와 강이 있고, 나무와 물고기들이 살았다던 그 사막.

「오늘 일 끝나고 자세히 말씀드릴게요.」

나무가 다시 안으로 들어가고, 난 아득하게 검은 먼 바다에 시선을 둔 채 서 있었다.

느닷없이 그가 내 안으로 뚜벅뚜벅 걸어 들어온 뒤로, 난 극도로 조심하고 또 조심했었다. 지난해 봄이었을 것이다. 늦은 봄 햇살이 해변의 젊은 여자를 사랑하기 위해 점점 튼실해지고, 억세지던 무렵이었다. 그래도 밤공기는 스펀지 케이크처럼 은밀하고 부드러워, 바다 향은 신선하고 들판엔 상큼한 초록의 향이 넘실댔다.

그날 나무는 다른 날보다 조금 늦게 출근했었다. 발갛게 상기된 얼굴로 서둘러 홀로 들어서던 나무는 그대로 내 가슴으로 달려 들어왔다. 여름 고등어처럼 싱싱했고, 봄볕을 막 달려온 말처럼 탄력이 있었으며, 농구를 하다 달려온 소년처럼 풋풋했다. 난 서둘러 무대에 올라 노래를 하는 나무를 멍청하게 바라보았다.

그날 이후, 난 애써 나무를 외면했다. 때때로 나무가 내게 차를 가져다주면, 가슴이 더워져서 차향만 마시고 마는 나를 지긋지긋해했다. 그가 무대에서 노래를 부르면 일부러 주방을 들락거리거나 밖을 서성였다. 그가 쉬는 시간이면, 그가 있을 주방 창고로 달려가려는 내가 괴로웠다. 오래전에 사용하고, 이젠 다락방에서 먼지를 뒤집어쓴 채 고장 났을 거라 생각했던 무언가가 이토록 생생한 모습으로 불쑥 나타난 일에 대해 놀라고 당황했다. 너무도 생생한 모습으로 나타난 이 고물딱지를 처리하는 방법을 몰라 전전긍긍했다. 어쩌면 민규가 욕망에 끄달리는 자신을 지긋지긋해했던 게 바로 이런 것이었을지 모른다고 생각했다. 내가 문을 열고 그를 받아들인 것도 아니었는데, 나무는 내 안의 여린 무엇을 저벅저벅 밟고 돌아다녔다. 그러면 처녀막이 고스란히 남아 있던 때처럼 수줍은 무엇이, 내 안의 사막과 상충되며 속을 아리게 했다.

그러더니 기어이 산신각 계단 틈에 비죽이 솟아난 그 여린 단풍나무를 미신처럼 품고 와 화분에 옮겨 심기까지 했었다. 구체적으로 무엇을 원한 것은 아니었다. 다만 그것이 곱게 자라나길, 여린 문풍지처럼 찢어지지 않길 바랄 뿐이었다. 그래서 종교처럼 그걸 사모할 수 있길 바랄 뿐이었다.

난 알았다, 남우가 나무일 수 없다는 것을. 그래서 대책 없이 쏟아지는 마음을 다잡고 표 내지 않으려고 얼마나 안간힘을 썼던가. 저문 들녘에 선 막막함을 들키지 않으려고 등허리 꼿꼿하게 펴고 냉정해지려고 했다.

나무가 떠나겠다는 말에 난 조바심이 났다. 그가 눈치 챘을지 모른다는 생각은 나를 부끄럽게 했다. 그에게 비린 눈빛을 감추지 않거나, 주차장에 숨어 있다가 그의 손을 잡아끌던 여자들과 다를 바 없이 되었다는 생각에 아무 데나 머리를 처박고 싶었다. 마흔이 훌쩍 넘은 나이가 부끄러웠다. 나이가 부끄러울 수 있다는 것에 난 목이 메었다. 사막은 핑계일 것이다. 나무는 이 레스토랑을 벗어나는 게 목적일 것 같았다. 솔직히 그가 떠날까 봐 겁이 났다. 난 그가 누군가의 연인이 되고, 또 누군가의 남편이 되며, 누군가의 아빠가 되더라도, 그래서 내 눅진한 눈이 고통스러워도, 끝까지 곁에 두고 보고 싶었다. 나는 처녀막이 고스란히 남아 있는 어떤 처녀보다 더 순결하게 그를 사랑했다. 이미 그는 나의 종교였다.

아니, 차라리 그가 얼른 떠나는 게 좋겠다는 생각도 들었다. 이건 사랑도 뭣도 아니다. 맹세코 난 그와 한 침대에 눕는 상상조차 해 본 적이 없다. 이런 내 감정은 세상의 그 어떤 처녀보다 순결하지만, 사랑은 아니다. 사막을 헤매다 발견한 신기루다. 미처 스물도 되지 않았던 어린 날, 민규에 대한 사랑을 확인도 하기 전에 가졌던 그 무엇에 대한 환상이다. 가을이 오기 전 한 번 더 여름의 단맛을 보여 주는 인디언 섬머다.

문득 고개를 들었다. 어느새 해안가 끝까지 와 있었다. 용두암이 지척이라 야간 관광을 즐기러 나온 관광객과 더위를 피해 나온 사람들로 거리가 웅성거렸다. 늦은 밤인데도 공원에서 굽는 고기 냄새가 여기까지 날아왔다. 서둘러 발길을 돌렸다. 진득한 더위가 목덜미에 감겼다. 다시 레스토랑까지 걸어갈 생각에 막막해져 있는데, 전화가 왔다.

「사장님, 어디에요?」

나무였다.

「응? 왜.」

「어딘지 말해 보세요.」

「걷다 보니까 여기 용두암까지 왔네. 무슨 일 있어?」

그러나 전화는 툭 끊겼다. 다시 전화를 할까 하다가 그만두었다. 일이 있으면 다시 전화할 것이다. 천천히 걸었다. 멀리 둥근 수평선을 따라 한치잡이 배들이 떠 있었다. 집어등 불빛은 바다 끝에 새로운 도시를 세운 듯 강렬했다. 그 불빛의 유혹에 한치들은 목숨을 내놓고 달려들 것이다.

「타세요.」

갑자기 나무가 오토바이를 내 곁에 세웠다. 깜짝 놀라서 나무를 바라보았다.

「어떤 놈들이 떼거지로 와서 사장님 이름 팔면서 무전취식하고는 버티고 있어요.」

「누군데? 박 팀장보고 처리하라고 하지.」

「팀장님도 그럴까 하다가 나보고 연락해 보라고 한 거예요. 근처에 있을 테니 오토바이로 얼른 모셔 오라고요. 자기 말로는 사장님이 작은엄마라는데, 자전거 하이킹하는 놈들이에요. 사장님이 작은엄마라면서 핸드폰 번호도 모르고, 큰소리는 있는 대로 치고요. 먹은 것도 자그마치 60만 원어치나 되는데, 경찰 부를까 하다가 혹시나 하고요.」

여름이면 제주도 도로는 온통 자전거 여행하는 젊은이들로 넘쳐나 위험했다. 하지만 렌터카인 '허' 자 넘버를 단 어떤 중형차보다 붉게 탄 종아리를 드러내고 자전거 페달을 밟는 젊은 애들에게 나는 종종 넋이 나가곤 했다. 제주에서 평생 살았으면서, 한 번도 자전거를 타거나 걸어서 섬을 돌아볼 생각을 해보지 않았다. 그때는 그랬었다, 내가 젊었을 적에는. 나는 그들이 내 차 옆을 힘겹게 지날 때면 부러움으로 숨이 막혔다. 더위와 폭양에 헉헉거려도 그들이 내뱉는 숨결이야말로 진정 젊었으며, 붉게 물들인 머리칼이 바람에 휘날리는 것이야말로 진정 자유로워 보였기 때문이다. 그들이 맹렬한 빛을 튕겨 내며 은빛 바퀴를 굴리는 모습이야말로 진짜 젊음이었다. PC방이나 당구장이나 영화관이나 노래방 같은 것들은 늙거나 패기가 없거나 심드렁한 인생들과 공유할 수 있지만, 여름의 태양과 함께 섬을 달리는 것은 젊음만이 할 수 있는 것이라고 나는 생각했다. 숫자로 계산되는 나이가 아닌 진정한 젊음.

대강 짐작이 되는 사람이 있었지만, 냉큼 나무의 오토바이에 올라타고 싶진 않았다. 그와 하는 많은 것들은 미망이 될 것이다.

「얼른 타세요. 좀 싸가지 없는 애들이더라고요.」

난 높다란 뒤 좌석에 올라탔다. 앉고 보니 생각보다 좌석이 높았다. 엉덩이로 엔진의 펄떡거림이 그대로 전달되었다.

「처음이라 불편할 거예요. 하지만 바싹 붙어 앉으면 좀 나을 거예요.」

나는 좀 더 당겨 앉는 시늉을 했다.

「좀 더요. 누가 잡아먹어요? 그리고 꽉 잡아요. 안 그러면 뒤로 나가떨어져요.」

나무는 엷은 티셔츠를 잡은 내 손을 떼어 내 자기 배 쪽으로 당겼다. 난 심장 고동 소리가 나무의 등으로 옮겨 갈까 봐 얼른 상체를 모로 틀었다. 내 팔로 나무의 몸이 고스란히 느껴졌다. 마라톤으로 다져진 젊은 남자의 단단한 몸이었다. 생경했다.

부아아앙 —. 나도 모르게 나무의 등에 바싹 붙었다. 길은 짧았고, 나무의 등은 뜨거웠다. 그의 등에서 난 이 순간이 오래도록 아린 그림으로 남을 것이란 걸 확신했다.

무전취식했다던 자전거 하이킹족은 예상대로 민석의 대학생 아들이었다. 나를 보자 바닷가 쪽의 난간에서 친구들이랑 장난을 치던 녀석이 홀 안으로 따라 들어오며, 어색하게 인사를 했다. 방학이라 친구들과 함께 여행 중이라고 했다. 녀석은 영락없이 젊었을 적의 민석이었다. 제주에 산 적이 없었으므로 몇 년에 한 번 보는 얼굴이었는데, 그사이 건장한 청년으로 변해 있었다. 그리고 건방지고, 도도했다.

60만 원이 넘는 액수에서 대부분이 시바스 리갈과 하이네켄 맥주인 계산서를 보고 기분이 상했다. 배고파서 한 끼 식사를 원한 것이 아니었다. 민석이 마치 나만 특혜로 유산을 선불받은 것처럼 아니꼬워하던 얼굴을 보는 것 같았다. 가족을 마치 정치꾼들이 이합집산하듯 필요할 때 일원으로 받아들였다가 여차하면 안면 몰수할 수 있는 도구로 생각하는 것도 민석과 똑같다는 생각에 불쾌해졌다.

「너, 나한테 세배 한번 한 적 있니?」

「네?」

「너, 나한테 현빈이 안부 한번 물은 적 있니? 크리스마스카드 한 번 보낸 적 있어?」

녀석은 무슨 소리냐는 듯 당황한 얼굴로 나를 바라보았다. 그러다 이내 내가 무얼 말하고 싶은지 알았다는 듯 아니꼬운 표정이 슬쩍 드러났다.

「없지? 이건 외상으로 달아 놓으마. 너희 아버지한테 받을게. 단 여기서 식사 값은 내가 내주마. 됐지? 네가 조카니까 이나마 특혜야. 우리 가게에서 외상은 절대 없거든.」

「그럼 그렇게 하세요. 어쨌든 죄송합니다.」

눈을 내리깐 녀석의 얼굴에 불쾌함이 분명하게 드러났다.

「그래, 여행 즐겁게 해라. 잘 가.」

녀석이 휙 뒤돌아 나가는 모습을 두 눈 깜짝 안 하고 지켜보았다. 녀석이 가고 나자, 생전 처음 있는 사태에 난감했는지 홀 사람들, 심지어 주방장까지 멀리서 지켜보다 모두들 제자리로 돌아갔다. 쟁반을 든 채 호기심으로 바라보던 예원이 후련한 얼굴로 다가왔다.

「하여튼 아까 저 사람들 때문에 우리 가게가 얼마나 떠들썩했다고요. 완전히 지들 판이었다니까요. 남우 오빠한테 클론 노래도 주문하고, 안 된다니까 삼류라고 지들끼리 낄낄거리고요. 그러더니 돈은 안 내고 사장님 불러오라고 하니 참 기가 막히더라고요. 머리에 피도 안 마른 것들이. 어쨌든 사장님, 대단하세요. 그 조카 분 다시는 여기 와서 허튼짓 못할 거예요. 저런 자식들은 그냥…….」

「죄송합니다, 사장님.」

「박 팀장이 왜요. 이 얼음물 고마워요.」

물을 마시고 막 한숨을 돌리는데, 홀 저쪽에서 누군가 손을 번쩍 들었다. 송 사장이었다. 어색한 웃음으로 그의 인사에 응수했다.

홀 안을 둘러보았다. 잠시 쉬는 시간인지, 나무는 보이지 않았다. 노래를 부르다 쉴 때, 나무는 2층 구석에 앉아 있거나 창고의 소파에 누워 있곤 했다.

나무가 우리 레스토랑에 온 지 햇수로 4년이 되었다. 부침이 심한 이 바닥에서 4년이면 환갑 진갑 다 지난 세월이었다. 그땐 잠깐 다니던 직장을 그만둔 다음이었다. 그 이후로 나무는 취직 따윈 생각도 하지 않는 눈치였다. 그는 여러 가지 아르바이트를 했는데, 그렇게 모은 돈을 쏟아 부어 오토바이를 샀고, 가끔 며칠씩 어딘가로 떠돌아다녔다. 작년엔 동해에서 열리는 할리 데이비슨 랠리에 갔다 왔고, 어느 해 가을엔 며칠 훌쩍 사라졌다 오기도 했다. 그러므로 오토바이를 몰고 다카르 랠리에 참가하고 싶다는 그의 꿈은 엉뚱한 것이 아니었다. 어쩌면 사막으로 떠나겠다는 말도 사실일지 몰랐다. 나로부터 도망치는 거라는 내 생각은 과민 반응일지 몰랐다. 나무는 뿌리를 땅에 박고 사는 사람이 아니었다. 그는 편의점 아르바이트가 끝나는 새벽녘에 자신의 애마를 타고 시속 200킬로미터로 관광 도로를 질주하곤 했다. 그는 내게 날아오는 과속 위반 범칙금 고지서를 보곤, 카메라를 피하는 비법을 알려 주기도 했다. 그렇다고 그가 내 질주를 이해한다고 생각하지는 않는다. 내 상처의 깊이는 그가 이해할 수 없는 것이다. 그래서 그가 마치 나를 같은 동호회 회원인 듯 친근하게 대하는 것을 그닥 달가워하지 않았다.

「영업 끝나고 나 좀 봐요.」

외면하고 싶었는데, 송 사장이 기어이 날 불렀다.

「어쩌죠? 선약이 있는데요.」

「그 시간에요?」

송 사장이 비릿한 웃음을 감추지 않았다. 그는 과장되게 비틀린 웃음으로 뭔가 자신이 협상거리를 갖고 있으며, 자신이 우월자인 점을 드러내고 싶어 했다.

「꼭 필요한 거면 지금 하세요.」

난 최대한 공손하고 나긋하게 웃었다.

「아, 이거 우리 고 시인하고 데이트 한번 하기 힘듭니다.」

송 사장은 갑자기 단순하고 호쾌하게 웃었다. 송 사장은 맥주 한 병을 다 비우지 않고 일어섰다. 그는 맥주 값을 계산하면서 내게 눈을 깊숙이 들이박고 은근한 목소리로 말했다.

「제발 K 조심하세요. 그놈한테 칼 겨누고 있는 사람 많아요. 내 동생도 그중 하나거든요. 그놈이 여러 집 망치고 있다니까요.」

화가 불끈 치밀어 올랐지만, 난 상냥하게 웃었다.

「선생을 조심할 일이 뭐 있겠어요. 동업자도 아니고.」

「우리 헬스클럽도 우물가 못지않은 소문 집결지거든요. 소문 잘 못 나면 여기까지 여파가 미친다니까요. 사냥질이 시작되면 그런 법이죠. 남는 게 없어요.」

송 사장의 끈적한 목소리가 귓바퀴에 오래도록 남았다.

난 밖을 바라보았다. 하루 종일 무덥더니, 기어이 비가 오고 있었다. 바람이 부는지 멀리 한치잡이 배들의 불빛이 빗속에서 흔들렸다. 네온사인으로 물든 바다는 스팽글 옷을 살짝 걸친 무희의 젖가슴처럼 뒤치며 일렁였다. 그 바다가 흰 이를 드러내며 미친 듯이 달려와 부서졌다. 물이 드는 때인가 보았다. 나는 오늘 밤 밤새 머리맡에서 부서질 파도 소리를 생각했다. 때때로 바다가 머리맡에서 밤새 울어 댈 때면 나도 덩달아 불면에 뒤척이곤 했다.

나무가 다시 무대에 나왔다. 그는 낮은 목소리로 해바라기의 노래를 불렀다. 갑자기 난 물속에 잠긴 고양이처럼 심란해졌다. 그동안 너무 편안하게 나무의 노래에 길들여져 왔다. 의도적인 게으름이었다. 난 2층으로 올라갔다. 2층에선 나무의 노랫소리가 들리지 않았다. 그곳은 조용히 식사하기를 원하는 사람들을 위한 공간이었다. 1층보다 홀도 좁아서 훨씬 아늑한 느낌이 들었다. 손님들이 선호하지 않는 한라산 쪽 자리에 앉았다. 나무도 이 구석 자리에서 휴식을 취하곤 했었다. 이 자리에 앉아 있을 때의 나무는 달리기를 할 때의 나무와 달랐었다. 그때의 나무는 적막했다. 혼자 앉았다가 누군가의 부름에 무겁게 웃으며 빛을 털어 내던 모습. 청정함, 고적함, 두터운 우울, 소년스러운 맑음 등등이 그때 나무의 머리에 얹혀 있던 것들이었다.

밖을 내다보았다. 멀리 공항 주변을 밝힌 등이 짐승처럼 외로워 보였다. 비는 점점 더 세차게 내렸다. 그래서 그런지 손님이 다른 날보다 일찍 끊겼다. 현빈이 학교에서 야간 자율 학습을 마치고 왔을 때, 연인들의 시간인 그 무렵에 벌써 손님이 평소보다 훨씬 적었다.

「뭘로 마실래요?」

나는 비가 오니 운전은 더욱 조심해야 한다고, 술은 한 모금도 마시지 말라는 소리를 참았다. 나무는 나 대신 홀 점검까지 다 끝내 놓고, 제 손으로 맥주를 들고 왔다.

「요즘 안 좋은 일 있었어요?」

나는 얼른 창밖으로 눈을 돌렸다. 언제나 그의 눈빛을 정면으로 받으려면 한참의 준비가 필요했다.

「나이 들고 늙으면 그래.」

난 일부러 처음부터 거리를 두려고 작정했다. 생각해 보면, 내가 20대였을 때, 40대 아주머니와 할머니는 별 차이가 없었다. 다 같이 나이 들어 가는 여자들이었다. 나무를 멍청하게 바라보다 문득 정신이 들 때마다 자주 이 사실을 나 자신에게 주지시켰다.

「나이 든 걸로 그렇게 잘난 척하고 싶어요?」

나무가 마시던 맥주잔을 내려놓고 나를 빤히 쳐다보았다.

「열네댓? 그죠?」

「맞먹고 싶어?」

「지금도 그렇지만, 예전엔 그 나이 차이의 부부도 많았어요. 저희 부모님은 아홉 살 차이거든요.」

난 쿵 내려앉는 심장 소리를 감추며 픽 웃었다. 하긴 시아버지가 결혼하겠다는 여자와의 나이 차이도 열대여섯일 것이다.

「그래, 네 짝은 아직도 중학생 교복을 입고 있어서, 여태 네가 결혼도 안 하고 있구나. 그렇다고 너, 너무 여유부리지 마. 집도 절도 없으면 어린 신부가 울 테니까. 그래, 저 오토바이 끌고 기어이 사막으로 가고 싶어?」

「지독한 편견! 아까도 그렇고, 이 레스토랑 끌고 가는 것 보면 참 야무진데, 의외로 겁도 많아요. 사장님이 제일 무서운 게 뭐예요?」

나무가 비아냥거리는 웃음을 감추지 않고 나를 바라보았다. 그의 눈빛에 나는 화가 났다. 왜 내가 애한테 몰려야 되는 걸까 하면서도, 정면으로 부딪치지 못하고 피하고 싶은 나에 대해 화가 치밀었다.

「너같이 젊은것들. 이렇게 어른한테 실실 농담 따먹기나 하는 버릇없는 애들. 아까 내 조카처럼 잘못이 잘못인 줄 모르고, 상대방 원망하고 미워하는 것들. 너무 젊어서 인간에 대한 연민이 없는 것들, 됐니?」

「그리고 다시 사랑하는 것. 진짜가 빠졌잖아요.」

「뭐?」

난 등허리를 꼿꼿하게 펴고 무례하게 나를 빤히 바라보는 나무를 노려보았다. 급기야 들켰다고 생각하니까 부끄러움과 나에 대한 분노가 치밀었다. 내 안의 것이 무엇인지 짐작도 못하면서, 자기를 쫓아다니는 많은 여자들과 한통속으로 싸잡아 나를 경멸하고 있는 나무의 눈빛 때문에 치욕감이 몰려왔다. 당장 일어나서 나를 바라보는 나무의 뺨을 치고 싶어 속이 후들거렸다. 무례하고 어린 것에게 마음을 빼앗긴 내가 한심했다.

「슬슬 화가 나기 시작하거든? 내가 네 친구도 아니고, 본론부터 말해. 여기 그만둔다면서. 언제부터 그만둘거니?」

내 말에 서리처럼 허연 독기가 뿜어져 나왔다. 나로 향해야 할 독기였다. 농담으로 유들거리던 나무의 얼굴이 차갑게 가라앉았다. 순간 내가 너무 독살스러웠나 하는 후회가 잠시 일었지만, 내 자존심이 입은 상처가 더 컸다. 난 팔짱을 끼고 소파 깊숙이 몸을 묻었다. 경멸당한 속이 후들거리며 홍분이 가라앉지 않았다.

나무는 입을 다물고, 맥주만 마셨다. 숙인 이마 위로 가로등 불빛이 떨어졌다. 반듯한 콧날이 막 맥주잔에 빠지기 일보 직전이었다. 눈빛을 감추고 탁자에 팔을 괸 채 입술만 만지작거렸다.

「저랑 같이 사막에 안 가실래요?」

뭐라고? 나는 장전되었던 총알처럼 튀어 나가려던 말을 삼켰다. 빙싯거리며 나를 화나게 했던 표정은 사라졌다. 진지하고 차분하게 가라앉은 나무의 눈빛에 난 멈칫했다.

「9월 25일부터 10월 1일까지 사하라에서 마라톤 대회가 열려요. 나는 달릴 테니까, 사장님은 응원해 주세요. 사막이 얼마나 멋진 곳인지도 보고요. 밤엔 보석보다 더 찬란한 별들이 쏟아진대요. 땅은 많은 식물을 기르진 못하지만, 하늘을 가깝게 안고 있잖아요.」

느닷없는 나무의 말에 할 말을 잃었다. 부끄럽고 분노했던 마음은 갈피를 잡지 못했다. 냉정해지려고 부지런히 머리를 굴렸다. 팔짱을 끼고 소파에 묻힌 몸을 더욱 깊숙이 묻고 고개를 숙였다. 최대한 웅크리고 아무것도 듣기고 싶지 않았다.

「그 정도면 그만둘 필요 없이 그때 가서 보자.」

「간 김에 그 일대를 여행하려고요. 한 한 달쯤 계획하고 있어요. 다카르 랠리에 꼭 참석하고 싶었지만, 어차피 오토바이는 스폰서가 쉽게 구해지지 않아서요. 하지만 사하라 마라톤도 좋을 것 같아서요. 내 온몸으로 달리는 것도 큰 의미니까요. 여긴 한 달쯤 고모님께 맡겨도 되잖아요.」

「난 너와 달라. 경제적으로 누추하게 늙고 싶지 않아. 또 사막에 너처럼 열광하지도 않고. 난 그 사막이, 그래, 사막이 싫어.」

팔짱을 끼고 웅크리고 앉은 채 나무를 보았다. 마음 한쪽이 벌써 무너지고 있는 게 보였다. 나무가 큰 상처를 받지 않았으면 좋겠다. 속물처럼 대답하지 말고 돌려 말했어야 했다. 여유 있고, 근사하게, 사장처럼. 나무는 다시 탁자에 팔을 괸 채 손으로 입술만 만지작거렸다. 내리깐 눈에서 나는 어떤 것도 읽을 수 없었다.

「실은 나도 겁이 많아요.」

혼잣소리처럼 낮게 나무가 중얼거렸다.

「그래요, 어쩜 사하라에 막상 가면 나처럼 미친놈이 많을 거예요. 하지만 지금 난 솔직히 겁이 나요. 패기 있는 젊은 놈이니까, 하고 위로하지만 사막을 나 혼자 달릴 걸 생각하면 쓸쓸하고 겁이 나요. 자기 먹을 음식과 잠자리를 등에 매고 50도가 넘는 황량한 곳을 달린다고 생각해 봐요. 하지만 지치게 달린 후 누군가와 함께 그 사막에서 하늘에 흐르는 강도 보고, 큰 곰과 작은 곰을 보고, 수프를 떠마실 국자를 볼 수 있다면 외롭지 않을 거예요. 6개 구간으로 나뉘거든요. 6개의 캠프에서 저녁마다 날 기다려 줘요. 그러면 내가 낮 동안 달렸던 곳들, 모래 언덕이나 자갈밭에 대해 이야기해 줄게요. 스핑크스와 피라미드도 지난대요. 사장님은 낮에 차로 그곳을 관광하고 같이 이야기해도 좋고요. 멋질 것 같지 않아요?」

　팔짱을 낀 내 팔은 점점 경직되어서 조금씩 아파 오기 시작했다. 그래도 팔을 풀 수가 없었다. 여전히 깊숙이 들어앉은 소파에 몸을 묻고 나오기 싫었다.

「이렇게 두려우면서 어쩌다 그 사막에 빠졌는지, 우습죠?」

「사막엔 오아시스가 있다는 게 모범 답안이잖아. 거길 생각해. 그럼 편해지지 않겠니?」

「오아시스를 생각했다면, 그냥 여기 있었을 거예요. 여기가 오아시스잖아요.」

　난 여전히 팔짱을 낀 채 밖으로 눈을 돌렸다. 그사이 화려한 네온사인이 꺼진 바다는 한결 어두워 그 속을 알 수 없게 되었다. 흰 포말만 밀물의 위력으로 더욱 저돌적으로 해안에 달려들고 있었다. 비는 여전히 내리고 있어, 데크 위에 놓인 탁자들이 쓸쓸해 보였다. 비를 맞고 선 모든 것들은 쓸쓸하지만, 테이블과 탁자는 그중 제일이었다.

「초등학생 때 사막을 발견하고 가슴이 먹먹해졌다는 내 말 기억해요?」

　'그래, 기억하고 말고.' 난 대답하지 않았다. 여전히 팔을 팔짱으로 단단히 얽은 채였다.

「그때의 먹먹함을 내내 기억하고 살진 않았어요. 언젠가 사장님이 고모님과 함께 이야기하는 걸 우연히 들었어요. 아주 조금요. 그때 사장님이 자신이 점점 사막이 되는 것 같아서 불안하다고 말하는데, 초등학교 때 느꼈던 그 먹먹함이 다시 고스란히 느껴졌어요. 설명하라고 하지 마요. 나도 몰라요. 그 순간부터 난 다시 사막 생각을 했어요. 다카르 랠리에 가고 싶단 생각도 그때부터였고요. 언젠가 스폰서가 구해지면 꼭 갈 거예요. 하지만 난 하루라도 빨리 그 사막에 가고 싶어요. 그래서 사하라 마라톤을 찾아냈어요. 다카르 랠리든 사하라 마라톤이든, 사막을 달리면서 그 먹먹함과 정면으로 부딪치고 싶어요.」

먹먹함은 나무가 아니라, 날 침몰시켰다. 난 팔짱을 단단히 낀 채 마침내 고개를 떨어뜨렸다. 위악적인 눈으로 나무를 바라보고 싶지 않았다. 아무것도 이해하고 싶지 않았다. 생각하기 싫었다. 두터운 침묵 사이로 빗소리와 해조음 소리가 간간히 섞여들었다.

한참의 침묵 뒤, 알량한 생각 하나가 내 고개를 들게 했다. '나이 먹은 네가 이 무거운 침묵을 거둬 내.' 천천히 고개를 들었다. 나무는 팔을 탁자에 괸 채 입술만 만지작거리며 밖을 바라보고 있었다. 닻을 내린 배처럼 고적했다. 내가 고개를 들고 뭔가를 말하려고 하자, 그가 고개를 돌렸다.

「충고하지 말아요.」

낮고 조용한 나무의 목소리가 단호하게 날아왔다. 난 아무 말도 못하고 그저 나무를 바라보았다.

「그리고 신중하게 생각해 줘요.」

나무가 벌떡 일어났다. 난 나무의 자장에 끌려 같이 딸려 올라갔다.

「이리 줘.」

나무가 날 빤히 바라보았다. 난 손을 내민 채 조용한 눈빛으로 나무를 종용했다.

「오토바이 키. 얼른.」

나무가 뭐라 더 말을 하려다가 이내 포기하는 표정으로 키를 내밀었다. 난 그것을 카운터 아래에 두고, 그 옆에 있던 내 자동차 키를 들었다.

「택시 부르면 돼요.」

난 나무의 말에 대꾸도 하지 않고, 문을 열고 나무에게 나오라는 손짓을 했다. 비는 여전히 내리고 있었는데, 나무가 카운터 옆에 세워진 우산을 들고 마지못한 듯 따라나왔다. 내가 가게 문을 잠그는 동안 나무가 우산을 받쳐 주었다. 가게 문을 잠그고 돌아서면서 나는 목덜미가 선득하여 부르르 몸서리쳤다. 우산을 든 나무의 팔이 내 팔에 살짝 스쳤다. 나무의 체온이 따스했다. 나는 나무에게서 좀 떨어졌다. 나무가 비 맞는다며 내 팔을 잡아끌었다. 그 힘에 내가 나무에게 확 쏠렸다. 나무의 체온이 내 어깨로 고스란히 건네져 왔다. 볕에 잘 말린 고추처럼 윤이 나고 야구 방망이처럼 탄탄하던 나무의 팔이다.

자동차 시동을 걸자 오디오에서 아침에 듣던 노래가 쏟아져 나왔다. 전경옥의 〈혼자 사랑2〉다. 친구가 몇 해 전에 선물해 준 것이었다. 그 친구는 마흔을 넘기던 한 해 동안 거의 매일 이 노래를 들었다며 웃었었다. 얼른 오디오를 껐다. 세찬 비가 유리창으로 달려들었다. 와이퍼를 작동시켜 빗줄기를 쓸어내렸다. 와이퍼가 빗물을 쓸어내릴 때마다 어두운 바다와 헤드라이트에 비춰진 도로가 잠깐씩 드러났다가 사라졌다. 바다는 어둡고, 빗줄기 때문에 멀리 몇 척 떠 있는 밤배 불빛도 흐리게 흔들렸다. 바다는 검게 엎디어 낮게 울었다.

「때가 오기 전까지 절대 알 수 없는 것들이 있거든. 가불해서 쓸 필요는 없어.」

말하고 나서, 기어이 나잇값을 치르고야 마는 내가 가소로웠다. 난 가속 페달을 좀 더 깊숙이 밟았다.

「하긴 사막으로 갈 수 있다는 것이 젊다는 거지.」

「그렇게 그 나이 뒤에 숨어서 날 경멸하고 싶어요? 장난으로 사막을 횡단하는 사람은 없어요. 누구도 사막을 놀이터로 삼는 사람은 없다구요.」

난 입을 다물었다. 눅진한 피로감이 몰려왔다. 도로는 텅 비어 어두웠다. 신호등 중 일부는 점멸등으로 전환되어 주황빛으로 깜박였다. 또 일부 제대로 작동되는 신호등이 있어도, 그 신호를 지키지 않았다. 나도 신호등의 충고 따윈 듣고 싶지 않았다. 신호등을 무시하고 달리면서 어쩌면 사막으로 갈 수 있을지 모르겠다는 생각이 슬며시 고개를 들었다.

오랜만에 습기가 쏙 빠진 바람은 포삭했다. 이렇게 잘 마른 공기는 다디달았다. 꿉꿉했던 머릿속이 조금 상쾌해졌다. 베란다 문을 통해 들어오는 공기는 한라산에서 불어온 공기였다. 한라산 쪽 하늘엔 흰 뭉게구름이 몇 떠 있었다. 상쾌한 한여름 아침이었다. 현빈은 단 1주일간의 방학을 마치고 또다시 등교를 해야 했다. 하지만 요즘 현빈은 신이 났다. 방학 동안에는 교복을 입지 않아도 됐기 때문이다. 그동안 사놓은 신발들을 모두 신을 수 있는 기회였다. 지난해에는 방학에도 교복 차림이라고 입이 댓 발은 나왔었다. 현관에는 연둣빛 끈에 분홍 꽃잎을 달아 놓은 샌들이 벌써 나와 있었다. 이미 어젯밤에 오늘 입을 옷과 함께 맞춰 놓은 신발이었다. 때론 그 순서가 바뀌기도 했다. 신발을 먼저 골라 놓고, 그에 맞는 옷을 골랐는데, 워낙 독특한 색과 디자인 때문에 옷을 고르는 것은 항상 어려웠다. 그러더니 지난 1주일 동안의 방학에는 아래 레스토랑에서 아르바이트를 하고는, 그 돈으로 신발에 맞는 옷을 샀다.

내가 아침상을 거의 차렸을 무렵, 누군가 현관문을 두드렸다. 이른 아침부터 찾아올 사람이 없었으므로, 바람인가 했다. 대꾸가 없었더니 초인종이 울렸다. 그러고는 도어폰 모니터에 시아버지 얼굴이 나타났다.

「아니, 무슨 일 있으세요?」

내가 놀라 소리를 치는 바람에 거울 앞에 있던 현빈도 삐죽이 고개를 내밀었다. 시아버지는 손사래를 치며, 호들갑 떨지 말라고 하고는 그대로 식탁 의자에 풀썩 주저앉았다.

「이 시간에 뭐라도 요기할 수 있는 데라곤 여기뿐인 것 같아서 왔다. 현빈이 학교 갈 시간이지?」

시아버지와 함께 살 때도 그랬지만 지금도 난 아침부터 찌개에 밥을 먹어야 했다. 시아버지는 그런 내 식성을 좋아했다.

「집에서 오시는 길이세요?」

「그래, 나 차 샀다. 오늘이 3일째인데, 오늘은 선생 없이 길이 한가할 때 혼자 연습하려고 일찍 나왔지.」

「맙소사! 아버님 혼자 차를 몰고 여기까지 오셨단 말이에요?」

「와, 할아버지 정말 멋지다. 정말 운전면허 따고 차도 새로 샀단 말이에요? 차 뭐로 샀어요? 에쿠스? 체어맨?」

그새 옷을 다 챙겨 입은 현빈이 식탁에 앉으며 참견을 했다.

「초보니까, 소나타 중고 샀어.」

「에, 좀 꼬지긴 했다. 그래도 할아버지 정말 멋져요. 근데 그 차는 언제까지 타실 거예요? 금방 좋은 차로 바꿀 거죠?」

「왜?」

「나 졸업하면 그 차 나 줘요. 할아버진 돈도 많으니까 더 좋은 걸로 바꾸시고요.」

「야 인마, 그 찬 이미 예약되어 있어. 네 고모가 벌써부터 치마 벌리고, 내가 버리길 기다리고 있어. 야, 에미야. 아무래도 저 차 좀 더 오래 타야겠다. 원 공짜 바라는 놈들이 왜 이렇게 많아.」

며칠 전에 시아버지는 선미와 함께 중고차를 산다고 했었다. 그 차는 선미가 더 오래 탈 것이므로 자신의 취향에 맞아야 한다고 부득불 우겼기 때문이다.

「하여튼, 아버님은 정말 젊으세요. 운전은 할 만해요?」

「할 만? 여기까지 오는데, 속이 새하얗게 쫄아 버렸다. 배가 고픈지, 속이 쓰린지 알 수도 없고. 그래서 밥 한 술이라도 먹으려고 여기로 왔다. 실은 내가 이렇게 말하고 있어도 무슨 말을 하고 있는지 잘 모르겠다. 차에서 내려 2층 계단을 오르는데 다리가 후들거리더라. 다시 돌아갈 일도 막막하고. 남의 차 탈 땐 모르겠더니, 내가 운전하니까 차가 왜 그렇게 빨리 내빼는지. 속도가 무서워서 혼났다. 그래도 출근 시간 되기 전에 돌아가야지. 얼른 밥이나 먹자.」

그러더니 시아버지는 밥이 넘어가지 않는다며, 물에 만 밥을 조금 떠 먹었다. 그래도 달포 앞으로 다가온 당신의 생일에 차를 몰고 육지로 떠날 마음에 들떠 있었다.

「여기까지 오면서 그래도 차선을 여러 번 내 맘대로 바꾸었잖니. 비록 차가 얼마 없긴 했지만. 그래도 처음엔 옆에서 선생이 차선을 바꾸라고 해도 죽어도 핸들이 돌아가지 않더니만. 팔이 다 뻐근하다.」

「도로 주행 때 다 하시지 않았어요?」

「다 했지. 시험에 붙을 욕심으로 독하게 맘먹고 했지. 그래도 내 차 갖고 하니까 또 다르더라고. 이젠 선생도 떼버려야겠다. 이렇게 하다 보면 늘겠지.」

「제가 필요하면 말씀하세요. 옆에서 조수 역할해 드릴게요.」

시아버지는 차가 늘기 전에 떠나야겠다며 서둘러 일어섰다. 나도 현빈을 학교까지 태워다 줘야 했기 때문에 같이 일어섰다. 밖으로 나오니, 시아버지는 차를 주차장까지 돌리지도 못하고, 레스토랑 앞 도로에 그대로 세워 두었다. 그래도 운전석 문을 열고 앉는 모습이 당당하고 스스로 대견스러운 표정이었다. 나는 오른쪽 깜빡이를 켜고, 왼쪽으로 진입하는 시아버지의 차를 배웅했다. 몇 바퀴 굴러가던 차는 제 차선에 들어서서야 잘못을 깨달았다는 듯이 서둘러 왼쪽 깜빡이를 껌뻑였다.

「맙소사! 야, 김현빈. 너.」

막 내려온 현빈의 모습에 깜짝 놀랐다. 어깨가 온통 드러나는 하늘색 티셔츠에 초록의 짧은 반바지를 입고, 그보다 좀 더 짙은 색의 샌들을 신고 있었다. 마치 레이싱 걸처럼 긴 다리로 성큼성큼 걸어오는 현빈을 보고 난 기함했다. 밥 먹을 때까지도 평범한 옷이었는데, 내 눈을 의심했다. 당장 옷 갈아입고 나오지 않으면 가지 않겠다고 큰소리를 쳤다. 그러자 현빈은 입을 씰룩이며 나를 한심한 얼굴로 흘겨보았다.

「걱정 마. 다 생각 있는 옷이니까.」

그러더니 위에는 볼레로를 걸치고, 짧았던 바지는 단을 풀어 내리니 어느새 칠부바지가 되어 있었다.

「봐, 구두하고 어울려? 걱정 많은 꼰대들 앞에서만 이러면 되잖아. 엄마까지 도덕 교과서처럼 그러지 마. 이래 봬도 학교에선 범생이야. 내가 바본 줄 알아? 죽은 듯이 3년만 버티면 되는데. 난 투사도 아니지만, 순진한 바보도 아니야. 얼른 가. 범생이가 지각하면 되겠어?」

꼭 너 같은 딸년 하나 길러 보라던 친정엄마의 얼굴이 떠올랐다.

「제발 과부 티 좀 내지 마. 서방 없는 것이 자랑이야? 허구한 날 서방 복 없는 년 타령에 자식 복 없는 년 타령까지 입에 달고 살아. 그런 나는 부모 복이 있는 줄 알아? 나도 마찬가지잖아. 부모 복 없는 딸년 등짝 후려쳐. 그래도 좋으니까 등록금이나 내놓으란 말이야. 정말 쪽팔려서 학교 가기도 싫어.」

오랫동안 등록금을 내지 못한 나는 드디어 어느 날은 학교에 가지 않겠다고 버텼다. 그러자 엄마는 토방에 장승처럼 버티고 선 나를 골목까지 끌어내고는 온 동네가 떠나가도록 서방 복 없는 년 타령을 늘어놓은 것이다. 엄마에게 끌려 나오느라 손목은 빨갛게 부풀어 올랐고, 얻어맞은 등짝은 화끈거렸다.

「오냐, 이년. 너도 이담에 더도 말고 덜도 말고 꼭 너 같은 딸년 하나 키워 봐라 이년아. 돈을 쌓아 놓고 안 주냐 이년아. 차라리 날 갖다 팔아라, 이년아.」

콩콩 싸가지 없이 말대답하는 것을 엄마는 참지 못했다. 반박할 수도 없는, 그렇다고 옳다고 인정하기도 힘든 논리로 고개 쳐들고 대드는 딸년한테 엄마가 할 수 있는 유일한 일은 내 등을 후려치는 것이었다.

난 걱정과 꾸중을 슬쩍슬쩍 피해 다니는 현빈을 어이없는 눈으로 바라보았다. 저런 색상을 고를 수 있는 사람은 민규도 아니고 나도 아니었다. 하늘에서 뚝 떨어져 내려온 듯한 아이가 내 딸이란 것이 믿기지 않았다. 그러나 생각해 보면 초등학교 때부터 지금까지 매 학년 초마다 서류상의 아버지와 연례적인 씨름을 벌여 온 것에 비하면, 현빈은 바르고 착했다. 다만 나의 새침함이 그랬듯이 저렇게 튀는 옷차림과 구두에 대한 집착이 속마음을 드러내지 않기 위한 위장막일지 모른다는 생각이 얼핏 들었다. 들키고 싶지 않은 것들이 언젠가는 자신을 향한 비수가 될 수도 있단 생각에 씁쓸했다.

현빈을 학교에 데려다 주고 돌아온 나는 시아버지에게 전화를 걸어 무사히 도착했는지 안부를 물었다.

「야, 나 택시 운전사로 취직해도 될 것 같다. 더 이상 이 일로 걱정하지 마라.」

시아버지의 목소리는 들떠 있었다. 옆에서 선미가 전화 소리를 듣는지 정말로 아버지가 너희 집에 갔었느냐며 끼어들었다.

요 며칠 선미네는 일상을 회복한 듯 보였다. 시아버지가 면허를 따고, 자동차를 새로 구입한 것이 계기가 되었다. 더구나 그 자동차는 곧 선미 차지가 될 것이란 기대감도 있었다. 또 여차하면 시아버지 몰래 그 차를 몰고 나갈 선미의 행동도 눈에 선했다. 손에 쥐어 보지도 못한 몇백만 원의 빚이 시한폭탄처럼 내장되어 있었지만, 선미네는 새 장난감을 가진 어린아이들처럼 들떠 있었다. 그런데 이 새 장난감에 만족한 또 한 사람이 있었다. 김민석은 시아버지가 자동차 대리점을 순례하고 중형차를 덥석 사서 그 여자에게 안겨 줄까 봐 내심 조바심을 내고 있었다. 그리고 영원히 초보 딱지를 떼지 못하거나 장롱 면허만을 가진 채 여자가 운전하는 옆에 달랑달랑 붙어다닐 거라고 걱정했었다. 결국 중고 소나타는 많은 사람을 만족시켰다.

그러나 평화는 오래가지 못했다. 차를 산 지 열흘쯤 지난 날, 시아버지는 가족 모두를 '옴파로스'로 초대했다. 우린 그것이 운전면허를 따고 차를 산 축하 파틴 줄 알았다. 차를 사고 고사를 지내겠다고 공공연히 말하고 다녔기 때문이었다. 행여 하는 마음에 난 북어와 무명천 한 마를 끊어다 놓고 소꿉 장난감처럼 작은 시루에 떡도 해놓았다. 드디어 출입문에 상아색 양복을 입은 시아버지가 나타났다. 내가 제일 먼저 오색 폭죽을 터뜨렸다. 따악—. 이어 둘째 동서가 막 폭죽을 터뜨리려는데, 시아버지 뒤에서 또 한 사람이 나타났다. 시아버지처럼 상아색 정장을 입은 고양이 눈빛의 여자였다.

「왜 이렇게 다 나와 있어.」

오색 테이프 한쪽이 시아버지의 어깨에 걸쳐 있었지만, 누구도 그걸 털어 낼 생각을 하지 않았다. 다들 어색한 분위기로 입구에서 흩어졌지만, 냉큼 자리에 앉는 사람은 없었다.

「앉아. 다들 왜 그렇게 서 있어. 식사는 천천히 하고, 먼저 음료수부터 마시자.」

시아버지의 음성은 여전히 당당하고 여유로웠다. 난 서빙을 마친 김 군과 미스 리를 아래층으로 내려 보냈다.

「폭죽까지 터뜨려 줘서 고맙다.」

시아버지의 목소리가 공허하게 컸다. 야단맞는 사람처럼 고개를 아래로 떨어뜨리고 있거나, 천장을 멀거니 바라볼 뿐, 누구도 시아버지를 제대로 바라보지 않았다.

「모두 알다시피 그동안 난 너희들과 충분히 의견을 나누었다.」

천장만 바라보던 민석이 시아버지를 힐끗 바라보았다. 시아버지도 그런 민석을 일별하곤 계속 말을 이어갔다.

「과정이야 어쨌든 한 달 뒤 이곳에서 결혼할 생각이다. 정식으로 내 마지막 배우자가 될 사람을 소개하려고 오늘 너희들을 불러 모은 게야. 이렇다 저렇다 서로가 할 말이야 많겠지만 오늘로 내 결혼에 대한 모든 논쟁은 그쳐 주길 바란다. 자, 서로가 인사해라.」

시아버지는 조신하게 앉아 있는 여자를 일으켜 세웠다. 시든 풀처럼 조용히 앉아 있던 여자가, 허리를 비틀며 포시시 일어났다.

「할 말 있으면 해요. 정식으로 보는 자린데.」

「예. 살면서 차차 오해된 부분들은 풀어질 것이고, 어쨌든 절 가족으로 받아 주셔서 감사합니다.」

아무도 여자를 향해 고개를 돌리지 않았고, 무거운 침묵만 진득했다.

「그리고…….」

침묵을 깨고 다시 시아버지가 입을 열었다.

「연동에 작은 아파트 하나를 마련하는 중이다. 곧 계약이 이루어질 것 같다.」

가족들이 일제히 시아버지를 향해 고개를 돌렸다. 그러나 시아버지는 아파트 문제에 대해선 더 이상 언급을 하지 않았다.

「자, 내가 할 말은 다 했다. 그동안 많은 이야기를 했으니 더 할

이야기 없지? 에미야, 우리 맛있는 거 좀 줘라. 오늘은 특별히 신경 좀 쓰라고 해.」

「아버지.」

드디어 민석이 무겁게 입을 열었다. 난 일어나 아래층으로 내려가려다가 다시 주저앉았다.

「지난번에도 말씀드렸지만……..」

「지난번에 한 이야기라면 더 하지 마라. 새로운 이야기만 해. 우린 같은 이야기를 너무 많이 했잖아. 이 사람이 옆에 있어서가 아니라, 너도 자식이 이미 장성해서 대학생이니 내 품에서 당연히 떠났어야 하고, 나도 벽에 똥칠하는 노망난 노인이 아니니 당연히 내 의사대로 살아야지, 안 그래? 난 너희들이 대학생이 된 이후로 특별히 강압적으로 해라, 마라 한 일이 없다. 결혼도 직장도 다 너희들 의견을 존중한 걸로 아는데?」

분위기는 더욱 무거워졌다. 난 일어날 생각도 못하고 눈치만 보고 있었다.

「네, 아버님 결혼 축하드립니다. 형수님, 우리 점심 먹죠.」

민호가 무겁게 가라앉은 웅덩이에 돌을 던지듯 한마디를 던졌다. 그러자 다들 조금씩 허리를 펴거나 의자에 앉은 자세를 고치거나 하면서 숨통을 트는 시늉을 했다. 나는 그사이 얼른 일어나 아래층으로 내려갔다. 미스 리와 김 군이 올라와 테이블 세팅을 다시 하고, 물을 더 보충하는 동안, 한쪽에 마련해 두었던 시루떡과 북어를 치우려고 집어 들었다.

「그거, 치우지 마라. 식사 끝내고 주차장 가서 절만 한 번씩 하면 되는 거잖아.」

그 와중에도 시아버지는 고사떡을 본 모양이었다. 난 그것들을 도로 내려놓았다.

「그런데 아버지, 정말 여기서 결혼식 하실 거예요? 너무 좁아요.」

선미는 호텔에서 해야 한다고 생각하고 있었다.

「상관없다. 너희들하고 친구, 그리고 가족 몇만 더 부르면 되는데. 에미야, 나중에 음식이며 자리 배치 등에 대해선 한 번 더 이야기하자.」

음식이 들어오고, 다들 옆 자리 사람과 이런저런 이야기만 할 뿐 공통된 화제는 없었다. 더구나 고양이 눈빛의 여자에겐 누구도 말을 걸지 않았다.

「아, 엊그제 문상을 갔는데.」

자잘한 소음을 타고 갑자기 민석의 목소리가 툭 튀어나왔다. 말은 민호에게 하는 거였지만, 그 목소리의 크기나 내용은 다른 사람을 겨냥한 것이었다.

「병문천 근처에 살던 네 친구 있잖아. 왜 키도 땅딸하고, 학교 선생이라던가 하는…….」

「예, 고남수라고 있지요. 요즘 통 못 만났는데, 그 집에 초상났어

「그 아버지 죽었다고. 나이가 이제 예순넷이라더라.」

「그래요? 난 몰랐는데. 나이가 많은 것도 아닌데 왜 죽었대요?」

「건강했댄다. 근데 달리기하러 나갔다가 쓰러진 모양이야. 병원으로 옮겨 보지도 못했다고 하더라. 참, 노인네 목숨 하루아침이라더니.」

난 민석을 바라보았다. 태연하게 포크로 음식을 찍어 먹고 있었다. 난 다시 시아버지를 슬쩍 바라보았다. 역시 마찬가지였다.

「노인네 목숨뿐만 아니라, 모든 목숨이 다 그래. 어제 뉴스 안 봤냐? 여행 왔던 대학생이 사진 찍는다고 뒤로 물러서다가 섭지코지에서 떨어져 죽었다더라. 내 친구 손자 놈은 이제 중학생인데, 교통사고로 죽었잖아. 죽는 거는 순서가 없어. 너희들도 지금부터 건강도 챙기고, 매사에 조심해라. 특히 민석이 너, 정치한다고 여기저기 다니면서 술이며 담배며 절제할 수 없을 때가 많잖아. 너도 이제 조심해야 할 나이다. 우리나라에서 과로사로 가장 많이 죽는 나이가 바로 너희들 나이잖니. 나 같은 늙은이야 늙었다는 거 인정하고 조심조심 살지만, 너희들은 아직도 젊은 줄 알고 팔팔 대다가 혼이 난다더라. 그러니 조심해.」

「예, 맞아요, 장인어른. 어제 뉴스 보니까 그 학생 참 안됐더라고요. 그 부모들 좋은 대학에 자식 보냈다고 좋아했겠더구먼. 이제 1학년이라더군요.」

아까부터 시누 남편은 음식보다 차가운 맥주를 더 많이 마시고 있었다. 선미가 그런 남편을 툭 쳤다.

「그런데, 장인어른 이사 가시면, 그 집은…….」

「능력 없는 사위 놈 쫓아낼까 봐? 그렇잖아도 내가 살던 집은 세를 놓을 거야. 나도 월세를 받아야 살지.」

「아버지. 아버진 다른 건물에서 들어오는 세도 많잖아요.」

선미가 설마 그 집 세까지 아버지가 챙기냐는 투로 뾰로통해져서 대뜸 말을 받았다.

「그러니까 너희한텐 집세를 안 받잖아. 너도 민규, 민호처럼 집세 내고 싶으면 내.」

「그런데 아버지…….」

한 방 당하고 입을 다물었던 민석이 입을 열었다.

「그 많은 재산 어떻게 지고 가시려고 그러세요?」

「지고 가? 에끼, 이놈아. 죽는 놈이 훨훨 가볍게 가야지. 내가 다 쓰고 갈 거다. 너희들한테 할 만큼 했으니 이젠 내가 써야지. 말 나온 김에 너희들한테 충고하는데, 행여 나 죽거든 유산 챙길 생각 마라. 내 한 푼도 남기지 않고 다 쓸 테니까.」

농담인 듯 진담인 듯 물어 놓고 빙글거리며 시아버지를 바라보던 민석의 눈빛이 순간 무겁게 가라앉았다. '다 쓰고 간다고.' 순간 나도 고양이 눈빛의 여자를 쳐다보았다. 선미 내외도 민호 내외도 마음이 같았는지, 새 여자와 나란히 앉은 시아버지를 바라보았다.

「그런데 운전하니까 술은 못 먹어서 나쁘다. 오늘같이 기쁜 날 맘껏 술을 마시고 싶은데 말이야.」

「제가 할 테니까 맘껏 드세요.」

고양이 눈빛의 여자가 애교스러운 목소리로 말했다.

「아냐, 완전하게 운전이 익숙해질 때까진 내가 해야지. 그래야 우리 신혼여행을 육지로 가지. 참, 우리 신혼여행은 여기서 서울까지 쉬엄쉬엄 해서 갔다 올란다. 직장이 있는 것도 아니고, 오고 싶을 때 올 거야.」

「와, 좋겠다. 저도 좀 껴주면 안 돼요? 하인 하나 데리고 간다고 생각하고요. 솔직히 육지 구경 간 지도 10년이 넘었다.」

선미가 투정을 부렸다. 농담처럼 그랬지만 선미의 심정은 진담일 거란 생각을 했다. 선미는 남편의 잦은 실업과 하찮은 수입 때문에 여행이란 단어조차 잊고 살아왔었다.

문득 나무의 여행 제안이 떠올랐다. 그러자 가슴이 콩닥거렸다. 얼굴이 후끈 달아오르고, 그때의 일이 떠올라 수줍어 나도 모르게 고개를 숙이고 말았다. 그러나 이내 시아버지처럼 당당할 수 없다는 생각이 들었다. 설령 당당하더라도 남한테 드러내 보이고 싶진 않았다. 아끼고 감춰 둔 보석처럼 깊이 묻어 두고 싶었다. 나무에 대한 내 생각을 누구에게도 설명할 수 없었다. 이걸 사랑이라고 말하고 싶지도 않았다. 세상에 이런 감정이 있는지도 몰랐었다. 열다섯 살 적보다 더 순수한 무균질의 이것이 무엇인지 나도 몰랐다.

그럼에도 순수처럼 보이는 이 욕망에 난 끄달리고 있었다. 해결할 수 없는 욕망은 갈증을 낳았고, 갈증은 다시 욕망을 불러일으켰다. 민규가 시달린 것도 이런 것이었을까. 나도 모르게 슬며시 한숨이 나왔다.

「아버님, 제가요. 능력이 없어서 이 사람을 이렇게 눈치 없는 사람으로 만들었어요. 아, 남의 신혼여행에 쫓아가고 싶다는 철없는 여편네가 세상에 어디 있답니까. 야, 이 사람아.」

혼자 계속 맥주를 마시던 양 서방이 드디어 술에 취해 말했다.

「골고루 해요, 골고루. 미운 놈 엎어져도 남의 제상에 엎어지는 꼴이지. 여기가 어떤 자리라고 저 혼자 취해서 난리야.」

「그래, 일어날 때가 된 것 같다. 일어나서 에미가 준비한 고사 지내고 헤어지자.」

엉뚱한 생각에 잠겨 있던 나는 벌떡 일어나, 고사 준비를 하겠다고 아래로 뛰어 내려갔다. 그러다가 다시 급하게 올라와 시루떡과 북어를 들고 다시 내려갔다. 주차장에 세워진 시아버지의 차 앞에 돗자리를 펴고, 시루떡과 무명으로 묶은 북어, 그리고 과일과 막걸리를 펼쳐 놓았다. 엉뚱한 생각에 빠져 있다 뛰어나와 서둘러 고사상을 마련하고 나니, 아직 중천에서 쨍쨍한 해가 눈에 들어왔다. 취한 걸음으로 늦게 내려온 시누 남편은 향이 없다며, 담배에 불을 붙여 시루 모서리에 올려놓았다. 땡볕에 무명을 걸치고 누운 북어도 손바닥만 한 시루도 뚜껑이 열린 수박 한 덩이도 현실감이 느껴지지 않았다. 먼저 시아버지와 여자가 절을 하고, 시루 밑에 수표 한 장을 깔았다. 뒤이어 마지못한 듯 느리게 신발을 벗고 민석 내외가 절을 하고 만 원을 시아버지 돈 밑에 놓았다. 그 뒤를 이어 순서대로 절을 하고 돌아서는데, 아주 짧은 사이에 모두의 얼굴은 달아올랐고, 이마에 땀방울이 맺혔다.

「여기 부좃돈은 에미, 네 몫이다.」

시아버지가 고사상을 치우는 내 손에 돈을 들려 주었다. 나도 모르게 민석을 바라보았다. 민석은 고개를 외로 꼰 채 빨리 이 모든 상황에서 벗어나기만 바라는 눈치였다.

상이 치워지자, 시아버지는 마치 마피아 보스처럼 형제들 어깨를 하나씩 두드려 주곤 짙은 선그라스를 끼고 운전석에 자랑스럽게 앉았다. 그리고 당연하다는 듯이 여자가 고개를 살짝 숙여 우리에게 인사를 하곤 시아버지 옆 자리에 앉았다. 나는 술에 취한 시누 남편과 선미를 바라보았다. 차가 없는 선미네를 시아버지가 태워다 주었으면 싶었다. 그러나 차마 말이 나오지 않아 고개를 끄덕여 인사만 했다. 시아버지가 사라지고 나자 다들 서둘러 각자의 차에 올라타고, 선미네 부부만 덩그러니 남았다. 누구도 차가 없는 선미네를 배려하고 싶은 심정이 아닌 게 분명했다. 난 선미 주머니에 시아버지가 준 부좃돈을 슬쩍 밀어 넣고, 콜택시를 불러 주겠다며 안으로 데리고 들어왔다. 정말 취한 건지, 취한 척하는 건지 가늠할 수 없는 시누 남편도 건들건들 선미 뒤를 따라 레스토랑 안으로 들어왔다.

선미까지 콜택시에 실어 보내고 나자, 한바탕의 해프닝이 끝난 것처럼 허탈했다. 난 2층 홀이 원상태로 돌아간 것을 확인하고, 요가 학원에 가겠다며 레스토랑을 나왔다. 해프닝이 벌어졌던 그곳에서 좀 떨어져 있고 싶기도 했고, K를 보고 싶기도 했다. 오늘은 내가 늘 찾아가는 수요일이었다. 수요일은 저녁 마지막 강좌 이외에 모든 강좌를 쉬었다. 지금쯤 K는 향을 피우고 날 기다리고 있을 것이다. 시아버지 때문에 조금 늦었지만, 그래도 꼭 가고 싶었다. 지난주에도 그리고 그 전주에도 K에게 가지 못했었다.

여름 한낮의 아스팔트는 쩔쩔 끓었고, 곳곳에서 신기루가 무시로 나타났다 사라졌다. 그 신기루들을 헤치고 나는 K에게 달려갔다. 미처 요가 학원에 당도하기도 전에 내 욕망은 목 끝까지 치올랐다. 액셀러레이터를 지그시 더 눌렀다. 내 차는 오랜만에 삐거덕거리지도 않고 경쾌하고 가볍게 K를 향해 달려갔다.

차를 지하 주차장에 세우고 둘러보니, K의 차도 보였다. 열쇠고리를 검지에 끼워 돌리며 엘리베이터까지 걸어갔다. 은근한 욕망이 열쇠고리 끝에 걸린 손가락까지 충만하게 뻗쳐 있는 걸 느낄 수 있었다. K의 부드러운 손길과 달콤한 목소리에 대한 기억이 내 몸을 간질였다. 땡! 엘리베이터가 경쾌한 몸짓으로 내 앞에서 입을 벌리고 섰다. 엘리베이터에 올라타고, 제일 위층의 버튼을 검지손가락으로 경쾌하게 통, 눌렀다. 엘리베이터는 내 욕망을 아는 듯,

중간에서 한 층도 쉬지 않고 제일 꼭대기 층까지 발랄하게 올라갔다. 엘리베이터에서 내려, 막 요가원이 있는 복도로 들어갔을 때, 난 툭 걸음을 멈추고 말았다. 요가원 문 앞에 K가 서 있었다. 그는 막 요가원 문을 닫고 있는 중이었다. 난 재빨리 그 옆의 여자를 보았다. 이제 갓 서른을 넘겼을 것 같은 여자였다. 여자는 내가 나타나자, 재빨리 K에게서 떨어졌다.

「아, 고 사장님. 수요일은 마지막 강좌 하나만 하고 모두 쉬는데요. 게시판에 붙여 놓았는데, 못 보셨군요.」

내가 처음 K의 무게를 느꼈던 날, 그날과 단 한 음절도 다르지 않은 말이었다. 난 가벼운 목례를 하고 도로 엘리베이터 쪽으로 걸어갔다. 엘리베이터는 그새 1층으로 내려가 있었다. 버튼을 누르고, 죽은 듯이 서 있었다. 그새 K와 여자가 내 옆으로 와서 섰다. 그들이 오자 옅은 향내가 났다. 울컥 목이 메었다. 고개를 숙이고 발끝만 보고 있었다.

「요즘 바쁘신가 봐요. 자주 못 나오시더라고요.」

K가 엘리베이터 안으로 들어서면서 말을 걸었다. 나는 「예」 하고 짧게 대답하고는 앞만 보고 서 있었다. 옆의 여자가 1층에서 내리고, 나와 K는 지하 주차장까지 내려갔다. 나도 K도 침묵했다. 침묵의 무게에 엘리베이터는 굼뜨게 움직였다.

「아까 그 여자도 잘못 알고 왔더라고. 지금은 내가 볼일이 있으니까, 한 시간 뒤에 탑동에서 만날래?」

K가 자기 차에 열쇠를 꽂다 말고 나에게 말을 걸었다. 나는 그의 말을 무시한 채 차에 올랐다. 차를 몰고 나오면서 룸미러로 K를 보았다. K는 내 차가 빠져나가는 것을 지켜보며 서 있었다. 내가 막 지상으로 나와 큰길로 들어섰을 때 길 한쪽에 좀 전의 여자가 서 있는 게 보였다. 나는 차를 구엄리로 돌렸다. 가서 잡초들이 제집처럼 자라고 있을 마당이나 정리해야겠다고 생각했다. 피막이며, 토끼풀 들이 벌써 마당 한쪽을 점령하기 시작했었다. 현빈이 고등학교에 들어가면서 비운 집이었으니, 이제 1년 반쯤 되었는데, 사람이 비운 자리는 잡초가 제일 먼저 알았다.

나는 겨울옷들이 가득한 장롱을 열었다. 레스토랑 2층의 살림집은 협소해서, 계절별로 필요한 옷들을 교체하며 가져다 놓았었다. 그러니 구엄리 집 장롱에 여름옷이 있을 리 없었다. 당연히 그런 줄 알면서 일하기 편한 옷을 찾아보려고, 장롱을 헤집어 보았다. 그러다 장롱 서랍 밑바닥에서 엄마가 입던 몸뻬 하나를 발견했다. 엄마가 돌아가시고 다 태워 버린 줄 알았는데 용케 엄마 옷이 남아 있었다. 자잘한 꽃무늬가 요란스러운 몸뻬는 내가 너무나 싫어했던 옷이었다. 사시사철 엄마의 한 가지 패션이 바로 몸뻬였다. 거기다가 뒤축이 갈라지도록 신고 다니던 플라스틱 쓰레빠. 결코 슬리퍼란 이름을 붙일 수 없는 그 쓰레빠도 사시사철 공용이었다. 나는 챙이 넓은 작업용 모자를 쓰고, 처마 밑에 걸어 두었던 목장갑을 끼고 마당에 쭈그리고 앉았다. 잔디의 머리채를 쥐고 그 발치께에 낫을 갖다 댔다. 지난번 옆집 아저씨가 빌려 쓰고 갈아 놓았다 더니, 낫은 섬뜩한 속도로 잔디의 발목을 쓱 베어 버렸다. 아린 풀 내가 비명처럼 후각을 자극했다. 내 앉은뱅이걸음은 스삭거리며 풀이 베이는 소리와 함께 점점 속도를 더했다. 생각은 사라졌다. 마음도 사라졌다. 오로지 풀들의 비명 소리와 그것들이 베이는 처절한 냄새만이 간간이 내가 풀을 베고 있음을 인식시켜 줄 뿐이었다. 그렇게 한참을 쭈그리고 앉아 있다 보니, 소금처럼 쏟아지던 햇빛에 절은 온몸이 마치 장아찌가 된 듯한 느낌이었다. 저려 오는 다리를 펴기 위해 일어섰다. 허리가 금방 펴지지 않아, 엉덩이를 빼고 한참을 토닥거렸다. 허리를 펴고 일어서자, 햇빛은 나를 말라 깽이 꺽다리로 마당에 길게 내동댕이쳐 놨다. 내가 움직일 적마다 그 말라깽이는 과장된 실루엣으로 땅바닥에서 버둥거리다 담벼락 에 기역 자로 꺾이며 부딪치곤 했다. 나는 고개를 꺾어 하늘을 올 려다보았다. 햇빛은 바늘처럼 쏟아졌다. 목에 걸친 수건으로 땀을 닦으며 집 그늘 속으로 들어갔다. 그러다 깜짝 놀라 멈칫했다. 마 루 유리문에 한 여자가 서 있었다. 엄마였다. 아니, 나였다. 가슴이 서늘하게 식었다. 나는 유리문에 반사된 나를 등지고 토방에 주저 앉았다. 땀이 비 오듯 쏟아졌다. 모자를 벗어 넓은 챙을 부채 삼아 더위를 식히다가 토방에 놓인 화분을 보았다. 레스토랑에서 꽃이 진 난 화분 몇 개를 집으로 가져와 토방에 나란히 두었었다. 마당 에 옮겨 심기도 귀찮아서 그대로 두었던 화분인데, 어디서 날아든 씨앗인지 괭이밥이 수북이 자라나곤 했다. 볼 때마다 한 줌씩 싸잡아 뽑아 버렸음에도, 그것들은 질기디 질긴 '무대뽀' 정신으로 한란, 춘란, 새우란 화분에 부득불 뿌리를 내리곤 했다. 남의 집이라 눈치 볼 염치 따윈 애초부터 없었다는 듯 지악스러웠다. 틈틈이 뽑아 버렸어도 어느 결엔가 숨바꼭질하듯 피어나는 것들. 그러더니 마침내 맹랑한 씨앗 하나가 숨어든 곳, 화분에 나란히 뚫린 구멍으로 조붓이 고개 내민 그 작은 녀석. 나는 '괭이밥아 너를 어찌하랴' 하는 심정으로 녀석을 들여다보았다. 구멍으로 비스듬히 고개를 내민 괭이밥도 토방에 주저앉은 나를 말간 눈으로 바라보았다. 손이 간질간질했다. 그러나 차마 그 연약한 모가지를 움켜잡지 못하고 고개를 돌려 버렸다.

아무래도 내가 나이를 먹긴 먹었다. 벼린 칼날을 내 목에 들이대는 일이 두려워지고 있는 것이다. K만 해도 그랬다. 난 이미 그가 내게서 멀어지고 있다는 걸 알았었다. 미적거리다가 그만 시기를 놓쳐 버렸다. 그리고 급기야 조금 전의 사태 앞에 직면하고 만 것이다. 내가 벼린 칼끝이 무뎌진 대신, 상대방의 칼이 내 발등을 찍은 것이다. 독하게 몇 날 며칠 앓더라도, B에게 그랬듯이 그리고 P에게 그랬듯이 냉정했어야 했다. 나와 협잡하지 말았어야 했다.

난 끙, 하고 일어섰다. 그러다가 다시 그 괭이밥과 눈이 마주쳤다. 눈을 질끈 감고 그 여린 놈의 목을 비틀었다.

이른 새벽, 집의 기운이 날 덮치는 것 같아서 잠을 깼다. 가끔 집이나 가구나 혹은 내가 나를 누른다는 느낌이 들 때가 있었다. 그래서 그런 기운에 눌리지 않도록 잘 먹고, 잘 자려고 노력했다. 그런데 요 며칠 에너지가 고갈되었다는 느낌이 들더니, 오늘 새벽엔 기어이 집의 기운에 눌려 잠까지 깨고 말았다. 그런 기운은 내 심장에 집을 짓고 나를 압박해 왔다. 그 기운은 불온하고 난폭했다.

더 이상 침대에 누워 있을 수 없었다. 이른 새벽 바다로 나가, 갯바위에 오래도록 앉아 있었다. 그러고는 기어이 새벽바람에 감기가 들었다. 나는 코가 막혀서 입으로 숨을 쉬었다. 무얼 먹어도 맛을 알 수가 없었다. 그래도 배는 고프다고 꼬르륵대는 것이 서글퍼서 있는 반찬 다 섞어서 만든 비빔밥을 꾸역꾸역 입으로 가져간 것이 그만 얹힌 모양이었다. 땀은 비 오듯 쏟아지고 가슴이 답답했다. 콧물은 줄줄 흘러내리고 입은 숨 쉬겠다고 들썩거렸다. 도통 무슨 일을 할 수 없는 지경이 되어서 끙끙거리다가, 문득 나이 마흔이 넘도록 내 영혼 어느 한 구멍이 이토록 막힌 적이 없었을까 하는 생각이 들었다. 나는 일회용 침으로 열 손가락을 땄다. 검은 피가 몽글몽글 솟아 나왔다. 휴지로 닦아 내면서 내 맘 어느 구석에 이토록 검은 피가 몰려 있을까 생각했다.

나는 차를 마셨다. 벌써 세 잔째다. 보이차다. 아니 아예 펄펄 끓여 낸 탕이다. 차를 마시면 온몸으로 열기가 기분 좋게 번졌다. 발효 차라 성질이 따뜻해서 감기가 들거나 가끔 속에서 한기가 들 때 마시는 차였다.

「개도 안 걸리는 여름 감기가 다 뭐냐?」

점심시간이 지나고, 선미가 놀러 왔다가 병원에 가라며 내 등을 밀었다. 솔직히 병원보다 뜨끈한 방에서 땀을 빼고 싶었다. 2층에 올라가 쉬려다가, 난 아예 선미를 가게에 앉혀 놓고 구엄리 집으로 차를 몰았다. 가게 일까지 완벽하게 잊고 싶었다.

하늘은 검게 내려앉아 잿빛 바다와 한 몸으로 우울하게 엉켜 있었다. 가라앉은 바다가 차창으로 스쳐 지나갔다. 바람이 제법 세게 불었다. 텁텁한 여름 바람이 달리는 차 안으로 쏠려 들어왔다. 구엄리 집에 도착하자마자, 보일러를 틀고, 두터운 솜이불을 내렸다. 솜이불 속에서 시체처럼 널브러져 있고 싶었다. 막 솜이불 속으로 들어가려는데 누군가 문을 두드렸다. 잠시 나가지 말까 하다가 일어섰다. 가끔 볼일이 있는 이웃이나 통장이 차가 서 있는 것을 보고 찾아올 때가 있었다. 문을 열자, 말끔하게 차려입은 중년 여자와 남자가 문 앞에 서 있었다. 처음 보는 사람이었다. 여자와 남자는 정중하게 인사를 했다.

「안녕하세요. 아주 귀한 소식을 들고 온 사람입니다.」

'아하, 서에서 온 사람이군.'

순간 아픈 몸을 일으키게 만든 이 정중한 사람들에게 화가 났다. 난 필요 없다고 문을 닫으려 했다. 그러자 여자가 잽싸게 문 한쪽을 잡았다.

「우리는 우리의 죄를 사하여 주신 이 복된 소식을 알고 있어야

합니다. 우리의 예수님은 당신 몸을 십자가에 달고 죽음으로써
우리의 죄를 사하여 주셨고…….」

「난 언제나, 나에게로만 귀의(歸依)해요. 내가 태어난 때가 세상의
처음이고, 내가 죽을 때가 바로 세상의 끝입니다. 안녕히 가세요.」

난 여자의 손을 문에서 떼어 내고, 거칠게 문을 닫아걸었다. 평소
예수를 팔든, 부처를 팔든, 혹은 자동차 보험을 팔든, 세일즈맨에게
이렇게 모질게 대하지는 않았다. 그런데 아무래도 내 신경은 너무
예민해졌다. 콧구멍으로 숨을 쉴 수 없는 것이 날 거칠게 만들었다.
미안한 마음도 없이 방으로 들어가 솜이불 속으로 들어갔다.

캄캄한 절벽 아래로 떨어지는 아찔함을 온몸으로 느꼈다. 잠인
지 혹은 혼절인지 분간할 수 없는 상태로 빠져 들고 있었다. 떨어
져도 떨어져도 그 깊은 곳은 바닥의 느낌이 없었다. 두려움과 현기
증으로 온몸에 땀이 났다. 그러나 나는 내버려 두었다. 정신을 차
리려고 노력하지도 않았다.

내가 눈을 떴을 때 방은 어두웠다. 텅텅거리는 금속성 소리만 요
란했다. 아마 그 소리에 잠을 깬 모양이었다. 나는 누워서 그 소리
를 헤아렸다. 비다. 처마 밑에 엎어진 양은 대야에 비가 떨어지는
소리다. 이어 다른 소리들도 깨어났다. 창을 두드리는, 슬레이트
지붕에 떨어지는, 어딘가 작은 웅덩이에 떨어지는, 뒤란 장독대에
떨어지는, 각기 리듬과 색이 다른 비의 소리들. 누운 채로 고개를
돌리니 비에 젖어 식은 빛이 창에 남아 있는 걸로 보아 아직 밤은

아닌 모양이었다. 시간이 없는 깊은 절벽 아래까지 내려갔던 내 정신은 여전히 몽롱한 상태였다.

「빗소리가 너무 처량하네.」

나는 혼몽한 정신 끄트머리에서 말을 건져 올렸다. 그 말에 내 눈가가 뜨거워졌다.

「이렇게 비가 오는 날 난 아파서 혼자 누웠어. 엄마도 그랬어?」

입술이 터서 갈라졌는지, 작게 벌려서 겨우 꺼내는 말에도 입술이 뻣뻣했다.

오래전, 엄마의 눅눅한 등허리가 맨바닥에 모로 웅크린 채 누워 있던 방도 바로 이 방이었단 생각에, 나는 트고 갈라진 입술을 일부러 크게 옆으로 늘려 보았다. 입술이 뜨거웠다. 다시 입술을 오므리자 입술에 선 섬세한 주름들이 하나하나 아프게 느껴졌다. 작은 주름들 갈피마다 피가 스미는 것도 알 수 있었다. 방에서 엄마의 냄새가 났다. 짠 바다 내음과 햇볕에 달구어져 갈라진 머리칼에서 나던 냄새다.

나는 현빈도 마흔이 넘으면 나를 새롭게 바라볼까, 그때 현빈의 마음속에 나는 어떤 모습으로 떠오를까 생각했다. 민규도 아프면 이렇게 혼자 아플까 생각했다.

빗소리는 점점 더 두텁게 나를 둘러쌌다. 사람 소리 하나 들리지 않는 방 안으로 눅눅한 빗소리가 기세 좋게 달려들었다. 두터운 솜이불의 무게가 깊은 물의 압력처럼 나를 눌렀다. 다시 정신은 까무

룩 잦아들고 몸은 땀으로 축축이 젖어들었다. 식은 햇빛마저 기우는지 방 안엔 점점 어둠이 차오르기 시작했다. 잉크 빛 푸른 어둠이 아닌, 짙은 잿빛 어둠이 밀물처럼 밀려들었다. 나는 목까지 차오르는 어둠을 숨찬 두려움으로 가만 지켜보았다. 밀물 때인지 간간이 구엄리 파도 소리가 젖은 내 머리맡까지 달려왔다. 엄마를 삼킨 구엄리 바다가 머리맡에서 울었다. 잿빛 어둠 갈피마다 구엄리 바다 소리가 채워졌다.

'민규는 이 바다가 그리워서 어떻게 충청도 산골에 묻혀 있을 수 있을까.'

'Don't worry be happy!'

전화벨이 울렸다. 현빈이었다. 시계를 보니, 벌써 현빈이 학교에서 돌아올 시간이었다. 교통이 불편해서 늘 태워다 주고 데려와야 했다. 오늘만 택시를 타라고 했다. 좀 더 죽은 듯이 누워 있고 싶었다. 땀구멍으로 내 몸의 모든 것이 빠져나가게 하고 싶었다. 현빈과 통화를 끝내고 나는 다시 정신을 잃은 듯 잠 속으로 빠져 들었다. 내 몸의 실체를 느낄 수 없었다. 난 요에 스미고 있었다. 잠결에 나무의 오토바이 소리를 들은 듯했다. 꿈인지 생신지 분간이 안 갔다. 내 몸은 허깨비처럼 가볍고, 정신은 몽롱했다.

「엄마. 엄마, 문 열어 봐.」

현빈의 소리였다. 나는 꿈인가 하면서 귀를 쫑긋 세웠다. 그러나 분명히 꿈은 아니었다. 마루문을 두드리는 소리가 자꾸 거세졌다.

땀으로 범벅이 된 몸을 억지로 일으켜 세웠다. 솜이불에서 빠져나오자, 한기가 들었다. 현기증이 나서 일어나다 잠시 멈추었다. 그 사이를 못 참고 현빈이 자꾸 나를 불렀다.

「야, 옆집 시끄럽게 왜 소릴 지르고 그래.」

「엄마가 정신 잃고 쓰러졌을까 봐 그랬지. 언젠가도 그랬잖아.」

단둘이어서, 상대방의 안위에 대해 민감했다. 내가 문을 열자 현빈이 울상인 얼굴로 서 있었다.

「엄마 안 죽어. 죽어도 너 시집보내고 죽을 테니까 염려 마. 들어와.」

내가 손을 끌자 현빈은 뒤를 돌아보며 「남우 아저씨랑 같이 왔어」 했다. 순간 내 몰골이 엉망일 거란 생각부터 들었다. 보나 마나 얼굴은 누렇게 뜨고, 오래 누워 배긴 덕에 눈은 퉁퉁 부었고, 턱 선은 더 뭉그러져 있을 것이며, 머리는 수세미처럼 헝클어져 눌려 있을 것이다. 다 되어 가는 할망구일 것이다. 순간 수치심으로 얼굴이 화끈거렸다. 생각 같아서는 당장 돌아가라고, 내 얼굴은 쳐다보지도 말라고 악을 쓰고 싶었다.

「집이 엉망이어서 들어오란 소린 못하겠다. 고마워. 현빈이는 내가 데려갈게.」

난 손으로 쓱쓱 머리를 빗어 넘기고, 문을 막아섰다. 늙은이처럼 솜이불 덮고 누워 있던 자리나마 들키고 싶지 않았다.

「그래요, 얼른 일어나세요.」

다행히 나무는 군말 없이 돌아섰다. 나무를 보내고 돌아서면서 제일 먼저 거울을 들여다보았다. 화장기 없이 해쓱한 얼굴이 10년은 더 늙어 보였다.

「엄마가 이렇게 누워 있을 땐, 다른 사람 달고 들어오는 거 싫어.」

「고모가 엄마 많이 아프다고, 죽이라도 갖다주라고 해서. 정말 많이 아픈 얼굴이네. 병원엔 가봤어?」

「이렇게 땀 빼고 나면 괜찮아. 다음부턴 전화로만 물어봐.」

「뭐야? 또 아프겠다고?」

「엄마 얼굴 엉망이지.」

「그래, 할망구 같아. 얼른 일어나.」

현빈은 선미가 싸준 죽 보자기를 주섬주섬 풀었다. 아침에 먹은 것이 체해 종일 아무것도 먹지 않은 속에서 홰치는 소리가 들렸다. 내가 막 죽을 몇 숟갈 떴을 때 문자 메시지가 도착했다. '제발 아프지 말아요. 나무.' 얼른 핸드폰 폴더를 닫으며 나도 모르게 현빈의 눈치를 살폈다.

바닥까지 내려가고 나서야 그나마 직성이 풀렸다. 비까지 처량하게 내렸던 날, 난 바닥에 닿았던 게 틀림없다. 난 이제 상쾌했다. 몸은 솜털처럼 가벼웠다. 그동안 겪었던 어떤 이별보다 일찍 내 자리를 찾았다. 언제나 그랬듯이 난 주방을 직접 지휘했다. 주방과 홀을 들락거리며, '옴파로스'를 확고한 내 세상으로 만들어 나갔다.

지구의 배꼽, 즉 지구의 중심이 곧 자기네라고 생각했던 그리스인
들처럼, 여긴 나의 중심이다. 내 생활의 중심이고, 내 욕망의 중심
이며, 내 앞날의 중심이다. 먹고 마시고 취하며 배부른 이곳이 내
중심이다. 난 다시 혼자가 되었고, 따라서 내 문은 다시 열려 있다.
난 결코 고장 난 문도 아니고, 곰도 아니다. 여전히 살아 있는 여자
다. 여름은 여전히 뜨거웠다. 신의 은총을 받은 두터운 햇살은 바
닷가의 젊은 여자들과 노닥거렸고, 세상의 많은 암컷들은 그 기운
으로 새 생명을 잉태하거나 양육했다.

그러나 바닥은 그렇게 편안하게 안착할 수 있는 거리에 있지 않
았다. 내가 가볍게 바닥을 치고 내 배꼽 깊숙이 편안하게 자리를
잡았다고 느꼈을 때, K가 나타났다. 한 번도 옴파로스에 온 적이
없는 K였다. K가 옴파로스의 문을 밀고 들어올 때, 내 눈빛과 표정
은 흔들렸다. 그 흔들림에 노래를 부르던 나무는 가사를 잊고 허밍
으로 늘어진 테이프처럼 노래를 불렀다. 단 몇 초 동안 휩쓸고 지
나간 파장은 서로에게 촉각을 세우고 있었던 사람들을 거세게 휩
쓸었다. 나무의 늘어진 허밍에 예원은 문을 들어서는 K를 뚫어져
라 쳐다보느라고, 박 팀장이 K에게 자리를 안내하는 것도 모르고
있었다.

K에게 주문을 받은 박 팀장이 내게 손님이 보길 원한다고 전해
왔다. 나는 아랫입술을 지그시 깨물었다. K를 보는 순간 내 몸의 모
든 촉수들이 일제히 일어섰다. 그것들은 K의 무게를 간절히 원하

고 있었다. 그것들은 더 이상 뇌와 연결된 모든 선들을 무시했다.

'지독한 년'이라고 자주 불려졌던 나의 냉혹함은 환갑이 지나고 미수의 나이가 돼도록 변함이 없을 줄 알았다. 엄마가 내 등짝을 후려치며「피도 눈물도 없는 년」이라고 욕할 때, 나의 칼날은 얼마나 서릿발 같았던가. 난 누군가 내 등짝을 후려쳐 주길 바랐다.

「네가 오해한 거야.」

그는 옆에 서 있는 날 올려다보며 웃었다.

「오해여도, 이해여도 상관없는 일이야.」

「이렇게 말해야 돼? 전화도 받지 않고.」

등으로 꽂히는 나무의 시선이 불편했다.

「몇 시에 끝나?」

「멀었어.」

「기다릴게.」

「기다리지 마.」

「그럼 내일 또 올 거야.」

난 K와 함께 바닷가로 나왔다. 레스토랑에서 비켜 서 있었는데도, 나무의 시선이 여전히 내 등짝에 들러붙어 있는 것 같아 불편했다.

「타, 여기 불편하면 딴 데 가서 얘기해.」

K가 자신의 차 문을 열었다. 내 발이 서슴없이 그의 차 위에 올라탔다.

「구엄리로 가.」

내 입은 주저 없었다. 내 온몸은 그를 너무도 간절히 원하고 있었다. 운전하는 K의 한 손이 내 무릎 위에 얹혔다. 순간 달 없는 캄캄한 밤이어도 K와 함께라면 비단옷을 입고 춤이라도 출 것 같았다.

난 고단했고 피폐했던 여자로 살았던 엄마의 집에서 K의 발아래 흔쾌히 엎어졌다. 서방 있는 년들의 위세를 천추의 한이라고 듣고 또 들었던 구엄리 집은 파도 소리에도 숨겨지지 않는 는실난실한 소리에 서까래의 한 귀퉁이가 낯설게 삐걱거렸다. 오랫동안 사람의 온기를 누려 보지 못한 구들은 달떴고, 낡은 마루는 삐거덕거리는 자신의 관절을 애달파했으며, 마당을 떠돌던 나방들은 방향을 잃고 창문에 부딪쳤다. 이웃집 개는 심상찮은 집의 수런거림에 짖어 대면서, 온 동네 개들을 끙끙거리게 만들었다.

아프고 서러웠던 만큼 나는 욕망의 막장까지 닿고 싶어 안달했다. 그러나 그 와중에서 실낱같이 떠오르는 생각 한 줄기를 놓지 않았다. '옴파로스 폐점 시간이 다 되었을 텐데.'

K의 차에서 내리다가 주차장에 막 들어서는 송 사장과 부딪쳤다. 무슨 낌새를 챘는지 요 며칠 옴파로스를 제집처럼 드나들고 있는 그였다.

「뭐야, 소문대로 둘이 연애해?」

애써 높이지 않아도 큰 그의 목소리에 난 움찔했다. 늘 열려 있는 주방의 뒷문은 주차장에선 보이지 않지만, 주방에선 주차장의 소리들이 낱낱이 날아들었다.

「송 사장님.」

「K, 너 요즘 잘나간다며. 영선이 알지? 그 여자가 내 제수씨잖아. 내 동생이 너한테 이 갈고 있더라. 밤길 조심해라.」

섬이란 게 그랬다. 한 집 건너고 두 집 건너면 사돈이고 팔촌이었다. 거리에 서 있는 아무나 하나 들어 올려 보면, 감자 넝쿨이 보일 것이다. 큼직하게 혹은 자잘하게 주렁주렁 달려 올라올 것이다. 어렸을 적 소매 끝에 닦던 콧물부터 할아버지의 유수한 바람기며 할머니의 매운 바느질 솜씨며 사돈의 팔촌의 여섯 번째 손가락까지. 광케이블처럼 얽힌, 절대 섬이 될 수 없는 연(緣)들의 바다. 그것이 섬이다.

기실 내가 이를 악물고 버려 왔던 냉혹함도 이 감자 넝쿨에 행여 걸려 넘어질까 봐서였다. 그러나 이제 난 나의 욕망에 더 이상 칼을 들이대지 못했다. 무언가가 나의 벼린 칼날을 집어삼켰다. 내 칼날이 무딜수록 뭇 칼날이 더욱 날카로워진다는 사실을 아직 잊지 않고 있었음에도 그랬다.

송 사장의 유들거리는 눈빛과 기차 화통처럼 크게 터져 나오는 그의 웃음소리에 내 눈은 자꾸만 주방 쪽으로 돌아갔다. 주방 창고에서 나무가 쉬고 있을까 봐 조바심이 났다. 그러면서 지난번 요가원에서 마주쳤던 여자가 영선이란 여자일지 모른다고 생각했다.

9

여름 바다는 들떠 있었다. 멀리서 보면 사람들은 울긋불긋한 점 묘화로 새로운 해안선을 만들고 있었다. 나는 그 점들 중 하나로 바닷가에 들어섰다. 무대는 점묘화를 이룬 사람들과 조금 떨어진 곳에 설치되어 있었다. 무대 조명 위로 저녁 해가 반짝였다. 그 아래 악기들이 숨을 고르며 조용하게 서 있었다. 사람들은 바닷물에서 첨벙거리느라고, 무대엔 관심도 없는 눈치였다. 이윽고 한 사람이 무대 위로 올라왔다. 사회자인 그 남자는 섬머 페스티벌 3일째는 록 음악으로 여름 바다를 달군다는 멘트와 잡다한 몇 가지 요식적인 인사말로 바다에 빠진 사람들의 시선을 끌어 보려고 애썼다. 그러나 사람들은 여전히 바다에 빠져 있거나 모래사장에서 먹거나 노는 일에 열중하고 있었다. 나는 무대와 떨어진 사람들 틈바구니에서 어정쩡하게 서 있었다. 선미가 자꾸 앞으로 가자고 했지만,

무대 앞 백사장은 텅 비어 있었다. 이어 길놀이로 초등학교 아이들의 태권도 시범이 한차례 벌어졌지만, 무대 앞은 황량했다. 어린 아이들의 부모들만 안쓰럽게 지켜볼 뿐이었다. 이윽고 건장한 젊은 남자들이 하나씩 무대로 들어서기 시작했다. 선미가 내 팔을 끌고 무대 앞으로 다가섰다. 나는 마지못한 듯 좀 더 가까이 무대 쪽으로 옮겼다. 무대는 저녁 해와 무대 조명이 서로 섞여들어, 분간이 서지 않았다. 환한 불빛 속으로 들어온 사람들 속에서 나는 나무를 찾아냈다. 나무다, 내가 처음 보는 나무다. 늘 목덜미에서 구불거렸던 머리는 한 갈래로 묶여 있고 체 게바라의 얼굴이 프린트된 검은 티셔츠에 찢어진 청바지, 그리고 발가락들이 자유롭게 터져 나온 샌들 차림이었다. 나무는 빨간 전자 기타를 매고 있었다.

띵―. 조율되던 악기들 사이로 나무의 기타가 울었다. 멤버들은 모두 다섯 명으로 나무는 보컬과 기타를 맡고 있었다. 그들은 여는 음악으로 귀에 익숙한 노래를 선택했다. 그리고 '사람이 꽃보다 아름다워'를 외칠 무렵, 바닷물에 빠졌던 사람과 백사장에서 먹거나 마시고 있던 사람들 일부가 무대 앞으로 전진했다. 여전히 물속에 있거나 모래사장에 있는 사람들의 눈도 이쪽으로 쏠리기 시작했다. 난 무대 위의 나무보다 더 관객에 신경을 쓰고 있는 자신을 보고 픽 웃었다. 무대 밖 바다는 조금씩 붉은 노을로 물들기 시작했다. 바다는 붉고, 비치파라솔은 하루의 마지막 해를 위해 경건하게 접히기 시작했다. 점점 노을에 잠기기 시작한 사람들은 그림자 인형처럼 실루엣으로 헤엄치거나 손을 흔들며 환호했다. 푸른 어둠 너머로 조명에 색색으로 물든 바다가 일렁였다. 그와 동시에 조명 등이 밝혀진 무대만 환각처럼 더욱 환해졌다. 그 환한 무대에서 나무는 기타를 치고 노래를 불렀다. 헤드뱅잉을 하거나 무대 위를 펄쩍펄쩍 뛰어다니기도 했다. 그의 터져 나오는 듯한 목소리는 이미 해수욕장을 몽땅 점령해 버렸다. 얼터너티브부터 하드 록까지 다양한 록 음악들이 쏟아져 나왔다. 무대에 선 나무는 전혀 낯선 사람이었다. 내가 아는 나무를 도대체 찾아낼 수 없었다. 나는 선미가 캔 맥주를 건네줄 때까지 옆에 선미가 있다는 것을 잊고 있었다. 선미는 나를 푹 찌르고는 손을 흔들었다. '와와' 소리를 지르며 환호했다. 결절된 듯 탁하게 쏟아지는 나무의 노래가 사람들의 환호 위로 붕붕 날아다녔다. 나는 숨찬 마음으로 그런 나무를 지켜보았다. 묶여 있던 나무의 머리칼이 쏟아져 내렸다. 나무의 눈빛에선 낯선 불꽃이 튀었다. 음악이 나무를 마구 흔들어 댔다. 나무의 몸에서 뜨거운 열기가 퍼져 나왔다. 나무는 이미 나무가 아닌 얼굴로 노래를 토하고 있었다. 낯선 나무, 젊음의 열기로 터질 듯이 팽창된 나무, 전자 기타 소리만큼이나 금속성 질감을 내뿜는 나무를 나는 보았다. 참·아·름·답·다·저·몸·이·내·뿜·는·열·기·가.

　불빛에 부서지는 나무의 머리카락 너머로 어두운 소나무 밭이 보였다. 드럼도 베이스 기타도 키보드도 다들 나무의 기타 소리에 빨려 들어갔다. 나무는 베이스 기타 옆으로 가서 간주곡을 연주했

다. 나무가 기타에 의지해 발산되고 있었다. 나무의 머리로, 체 게
바라를 입은 몸으로, 번쩍번쩍 들어 올리는 다리로 열기 가득한 젊
음이 폭포처럼 쏟아져 나왔다. 기타와 한 몸이 된 나무의 열정이었
다. 그 모습은 '옴파로스'에서 결 고운 발라드를 부르던 나무가 아
니었다. 옴파로스에서의 나무는 낡은 흑백 사진 속에서 보았던 아
주 오래전 모습이란 생각이 들었다. 사람들은 점점 나무의 모습에
넋을 놓기 시작했다. 이제 이 바다엔 나무와 그의 밴드만이 존재하
게 되었다. 이 틈을 놓치지 않고, 나무가 잠깐 팀의 멤버들을 소개
하기 시작했다. 드럼, 건반, 전자 기타, 베이스, 그리고 보컬이자 전
자 기타인 자신까지. 사람들은 나무의 몸짓 하나에 열광하며 박수
를 쳤다.

「여러분! 여러분 마음속에 모두들 나무 한 그루씩 키우고 있죠.
사랑이든 이루고 싶은 꿈이든. 그렇지요?」

「예. 와, 와.」

「나도 누군가의 가슴에 자라는 나무였으면 좋겠습니다.」

여자 아이들의 고함 소리와 박수 소리가 터져 나왔다. 나무는 그
소리가 잦아들기를 기다렸다가 말을 이었다.

「그런데……. 제 이름이 김, 남, 우, 인데요. 저를 꼭 나무라고 부
르는 사람이 있습니다. 다음 곡은 그 사람에게 바치는 노랩니
다.」

넋을 놓고 나무를 구경하던 내 가슴이 덜컥 내려앉았다. 얼마 전

구엄리 집에서 앓아누웠던 날, 현빈을 태워다 주고 돌아가면서 나무는 내게 문자를 보냈었다. '제발 아프지 말아요. 나무.' 그땐 문자 메시지의 특성상 맞춤법을 무시한 일이라고 대수롭지 않게 지나갔었다.

「뭐야? 누군데?」

선미가 내 어깨를 툭 치며 놀라운 얼굴로 물었다.

「남우 애인 있었어?」

난 숨이 차서 뭐라 대꾸할 수 없었다. 나는 어깨를 으쓱이곤 선미의 시선을 피했다. 그러고는 기계적인 동작으로 식은 맥주를 마셨다. 나무는 비틀즈의 〈Let it be〉를 부르기 시작했다. 맥주와 함께 넘어간 나무의 기타 소리가 배 속에서 쿨렁거렸다. 나무가 내 머리를 어지럽게 밟고 다녔다. 내 가슴에서 나무의 노래가 드럼처럼 둥둥 울렸다. 나는 더위처럼 끓는 사람들 틈바구니에서 그 울림을 가만 들여다보았다. 머릿속은 록 음악처럼 어지러웠다.

그건 눈치 챌 수 있는 일이 아니었다. 누구나 '남우'를 혀끝에 올릴 땐 '나무'라고 발음한다. 난 누구에게도 들키고 싶지 않았다. 그런데 나무는 도대체 그걸 어떻게 알았을까. 정말 그는 나와 사막에 가고 싶은 것일까.

나무의 공연이 끝난 후 바닷가에 선미만 남겨 두고 레스토랑으로 돌아왔다. 돌아오면서 자주 브레이크를 밟았다. 나무가 불렀던 노래가 자꾸 귓가에 맴돌았기 때문이다.

「사장님, 거기서 예원이 못 봤어요?」

내가 레스토랑으로 들어서자, 박 팀장이 기다렸다는 듯이 물었다. 그는 성실한 만큼 융통성이 없어서, 직원들과 약간의 마찰이 있었다. 하지만 그의 성실성에 흠집을 낼 정도는 아니었다. 박 팀장의 융통성 없음에 제일 힘들어하는 게 예원이었다. 이번에도 기어이 나무의 공연을 보러 가기 위해 무작정 자리를 비운 게 틀림없었다.

「야단만 좀 쳐요. 사람이 좋아서 그런 걸 어떡해. 박 팀장은 사랑도 안 해봤어요?」

「그래도 다른 사람들과 형평성에 어긋나서요. 직장에 사랑하러 나오는 건 아니니까요.」

일면 박 팀장은 직원들에게 나보다 더 엄격했다. 그런데 그날 예원은 영업이 다 끝나도록 돌아오지 않았다. 다음 날 예원은 술이 덜 깬 얼굴로 어깨가 축 처져서 나왔다. 그러고는 곧 이곳을 그만두겠다고 했다. 아마도 어제 무슨 일이 있었던 모양이다.

고등학교 때 친구들이랑 생일 파티를 하러 왔다가, 나무에게 반한 예원은 오로지 나무 하나를 보기 위해 이곳에 취직했노라고 했다. 그런데 이젠 부모가 하라는 공부나 해야겠다고 했다. 이제 스무 살인 예원의 얼굴은 상심으로 얼룩져 있었다. 그런 예원이 내 가슴을 시리게 했다. 몇 달 전 산신각에서 캐온 단풍나무가 죽고 말았을 때, 쑥 뽑아 버렸던 매캐한 분기가 예원에게서 느껴졌다.

그때 내 손끝에서 허망하게 부서졌던 그 여린 것을 다시 만지는 기분이었다.

그날, 나무가 무대 위에서 했던 말은 날 자주 허방에 빠뜨렸다. 속으로 몇 번이나 〈Let it be〉를 불렀는지 몰랐다. 지긋지긋하게 그 노래가 입에 붙어서 따라다녔다. 멈추지 못하는 딸꾹질처럼 그 노래는 내 횡경막을 건드리며 딸꾹딸꾹 끈질기에 넘어왔다.

10

8월 중순이 넘어서면서, 더위는 급격하게 꺾이고 있었다. 아직 한낮은 찜통더위인데도, 강남으로 가는 제비들이 경유지인 이곳으로 몰려들고 있었다. 전깃줄엔 온통 제비들로 빈틈이 없는 곳도 있었다. 특히 서귀포 쪽은 이곳 제주시보다 더 했다. 문득문득 나도 전깃줄에 앉아 있고 싶다는 충동이 일곤 했다. 바다 빛도 순해지고, 모래사장에서 정열적이던 햇살도 이제 농부의 굽은 등허리로 돌아앉기 시작했다. 가끔 무섭도록 정확하게 돌아가는 자연 앞에 경건하게 예배를 드리고 싶을 때가 있다. 예전엔 너무 사소해서 지나쳤던 이런 것들이 얼마나 장대한지 새삼 옷깃을 여미게 했다. 가고 옴의 무장무애, 처연함.

신의 채찍이 여름의 엉덩이를 내리치는 소리에 아직 짝을 이루지 못한 매미는 밤과 새벽을 가리지 않고 줄기차게 울었다. 그리고 시아버지를 달뜨게 했다. 시아버지는 곧 새신랑이 되기 위해 아파트를 계약했고, 새 옷을 해 입었으며, 매일 자동차를 단련시켰다. 시아버지는 더 이상 당구장이나 게이트볼장에서 시간을 보내지 않았다. 수시로 한라산을 오르내리며 힘을 길렀고, 헬스에 열중해 근육을 단련시켰다. 하루가 다르게 시아버지는 회춘하고 있었다. 요즘엔 자동차 핸들을 꽉 쥐지 않고, 손바닥으로 쓱 돌려서 방향을 틀거나 한 번에 주차선 안에 집어넣는 것에 열광하고 있는 중이었다. 그러나 그 일은 아직 선망일 뿐, 여전히 시아버지는 속도를 내는 데에 조심하고 있었으며, 몇 번 땀을 흘려야 겨우 주차선 안에 차를 댈 수 있었다. 시아버지는 신혼여행을 가는 날에도 차가 여전히 새 차처럼 흠집이 없길 원했다. 행여 차가 긁히거나 찌그러져서 여행 기분을 망칠까 봐 극도로 조심하고 있었다. 이제 차를 몰고 시내를 다녀도 위장이 쓰리지 않을 정도는 되었고, 헬스클럽까지 차를 몰고 가 지하 주차장에 차를 세울 수도 있게 되었다. 시아버지의 집착은 눈부신 운전 실력의 향상과 회춘을 가져오는 데 가장 큰 힘이었다. 또한 얼마나 바쁜지 시아버지가 요즘 레스토랑에 들르는 일도 뜸해졌다. 다만 선미를 통해 시아버지의 소식을 들을 수 있을 뿐이었다.

「그런데, 그 옥분인지 요분인지 하는 여자, 요즘 신 났잖아. 둘이서 손잡고 신혼집을 꾸미느라고. 장롱이며 소파며 심지어 두 노인네가 얼마나 먹는다고 김치 냉장고까지 들였더라니까. 설마 그 여자가 혼수라고 산 것 같지는 않고, 하여튼 난 아직 김치 냉장고도 없는데 말이야. 지난번에는 침구 세트 장만한다고, 어디가 좋으냐고 나한테 묻더라. 우리 아버지 완전히 정신 나갔어.」

「행복하시겠네. 솔직히 솥단지 걸어 놓고 살기 시작하면 지금 같지 않으리란 걸 누구보다 잘 알 것 아냐.」

「그러게 말이야. 그런데도 연애의 무덤이라는 그곳으로 죽자 하고 들어가시겠다니 어째.」

「소소한 일상을 함께 견디기 위해서겠지.」

「그래, 결국 견디는 걸 거야, 그치? 늙으나 젊으나 신혼은 짧을 테니까.」

「어쨌든 함께니까.」

내 말에 선미가 말을 툭 멈추고 나를 바라보았다. 1초쯤 되는 순간이었지만, 그 눈빛에 복잡한 심사가 나타났다 사라졌다.

「에구, 모르겠다. 근데, 아무래도 오빠 때문에 더 그러는 것 같기도 하고.」

「왜, 이제 모두들 다 포기한 거 아니야? 아주버님도 그날 보니까 어쩔 수 없는 눈치던데.」

「그게 아니라, 오빠가 사업이 어렵다고 아버지한테 돈을 좀 더 지원해 달라고 했잖아.」

순간 나는 민석의 의도가 무엇인지 감이 잡혔다. 새 여자의 손에 넘어가기 전에 한 푼이라도 더 얻어 내자는 심사일 것이다.

「아버지가 화를 버럭 내더라고. '정년퇴직 후 벌이 없이 집에 있는 아버지한테 용돈 한 번 줘봤냐, 내가 먹고 쓰는 돈이 어디서 난 것 같으냐, 내가 무슨 화수분이냐, 오십 넘은 놈이 아직도 아버지한테 손을 벌리는 게 온당한 짓이냐, 넌 나보고 노랑이 영감이라고 욕하지만, 넌 악머구리다.' 이러면서 한바탕 분을 터뜨렸다니까. 내가 봐도 오빠 속이 빤한데, 아버지라고 모르겠냐. 하여튼 오빠도 대단해. 그리고 아버지도. 솔직히 우리 아버지가 다른 아버지들에 비해서 별나긴 별나잖아. 자식들한테 돈 들어가는 것에 벌벌 떠는 아버지가 이 세상에 몇이나 되겠냐. 없어서 못 주는 것도 아니고, 당신 풍족하게 쓰실 만큼 쓰시면서.」

「너도 한몫 좀 떼어 달라고 하지, 왜.」

「야, 지난번 아버지가 나한테 한 소리 같이 듣고서도 그러냐. 솔직히 그 여자 손에 들어갈 거 생각하면 배 아프고, 억울한데……. 모르겠다. 어차피 내 돈 아니니까. 아버지 하고 싶은 대로 하라고 난 포기했어. 징징거린다고 줄 양반도 아니고, 잊는 게 속 편하겠더라. 그리고 내가 굶어 죽게 생겼으면 고야목, 네가 그대로 두진 않겠지. 솔직히 내 노후 보험은 남편도 아니고 보라년도 아니야. 너야.」

「됐네. 나도 언젠가 새 남자 만날 거야. 그럼 너도 찬밥 신세 될 테니까 일찌감치 꿈 깨.」

「야, 여태도 그냥 살았으면서 뭐 하러 이 나이에 남자 만나서 밥해 주고 빨래해 주냐? 연애질만 해. 넌 나 보고도 모르겠냐.」

「있는 년 행복한 소리 하고 있네. 너 얄미워서라도 결혼이나 팍 해버려야겠다.」

난 K를 생각했다. 젊었을 적부터 인도로 떠돌아다니면서 수련과 환각의 경계를 넘나들었던 K에게선 묘한 불안이 감돌았다. 아마도 난 불안에 매료당하는 인자를 갖고 있는 게 분명하다. 실은 민규에게도 허방 같은 불안이 있었다. 그땐 몰랐지만, 지금 생각해 보면 내가 민규에게 매달리고 사랑하려고 했던 부분이 바로 그 허방이었단 생각이다. 어쩌면 내 사랑은 뿌리를 내릴 수 없는 원초적인 결함을 안고 있는 것인지도 모른다. 불안은 내 욕망을 자극했다. 허방에 휘두를 칼은 날카로울 필요도 없었다. 그 허방이 언젠가는 날 삼키고 말 것이다. 그래서 불안하다. 그리고 불안은 내 욕망을 자극한다…….

선미는 앉아 있던 자리에서 내 옆 자리로 옮겨 앉았다. 그러고는 누구냐며, 내 옆구리를 간질였다. 그러다가 문득 멈추고는 날 바라보았다.

「참, 남우. 남우 애인이 누구야? 물어봤어?」

「남의 사생활을 뭘 물어봐? 궁금하면 너나 물어봐라. 원, 별걸 다 기억하고 다녀.」

「혹시 너?」

난 선미의 어깨를 쳤다.

「솔직히 그렇게 공개한 건 더 이상 은밀하게 좋아하지 않겠단 뜻
인데, 사생활은 무슨 사생활. 언제 보면 꼭 물어봐야겠다.」

「궁금한 거 많아서 행복하겠다. 먹고 싶은 것도 많을 거 아냐.」

겉으로 나무는 변한 게 없었다. 그는 여전히 저녁에 나와서 노래
를 불렀고, 그리고 편의점으로 달려갔다.

「참, 보라 아빠 어때? 일거리 생겼어?」

「어이구, 일자리씩이나? 생각해 보니 그 인간이 그래도 들락날락
하면서 일을 찾았을 때만 해도 젊었던 거야. 이제 그 나이에 누
가 오라고 하냐. 우리 정말 손가락 빨게 생겼어.」

「아버지 따로 살림 나면 정말로 어떡하려고 그래. 너라도 뭔가
하든지.」

「흥, 나도 끝까지 버틸 거야. 그러다가 안 되면 이혼해 버려야지.
이젠 정말로 딱 싫다는 생각이 드니까 배짱도 생기더라. 실은 우
리 쌀독에 쌀도 떨어졌어.」

「뭐?」

「뭘 놀래. 그 인간 어떻게 나오나 보려고 내버려 두는 거야. 이
시대에 쌀이 떨어지는 게 될 일이냐?」

「야, 정말 너. 구경할 게 따로 있지. 그래, 니 남편은 그렇다치고,
아버님이랑 보라는 어떡해. 그게 배짱이니?」

「냅 둬. 아버진 요즘에 집에 거의 안 들어오고, 보라는 학교에서
먹잖아. 난 여기서도 먹고, 저기서도 먹고. 부엌 드나들 일 없고

얼마나 편하고 좋은지 몰라.」

나는 할 말을 잃고 선미를 바라보았다.

「올해 보라년 고등학교 졸업하고 나면, 나도 어디 먹고 자는 데 있나 알아볼 거야. 그 인간 떨어뜨릴 방법이 그것밖에 없는 거 같아.」

「야, 너 되는 소릴 해라. 왜 꼭 보라 아빠가 벌어야 되는데. 일이 이 지경이 되면 네가 벌어도 되잖아.」

「단순히 누가 버는 문제가 아니야. 그 인간 그렇게 놀면서도 정말 손 하나 까딱 안 해. 너 지난번에 아버지가 여기서 결혼 발표할 때 그 인간 얼굴 안 봤어? 그 수염, 멋 부리려고 기른 게 아니야. 면도조차 하기 싫다고 기르기 시작한 건데, 요즘엔 누워서 재떨이, 물, 밥, 이러질 않나, 담배 떨어졌다고 사오라고 하질 않나. 완전히 폐인 다 되었어. 문밖에도 안 나가. 오늘도 쌀 떨어졌다니까, 라면 끓이래. 돈 없다니까, 평생 자기가 벌어 먹였는데, 이젠 나보고 자길 먹여 살리란다. 그동안 누가 먹여 살려. 솔직히 아버지한테 빌붙어 살았지. 지긋지긋해. 정말 이런 남자랑 살려고 아버지한테 얻어맞으면서 결혼했는지, 내가 밉고 한심하고, 인생이 송두리째 무너지고 있다.」

「그 지경이야?」

「솔직히 잘 산 것처럼 보였던 때도 남들은 몰라. 그냥 남들은 착하고 순한 남자가 뭐가 말썽이냐고 하지만, 내가 창피해서 말을 안 한 거지. 내가 그 남자 실업자 될 때마다 여기저기 놀러 다닌 게 꼭 집에 있는 거 보기 싫어서만은 아니야. 대낮에도 나보고 살 맞대자고 칭얼거리고, 안 대주면 실수인 척하면서 컵 깨뜨리고, 유리창 부수고. 그나마 요즘에는 잘 서지도 않아. 그걸 나한테 붙어서 어떻게든 세워서 한번 해보겠다고 하는 것 보면 치가 떨린다. 이러니 내 속을 어떻게 다 말하고 다녀. 지금 살고 있는 집도 보라 고등학교 졸업하면 팔아 버리라고 했어. 지난번에 내가 그랬어. 아버지한테 더 바랄 것도 없고, 그럴 염치도 없다고. 다만 보라년 학비나 대주라고.」

나는 넋을 잃고 선미를 바라보았다. 30년 지기라서 모르는 거 없이 다 터놓고 지낸다고 자부하고 있었다. 그런데 만날 희희덕거리고 깔깔거리는 선미가 이 지경이 되도록 나는 까맣게 모르고 있었다. 나도 선미 남편이 직장을 자주 그만두는 것 이외에는 큰 문제가 없다고 생각했었다.

「언젠가, 내가 딱 한 번 취직한 적 있었던 거 기억나?」

그랬던가. 나는 잠시 기억을 더듬었다.

「왜, 보라 초등학교 들어갔다고 나도 일거리 찾는다면서 고 씨 아저씨네 기념품 공장에 취직했었잖아.」

맞다. 그게 선미가 처음이자 마지막으로 가진 직장이었다. 오래 전 일이라 잊고 있었다. 그리고 난 한 번도 선미가 일거리를 가진 적이 없다고 기억하고 있었다. 선미의 직장 생활은 너무 짧았었다.

「그때도 이 남자가 어느 날 낮에 공장으로 찾아온 거야. 그러고
는 대뜸 나보고 어디 가서 살 좀 붙이자고 난리를 치잖아. 미쳤
다고 화도 내고 사정도 했지만, 큰소리도 낼 수 없는데, 가지는
않고 계속 버티면서 늘어지잖아. 할 수 없이 택시까지 타고 집에
왔지. 알고 보니까 이 남자 그날도 누구랑 싸우고는 직장을 때려
치운 거더라고. 꼭 그렇게 남한테 화가 나면 상대에게 화를 풀지
못하고 나한테 덤빈 거였어. 그렇다고 여자 직장에까지 찾아와
서 그런다는 게 말이 되니? 생각해 보면 그때 헤어졌어야 되는
데. 한두 번이 아니야. 결국 그 직장에서 나도 짤렸잖아. 가내 수
공업으로 가족끼리 어찌어찌 꾸려 가는 데였는데, 기념품도 사양
산업이긴 했지만. 그나마 트럭 운전을 할 줄 아니까, 겨우 아는
사람 소개로 들어갔는데, 그 지경이 되어 버렸잖아.」

선미는 늘 명랑하고 우스갯소리를 잘했었다. 자신의 가난을 거
침없이 드러내 오히려 희화화했고, 그래서 푼수처럼 낮아지거나
혹은 더욱 당당했었다. 난 그런 선미에게 조금만 더 진중해라, 나
잇값을 해라 하면서 선미의 가벼움을 탓했었다. 때때로 헬스클럽
송 사장을 붙잡고 늘어져, 이참에 한판 실컷 놀자고 덤비거나, 마치
바람이 잔뜩 든 풍선처럼 가볍고, 너풀거리고, 턱없이 헤살거리며
나를 핑계로 송 사장을 붙잡을 때는 밉기도 했다. 밤늦도록 집에
돌아가지 않으려고 버틸 때도 거추장스러웠다.

오늘도 선미가 찾아오자, 슬며시 짜증이 났었다. 종업원들이 있

는 데서 날 붙잡고 한없이 늘어지는 것도 모자라, 집안일을 까발려 수다를 떨어 대면 난 가시방석처럼 편치가 않았었다. 그래서 선미가 들어서자, 아예 2층 살림집으로 끌고 들어온 것이었다.

「점심은 먹었어?」

「진경이년한테 놀러갔더니, 다이어트한다고 과일 요구르트 한 컵 사주고 말더라. 썩을 년. 그만하면 날씬한데 거기다가 다이어트는 무슨.」

「내려가서 먹을래, 여기서 먹을래.」

「아까까진 배가 고팠었는데, 그것도 잊어 먹었어. 이따가 내가 밥통 열어서 알아서 퍼먹을게. 주인이 없어야 고봉으로 막 퍼먹지.」

「얼씨구, 우리 집이 네 집이라며.」

나는 일어났다. 다행히 밥통에 밥이 있었다. 어제 현빈이 몸보신 해 준답시고, 한여름에 우족으로 곰국을 끓였다가, 현빈이한테 싫은 소리 한바탕 들었었다. 난 곰국과 김치를 꺼내 놓았다.

「이게 내가 살아가는 힘이야. 봐, 이렇게 훌륭한 곰국이 있는 줄 알고, 요구르트 한 컵 얻어먹고 온 거 봐.」

「아버님이 계시니 이리 오랄 수도 없고.」

「반년도 안 남았어. 그땐 정말 소리 소문 없이 사라질 거야. 그때 나 찾지 마. 그 인간 떼어 놓는 방법은 그게 최고야. 서류상으로 백번 이혼해도 소용없어.」

「너한테 미안한 얘긴데, 보라 아빠가 불쌍하다.」

「불쌍하니까 여태 살아 줬잖아. 이젠 나도 지쳤어. 징글징글하다는 말이 혓바닥에 있는 것처럼 너무나 생생해. 못 참겠어. 솔직히 서지도 않는 물건 세우려고 끙끙거리는 거 정말 못 봐준다. 몸은 이미 욕망을 잊었는데, 정신은 습관적으로 욕망을 품고 있나 봐. 그러니까 그렇게 못 잊고 끙끙거리지. 기억에 남은 욕망이, 몸과 떨어진 욕망이 진짜인지 궁금할 때가 있어.」

지난밤, 난 K가 내 몸을 잘근잘근 밟아 주는 달착지근함에 눈을 떴었다. 눈을 뜨고서도 잠깐 K를 찾았다. 내 코는 K와 함께할 때 피웠던 향내까지 고스란히 느낄 수 있었다. 내 몸이 불러낸 K 때문에 난 어젯밤 깊은 잠을 이룰 수 없었다.

「뭐는 진짜겠어. 가끔 꿈이었으면 싶은 게 있고, 또 가끔은 꿈이 아니었으면 하는 게 있지만, 지나고 보면 꿈이든 아니든 무슨 상관일까 싶기도 하잖아.」

「도는 내가 닦고 있는데, 도사연하는 것은 왜 네가 하는데? 하긴 너도 오빠가 사라지고 내내 도를 닦았으니, 도력으로 치면 너나 나나 거기서 거기다. 그러고 보면 우린 그냥 친구가 아니라, 도반이야, 그치?」

선미가 밥을 고봉으로 떠먹다 말고 깔깔거렸다.

「팔자 센 년이라 말을 참 고상하게도 한다. 도반 운운한 김에 길거리에서 도나 팔아 보지, 왜. 어차피 반년 뒤를 준비하려면 워밍

업도 필요하잖아.」

「야, 이왕 팔 거면 주류인 걸 팔라고 해야지, 예수나 부처처럼. 누가 도 같은 비주류를 사준대니? 그렇다고 벤처 상품도 아니고. 어차피 새 인생 시작하자는 건데, 이번엔 주류에 좀 끼여 봐야 할 거 아냐.」

「그래, 종목은 네가 선택해라. 난 내려가서 돈가스나 팔란다. 푹 쉬어. 어차피 보험 든 마당에 지금부터 빼먹는다고 뭐라 안 할 테니까.」

선미를 뒤에 두고 문을 닫는데, 문 뒤로 세상 하나가 닫히는 게 느껴졌다. 2층 홀의 통창으로 들어온 감청 빛 바다는 기운 해를 받아 셀로판지처럼 눈이 부셨다. 손을 대면 파삭거리며 구겨져 버릴 듯한 바다 위에 멀리 흰 여객선이 작은 점으로 수평선에 걸려 있었다. 배는 아주 천천히 솜사탕 같은 뭉게구름 쪽으로 다가갔다. 바다는 현실의 것이 아닌 듯했다.

「아저씨, 이 버스 언제 돌아갈 건데요.」

문득 친구의 목소리가 툭 튀어나왔다. 서울에서 사업에 실패하고 내려온 친구였다. 고등학교 때 단짝이었는데, 대학에 다니면서 서로 연락이 끊겼었다. 그 친구가 불쑥 서귀포에 내려왔다고 연락을 해왔다. 근 20년 만이었다. 많이 말랐고, 많이 초췌해 보였는데, 이상하게 눈빛만은 맑았다. 굳이 말은 안 했지만, 보아하니 채권자들을 피해 은둔 생활을 하는 눈치였다.

「불혹의 나이에 다 거덜 내고, 내가 하는 일이 뭔지 알아? 화요일 저녁마다 수천 년 전 복희씨가 만들었다는 천·지·인 작대기 세 개 배우러 다니는 거야. 지천명의 나이가 다가오잖아. 그런데 그날도 내가 가방 하나 달랑 들고 집을 나섰는데, 아침부터 내린 비가 저녁까지도 내리고 있었어. 젖은 버스는 텅 비었는데, 조용필 혼자 20년 전 그 목소리로 열창을 하고 있더라. 20년 전 노래를. 버스는 빗속을 달려가고, 환하게 불 밝힌 진열장 유리문엔 젊은 미남, 미녀 탤런트가 당당하게 서 있더라. 광고 카피처럼 당당하게, 환하게, 자신 있게. 버스는 정류장마다 섰다 가고 섰다 가는데 왜 난 무작정 가고 싶었는지 몰라. 가다가 가다가 보니 버스는 종점에 섰는데, 천지연 폭포야. 운전기사는 운전대에 기대 넋 놓고 비만 보고 조용필은 빗물 범벅으로 노래를 불렀지. 그런데 어느 순간 목 놓아 소리치고 싶어졌어. 그래서 소리를 쳤어. 크게, 아주 크게. 아저씨, 이 버스 언제 돌아갈 건데요? 그런데 막상 그렇게 소리쳤는데, 도대체 돌아갈 곳이 없더라고.」

그 친구는 내 레스토랑에서라도 일을 하고 싶은 눈치였다. 차마 말은 안 해도 그걸 알 수 있었다. 그러나 난 냉정하게 그 문제에 대해선 단 한마디도 하지 않았다. '옴파로스'에 관한 한 난 누구보다 냉정했다. 그 친구가 할 만한 일이 없었다. 그렇다고 단순한 설거지를 맡길 수도 없었다. 하긴 그 일조차 할 체력도 없어 보였다. 결국 그 친구는 작년에 시댁이 있는 부산으로 돌아갔다. 그런데 느닷없이 그 친구의 말이 떠오르다니. 지긋지긋한 레이스에서 반환점을 돌아서 가는 곳은 왔던 길과 다른 곳일까. 어디로 돌아가고 싶은 거지?

「야목아, 자동차 키 좀 줘.」

저녁 손님이 한차례 빠져나가고, 막 한숨을 돌리려는데 선미가 손을 내밀었다. 내가 무슨 일이냐고 물으려는데, 나무가 고모님 오셨느냐며 인사를 했다. 쉬는 시간이었다.

「참, 언제 애인 좀 데려와. 그렇게 안 생겼는데, 내숭처럼 입 꾹 다물고 있더니, 언제 국수 먹여 줄 건데?」

「그거요? 짝사랑인데요?」

나는 나무의 소리를 모른 체하고 자동차 키를 선미 손에 쥐여 주고 등을 밀었다.

「그건 너무했다. 누가 남우 씨를 애태우는데?」

나무가 뒤통수를 긁으며 주방으로 들어가는데, 기어이 선미가 한마디 더 보탰다.

「데려와. 내가 주제 파악 확실하게 시켜 줄게.」

「현빈이 데려와야 되는 시간에 맞춰.」

「걱정 마. 내가 데려올게.」

선미는 걱정 말라는 표시로 열쇠를 빙빙 돌리며, 엉덩이를 실룩이며 나갔다. 그런 선미의 뒷모습은 여전히 가볍고 팔랑거리고 근심 걱정 없이 편안했다.

그렇게 선미가 나가고 30분이 채 안 되었을 때, 시아버지가 왔다. 시아버지는 화색이 도는 얼굴로 들어오면서 단 한 번에 마음에 들게 주차를 했다며 싱글벙글이었다.

「바쁘실 텐데, 어쩐 일이세요?」

「뭐? 선미년이 네가 저녁 먹으러 오랬다고 해서 왔는데. 너희 집에 맛있는 곰국 있다고. 자긴 더워서 부엌에 들어가기 싫다나 뭐라나.」

하긴 시아버지가 곰국을 좋아하긴 했다. 그래도 나한테 한마디 언질도 없이 일을 저지르고, 자기는 내 차를 타고 꽁무니를 빼 달아나다니. 난 헛웃음이 나왔다. 시아버지도 반찬이 없으면 어떠냐고, 곰국에 김치면 됐다며 혀를 끌끌 찼다.

「그렇잖아도, 한번 들르려고 했다. 그날 말이다, 음식을 뷔페식으로 하자. 그래야 한꺼번에 들이닥친 손님들 치다꺼리하는데 손도 모자라지 않고. 자리도 2층에 테이블을 좀 더 빽빽이 놓고, 1층은 중앙을 비워서 식을 치르고. 그러고 나서 음식들을 먹을 수 있게. 친구놈들이 잔뜩 별러서 음식은 좀 푸짐하게 하자. 아주 고르고 골라서 선별했는데도 5,60명은 될 것 같다. 가족들도 있고. 아무래도 장소가 협소하긴 할 거 같으니까, 앞에 데크도 좀 활용하자.」

「그러지 말고, 식은 밖에서 하시고, 음식만 안에서 하시는 게 어때요? 야외 식탁들을 안으로 들여서 촘촘하게 배열하면 될 것 같은데요.」

시아버지는 헬스를 끝내고 오는 중이라 배가 많이 고프다며, 밥을 두 공기나 먹었다.

「그래, 그게 좋겠다. 그나저나 선미년이 아무 말 안 하디?」

「네?」

「요즘 조용해진 것 같아서 하는 말이야. 그냥 포기하고 살기로 한 모양이지?」

「글쎄요.」

공연히 민망해진 나는 고개를 떨어뜨렸다.

「혹시 내가 소홀해지더라도, 고년 잘 좀 챙겨 줘라. 순 맹물에다 착해 빠지기만 해서.」

「그래도 맹물은 아니에요. 아까도 저한테 와서, 노후 보장 보험 되라고 협박하고 갔어요.」

「어째 친구가 아니라, 네가 언니 같다. 그리고 이거 너한테만 얘기하는 건데, 이 통장 네가 맡아라. 이건 보라 학비야. 나보고 보라 학비까지 대라고 해서 어림없는 소리 말라고 야단을 쳐놓긴 했다만, 그래도 혹시 모르니까 이 돈은 네가 가지고 있다가 보라 학비에 보태 줘라. 선미년은 내외가 모두 대중없이 사는 인사들이라, 쯧. 현빈이 거 안 해준다고 섭섭한 건 아니지? 그래도 넌 능력이 있으니까.」

시아버지는 내게 통장과 도장을 내놓았다. 난데없는 마음 씀씀이에 놀라, 시아버지를 쳐다보았다. 시아버지는 막내까지 결혼시킨 이후로는 자식들에게 한 푼도 공으로 쓰지 않았다. 일단 결혼하고 나면 그때부턴 쌀 한 톨도 그냥 내놓지 않았다. 당신이야 나이에 어울리지 않게 굵은 금목걸이를 하고 다닐 망정, 자식들 죽는 소리에는 눈도 깜짝하지 않았다. 자식들은 시아버지의 재산이 만만치 않다는 것만 알고 있을 뿐, 정확한 내역조차 알지 못했다. 다만 선미네를 한집에 받아들인 것과 나에게 '옴파로스'를 차려 준 것은 커다란 예외였었다. 그런 탓에 민석이 사사건건 '옴파로스'를 걸고넘어졌다.

그런데 보라 학비라고 통장을 내민 일은 또 무엇인가. 이민 갈 것도 아니고, 결혼을 한다 해도 가까이 살 것이므로, 얼마든지 생색을 내면서 학비를 대줄 수 있는 일이었다. 나는 직감적으로 시아버지가 나름대로 재산을 정리하고 있다는 느낌을 지울 수 없었다. 당장 자식들 앞으로, 민석의 말대로 유산을 선불로 내놓을 사람은 절대 아니었지만, 어떤 방식으로든 선을 긋고 있단 생각이었다.

「이왕 주시는 김에 선미 노후 보장금까지 주시지요.」

나는 농담처럼 시아버지를 떠보았다.

「그건 친구로서 선미년이 부탁한 거 아냐? 그러니 둘이 해결해. 난 거기까진 능력이 안 된다. 늙은이가 돈이 어딨냐? 자식 놈들이라고 용돈 한 푼도 안 주는데.」

「양심이 찔려서 더 보채지도 못하겠네요.」

「알면 됐어. 그래도 넌 나한테 결혼 선물 사주기로 한 거 잊지 마라. 네 뜻이 기특해서 에쿠스까진 바라지 않으마.」

「아버님 운전 실력이 천천히 늘길 기도해야겠는데요.」

「억울하면 너도 결혼해라. 그러면 내가 선물로 에쿠스 사주마. 참, 그리고…….」

시아버지는 뭔가 이야기를 하려다가 잠시 내 눈치를 보았다.

「송 사장 말이다.」

시아버지의 목소리는 낮게 가라앉았다.

「요즘 네가 만나는 사람이 제주 바닥이 다 아는 바람둥이라면서 걱정이라고 하더라.」

「…….」

「나야 널 믿지만……. 여잔 튼튼한 울타리 같은 남잘 만나야 편안하다. 네 나이면 더욱 그래.」

「전 결혼 생각 없어요. 할 거면 진즉에 했지요.」

「송 사장이 좀 단순해서 그렇지, 오히려 결혼하면 널 떠받들고 살 사람이야. 좀 성에 덜 차도 그런 사람이 배필로는 딱 좋은데……. 송 사장이 아니더라도 내 맘에 드는 놈 골라 오면 에쿠스보다 더한 것도 생각해 보마.」

공연히 무거워진 공기를 의식한 시아버지가 껄껄 웃었다.

「아버님, 전 딸이 아니고 며느리예요.」

「글쎄 말이다. 내 죄가 너한테 씌인 것 같아서 그러지. 도둑이 제발 저려서.」

한번도 정색을 하고 속내를 내비친 적이 없었다. 그런 시아버지 입에서 나온 죄, 운운하는 말에 난 잠시 당황했다. 아무래도 시아버지는 결혼을 앞둔 새신랑이 틀림없었다. 새로운 문턱을 넘어갈 사람으로서 이편의 것을 정리하는 것은 새 신부와 같은가 보았다. 나도 그랬었다. 청상인 엄마의 강짜로부터 도망치고 싶은 게 평생의 소원이었으면서, 결혼을 하면 어쩔 수 없이 혼자 남을 엄마를 생각하지 않을 수 없었다. 난 언니의 옆구리까지 찔러서, 구들을 뜯어내고 연탄 보일러를 깔았고, 초가를 거둬 내고 슬레이트로 지붕을 새로 얹었다. 혼자 찬 구들에 누워 있거나, 등짝을 후려쳐 새를 베러 갈 누구도 없다면, 동네에서 엄마의 강짜는 더욱 드세질 것이고, 그러면 누구도 혼자인 엄마를 들여다보지 않으려 할 것이기 때문이었다.

시아버지도 새신랑이 될 수순을 밟고 있는 셈이었다.

새신랑으로서의 정리를 완벽하게 해냈는지, 레스토랑으로 들어서는 새신랑은 훤했다. 내부적인 절차야 어쨌든, 새신랑은 맘껏 축복받고 맘껏 행복해했다. 가족이 워낙 단출했던지라, 친지들보단 친구들이 많았다. 예전의 직장 동료부터 당구장 회원, 게이트볼 회원, 최근의 헬스클럽 모임까지, 10년 안팎으로 다양한 나이와 다양한 성격의 소유자들이었다. 시아버지가 특별히 신경을 써서 맞추었다는 신부복은 연분홍빛으로 선녀 날개처럼 화사한 한복과 서양 드

250

레스의 중간 형태였다. 여자는 여전히 고양이 눈빛을 하고 교만과 겸손을 넘나들며 자신의 잔치를 수줍게 즐겼다. 시아버지는 '만세 삼창'과 '땡잡았다'를 수순에 꼭 집어넣겠다고 우겼는데, 사람들의 왁자한 박수와 웃음, 심지어 휘파람까지 터지는 장면에서 여자는 마치 귀공녀처럼 거만하고 당당한 웃음을 감추지 않았다.

난 그때까지도 분명하게 잡히지 않는 여자에 대한 인상이 내내 불편했다. 장사를 오래 하면서 나름대로 사람 보는 법을 터득했다고 자부했다. 그러나 고양이 눈빛의 여자는 내게 어떤 관상법도 허락하지 않았다. 여자를 볼 때마다 뿌연 안개 속처럼 답답하기만 했다. 그런 나보다 더 불편한 사람은 민석이었다. 민석은 정치적으로 많은 사람들과 교류할 수 있는 좋은 기회였음에도 최소한의 인사와 형식적인 장자의 역할만 했다. 민석은 결국 단 한 푼의 사업 보조금도 얻어 낼 수 없었다. 보조금은커녕 채무의 형태조차 거부당했다는 이야기를 선미에게 들었다. 민석은 시아버지가 우겨서 형제들끼리 단체로 맞춘 한복조차 거추장스럽다는 듯 남청빛 배자를 벗어던진 지 오래였고, 저고리마저 소매를 둘둘 걸어 올려 입고 다녔다. 손님들 사이를 다니며 입술은 웃고 있었지만, 굳은 눈빛까지 감출 수는 없었다. 문득문득 고양이 눈빛의 여자를 향한 살기 어린 눈빛도 나에게 몇 번이나 들키곤 했다. 그나마 민석의 불편한 심기가 감춰질 수 있었던 것은 선미 남편 덕이었다. 머리처럼 반백의 수염을 늘어뜨린 선미 남편은 쌀독의 쌀이 떨어졌다는 소릴 들은 게 보름 전이었는데도, 여전히 건강한 얼굴로 헛증 들린 듯이 음식을 구겨 넣었다. 그러고는 술병을 쥐고, 마치 자신의 잔치인 양, 이 사람 저 사람의 술잔을 채워 주며 흰소리를 아끼지 않았다.

「우리 장인어른이 저보다 젊다는 건 제가 보장합니다. 모르긴 몰라도 모닝 이렉션도 가능할 걸요? 그거요? 산삼 때문이 아니라니까요. 워낙 부자시니까 그깟 산삼이야 먹지 못하겠습니까? 구두쇠 노랑이긴 해도 자식한테나 노랑이지, 당신이야 풍족했으니까요. 우리 장인요, 새벽마다 마당에 나와서 앉았다 일어섰다를 얼마나 열심히 하시는지 압니까? 남자는 무엇보다 하체의 힘이지요. 그리고 연장이란 건 써먹지 않으면 녹스는데, 아시다시피 우리 장인어른 그런 염려는 당연히 안 하셔도 될 어른이잖아요.」

급기야 선미와 민호에게 끌려 나와 택시에 태워 보내겠다는 몇 번의 위협을 듣고야 시누 남편의 입담은 수그러들었다. 하지만 이미 포석정의 술잔처럼 거의 모든 사람들 사이를 다 돌고난 뒤였다.

게다가 시아버지의 손님으로 온 송 사장은 끈덕지게 내 곁을 맴돌며 K의 전력을 쏟아 냈다.

「K가 누군데?」

급기야 민석까지 K의 이름을 들먹이게 되었다.

「아뇨, 우리 고 시인의 요가 선생인데, 아주 품행이 나쁜 놈이거든요. 그래서 우리 순진한 고 시인이 행여 잘못 걸려들까 걱정되

서요. 우리 헬스클럽에서도 요가를 하는데 굳이 그쪽을 고집하
잖아요.」

그러면서 목소리를 낮춰 민석의 귀에 대고, 영업과 연애 모두를
위한 일이라며 너스레를 떨었다.

「그 사람 이름이 뭐라고? K?」

난 K란 이름이 민석의 기억에 새겨지는 걸 보았다. 언제고 민석
은 그 이름으로 날 위협하려 들 것이다.

시아버지의 일흔 살 생일날에 치른 잔치는 복잡다단했을 사람들
의 속내를 뒤로 하고 풍성하고 유쾌하게 끝났다. 나는 이 일을 위
해 주방장과 직원들에게 특별 보너스까지 지급했고, 나무 대신 밴
드까지 불러들였으며, '옴파로스'가 새로운 장소로 확실하게 변모
할 수 있음을 만천하에 과시했다. 특히 난간을 꽃으로 화려하게 장
식한 야외 데크에서의 결혼식도 좋았다. 하객을 위한 자리도 없어
모두들 서 있었지만, 바닷가 난간에 기대든, 식이 벌어지는 바로 코
앞에 서 있든, 바다 내음과 초대하지 않은 관광객들과 갈매기들까
지 합세했다. 또한 장소의 특성상 누가 말하지 않아도 요식적인 행
사를 짧게 끝낼 수밖에 없는 주변 상황 또한 많은 하객들을 만족시
켰다. 고양이 눈빛의 여자와 시아버지도 흡족해했다. 둘은 내가 꽃
으로 장식해 준 시아버지의 흰색 소나타를 타고 하룻밤 묵을 호텔
로 떠나면서 아낌없이 고마워했다. 그 아낌없는 칭찬과 고마움이
곧장 민석의 고까움을 샀지만, 그건 어디까지나 그의 문제일 뿐이

었다. 시아버지는 시내 호텔에서 첫날밤을 보내고, 그토록 원했던 육지로의 여행을 떠날 것이다. 스스로 운전을 해서.

「제수씨, 오늘 사업 잘하셨어요. 이러다가 '옴파로스'가 새로운 연회장으로 뜨는 거 아닙니까? 아까 보니까 연말 모임이나 회갑연도 이렇게 할 수 있느냐고 묻는 사람이 꽤 있던데.」

「그렇지요? 아주버님에게도 참 좋은 기회였는데, 뭐 좀 건지셨어요?」

나도 한마디도 지지 않고 응수해 주었다. 받아들이고 물러서면 더욱 강도 높게 밀고 들어올 사람이었다. 민석의 욕망이 무엇이든 절대 이 '옴파로스'만은 탐내지 못하게 만들 참이었다. 그는 내게 '선불받은 사람'으로서 정치 자금을 종용한 적도 있었다. 나는 시아버지에게 한 푼도 끌어내지 못한 민석이 언제든 내게 손을 벌리고 들지 모른다는 우려를 버리지 못하고 있었다. 지난번처럼, 당장 막을 어음 운운하면서 단 1주일만이라는 단서를 달고 죽는 소릴 해도 어림없었다. 그의 욕망을 위해 '옴파로스'는 돈가스 한 접시도 허투루 내주고 싶지 않았다. 이곳은 바로 내 욕망의 배꼽이며 중심지다.

난 민규가 득도를 했든 못했든, 허름한 뒷방 늙은이가 될 때까지 이곳에서 잘 먹고, 잘 싸고, 잘 살 것이다. 서정주 시인의 신부처럼 초록재와 다홍재로 내려앉지 않을 것이다. 그 재가 아무리 매운들 재는 재일 뿐이다.

시아버지의 결혼식을 끝내고 난 탑동에서 K를 기다렸다. 그의 발아래 엎드릴 수 있는 한, 난 재가 아니다. 난 여전히 싱싱하게 살아 있다.

11

태풍이 왔다. 낮부터 바람이 심상찮더니, 저녁이 되면서 바람은 미친 듯이 바다와 들판을 휩쓸고 다녔다. 포악스러운 바람은 바다를 뒤집어 놓고, 뒤집어져 달려오는 바다의 울음소리는 흉흉했다. 바다는 여느 적 바다가 아니었다. 바람이 몹시 부는 날의 그런 바다도 아니었다. 바다는 전혀 낯선 모습으로 울어 댔다.

'옴파로스'는 데크에 있던 테이블을 치우고, 문을 단단히 걸어 잠갔다. 검은 바다가 쿠르릉거리며 울어 댔다. 성난 파도가 바로 데크까지 치고 올라왔다. 난 단단히 걸어 잠근 2층 홀에서 바다를 내려다보고 있었다. 집채만 한 파도가 내게 달려올 땐 나도 모르게 뒷걸음질 쳤다. 이럴 때의 바다는 두렵고 경이로웠다. 저절로 무릎을 꿇고 경배하고 싶은 자연의 힘을 유감없이 드러냈다. 바람은 온갖 것들을 거리로 몰고 다녔다. 떨어진 간판과 나뭇가지와 비닐과 그릇

들은 폐허의 거리를 몰려다니는 늑대들처럼 위협적이고 거침없었
다. 난 바람이 '옴파로스'를 이상한 나라의 앨리스처럼 어디론가로
몽땅 싣고 가버릴까 봐 겁나기도 했고, 그랬으면 싶기도 했다.

그 바람을 뚫고, 나무가 문을 두드렸다. 금방 오토바이 한 대가
지나가긴 했지만, 그게 나무일 것이라고는 생각지 못했다. 나무가
한참 문을 두드리고 나서야, 레스토랑에 누가 왔다는 걸 알았다.
마침 현빈을 데리러 갈 시간을 가늠하다가 놀라서 문을 열었다. 나
무보다 먼저 바람이 쏟아져 들어왔다.

「왜, 무슨 일 있어? 이 비바람에 오토바이로 왔단 말이야?」

난 너무 놀랐다. 헬멧을 벗은 나무의 얼굴이 어두웠다.

「괜찮은가 걱정이 돼서요.」

나무는 우비를 한쪽에 벗어 놓았다.

「편의점에 가는 길이니?」

「아뇨. 태풍이 너무 거세서요.」

난 나무에게서 심상찮은 느낌을 받았다. 나무는 여느 때와 달랐
다. 빗속을 달려온 탓인가. 나는 애써 침착하게 마음을 가라앉히고
일단 나무를 소파에 앉게 했다.

「커피 마실래?」

「오늘 밤 내가 1층에 있을게요.」

「세상에, 네가 보초를 선다고 파도가 도망가진 않아. 난 괜찮아.
연중행사로 겪는 건데. 암튼 걱정해 줘서 고맙다. 그리고 이런

날 오토바이 타고 다니지 마. 그게 더 위험하니까. 현빈이 데리러 가는 김에 차로 데려다 줄게.」

나무가 날 빤히 쳐다보았다. 내 직감이 맞다는 불안감에 나무의 눈빛을 피했다. 나는 현빈을 데리러 가야 한다며 일어섰다.

「사막은 생각해 보셨어요?」

내가 도망치려 한다는 걸 나무는 알아챘다. 나무는 다급하게 물었다.

「그건 안 된다고 했잖니. 난 네가 아니야. 젊지도 않고, 사막에 매혹당하지도 않았어.」

애써 웃으며 이야기했지만, 속은 이미 후들거리고 있었다. 뭔가 불안한 조짐이 일고 있는 것이다. 말하지 않아도 아는 것, 섬세한 감각의 열림, 나무에게로 뻗은 내 촉수.

「뭐가 그렇게 겁나는 게 많고, 뭐가 그렇게 눈치 볼 게 많아요?」

「뭐라고?」

난 다시 소파에 풀썩 주저앉았다. 화가 난 것도 같고, 부끄러운 것 같기도 했다. 난 종종 나무 앞에서 내가 무엇을 하고, 무엇을 느끼는지 알 수 없을 때가 많았다. 느닷없이 나무가 이렇게 나오는 이유도 알 수 없었다. 그동안 서로가 모른 척하고 잘 지내 왔다. 그 날, 나에게 함께 사막으로 가자고 한 날 이후로, 나무는 다시 예전의 나무로 돌아갔다. 그가 록 페스티벌에서 자신을 나무라고 부르는 사람에게 노래를 바친다고 했던 그 일마저 오해이거니, 하고 생각할 정도였다. 그런 나무가 한편으론 고맙고, 한편으론 우롱당한 것 같아서, 조울증 환자처럼 내 감정은 널뛰기를 하고 있었다. 그것이 지독하게 섭섭하면서도 함부로 나대지 않아서 안심이 되었다. 그래서 아무리 속이 아려도, 미친 듯이 울렁거리며 뒤집어져도, 나잇값으로 눌러 가라앉히고 있었다.

「무슨 일 있었어? 도대체 왜 이러는데.」

난 화가 났다. 조금만 참으면, 사막으로 떠날 것이고, 그러면 제 속도, 내 속도 가라앉을 거라고 믿고 있었다.

「속일 생각 마세요. 자신까지 속은 척해도, 난 안 속아요. 아무리 아닌 척해도 다 안단 말이에요. 사장님도 내 맘과 같다는 걸. 날 더 이상 나무라고 부르지 말아요. 그냥 남우라고 해요. 그게 현실이에요. 아무리 나무라고 해도, 그건 사장님 환상이잖아요. 내가 왜 환상이어야 해요? 난 엄연히 당신 앞에서 펄떡거리는 심장으로 살아 있는 남우란 말이에요.」

얼굴이 달아오르고 있었다. 난 당장 뒤집어져 울고 있는 바다로 들어가고 싶었다. 난 할 말을 잃고 있었다. 차가운 물속에 뛰어들지 않으면, 내 몸이 타버릴 것 같았다. 내가 벌떡 일어났다. 나무도 같이 일어났다. 절벽처럼 날 가로막고 선 나무 때문에 난 숨을 쉴 수 없었다. 나무가 내 손을 잡고, 자신의 가슴에 갖다 댔다.

「봐요. 난 여기 이렇게 펄떡거리는 심장으로 살아 있는 사람이에요. 그리고 이 심장으로 사장님을 사랑해요.」

「아냐, 넌 잘못 알고 있어. 이건 아니야.」

난 나무에게서 손을 뺐다. 나무가 밖으로 나가려는 날 당겨 안았다. 그는 내가 빠져나가려고 하자, 더욱 날 세게 안았다.

「무서워하는 거 알아요. 겁나는 거 알아요. 나도 그랬으니까요.」

바람은 여전히 미친 듯이 불었고, 파도가 또 한차례 데크까지 덮쳐 왔다. 파도는 조금만 더, 조금만 더 하면서 '옴파로스'를 삼키려고 안간힘을 쓰는 것 같았다. 어쩌면 다음 차례에 파도는 '옴파로스'를 점령해 버릴지 몰랐다.

「내가 오토바이 랠리를 핑계 대거나 여행을 핑계 삼아 자리를 비운 것도 실은 겁나서였던 거니까요. 나조차 확인하고 또 확인했던 일이니까요. 그런데 봐요. 번번이 돌아왔잖아요. 난 이제 도망가지 않아요. 사장님만 무서운 게 있을 것 같아요? 건달이 돈 많은 이혼녀 하나 잘 잡았구나, 하고 손가락질하는 게 내 눈에는 안 보일 것 같아요? 그 손가락질에 수천 번 도리질 하고 도망갔으면서도 기어이 돌아왔잖아요. 난 더 이상 도망가지 않아요.」

머릿속이 하얗게 비었다. 그리고 이상하리만치 침착해졌다. 태풍의 눈처럼 내 안은 고요해졌다. 너무 냉정해지고 침착해져서 손끝이 다 저려 왔다. 난 나무의 팔이 느슨해지는 것을 감지하고 그의 품에서 벗어났다. 속을 알 수 없는 검은 바다와 흰 파도가 통창으로 쏟아져 들어왔다.

「잘 참고 있다가 느닷없이 왜 이러는지 모르겠지만, 넌 도망가야 돼. 이 허망한 덫에서 도망가.」

뻐근한 목울대를 타고 나온 목소리는 나도 놀랄 만큼 차분했다.

「때때로 사랑은 크리스마스트리 아래 놓여진 선물 꾸러미처럼 보기만 할 때 행복한 게 있어. 나도 너도 크리스마스트리 아래 놓인 선물 꾸러미처럼 있자. 그 속에 들어 있을 물건이, 치수가 맞지 않는 옷이나 원하지 않는 것임을 확인하고 실망하지 말자.」

나무가 내 어깨를 잡고, 내 눈을 들여다보았다.

「그게 바로 나무군요. 하지만 난 살아 있는 남우예요. 크리스마스트리 아래 놓인 선물 꾸러미가 아니에요. 사장님도 살아 있는 사람이에요. 난 매일 당신과 손도 잡고 싶고, 함께 웃고 싶기도 하다구요. 난 구경당하는 건 싫어요.」

「난 이미 한번 선물 꾸러미를 뜯어 본 사람이야. 다시는 그런 일을 하고 싶지 않아. 한 번으로 족해. 자, 그만해. 너에게 내 감정을 들켜서 미안하다. 하지만 내 감정에서 욕망은 이미 탈색된 거야. 거의 죽은 거지. 아니 그냥 꿈을 꾼 거야. 오해하게 해서 미안하다.」

나무의 손이 내게서 힘없이 떨어졌다. 그의 어깨는 늘어졌고, 그의 눈은 촉촉했다. 나는 '나무'는 처녀막이 고스란히 살아 있던 때처럼 순수한 사랑을 꿈꿨던 나의 종교였다는 걸 설명할 수 없었다.

「나보다 더 바보군요. 난 적어도 나 자신에겐 솔직했어요.」

나무의 목소리는 낮게 갈라졌다. 그의 눈빛은 내 심장을 도려냈다. 하마터면 그런 나무를 붙잡고 울 뻔했다. 나무는 무참하게 꺾인 어깨로 돌아섰다. 느닷없이 닥친 한바탕 회오리에 난 제정신이 아니었다. 난 갑자기 나무가 빗속을 뚫고 달려온 이유를 알 수 없었다. 내가 나무에게 했던 말이 무엇이었는지조차 알지 못했다.

비옷을 입고 오토바이에 올라탄 나무는 아주 작았다. 검은 실루엣 하나가 음울한 비바람을 뚫고 달려갔다. 그런 나무를 보고, 운전대를 잡고서야 눈물이 쏟아져 나왔다. 따뜻했던 나무의 품이 그제야 생생하게 되살아났다. 이마에 닿던 그의 숨결과 나를 감쌌던 그의 팔이 이제야 느껴졌다. 펄떡이던 그의 심장 소리가 내 귓가에 선명하게 들렸다. 그리고 숨구멍 아래 고요히 엎디어 있던 욕망이 꿈틀거리며 일어났다.

난 태풍을 핑계로 현빈을 선미네로 데려다 주었다. 그리고 K를 내 차에 싣고 '옴파로스'로 돌아왔다. 밤새 태풍은 미친 듯이 '옴파로스'를 두드려 댔다. '옴파로스'는 곧 넘어질 듯 위태로웠다. 천둥처럼 우는 파도와 바람으로 '옴파로스'는 밤새 열에 들뜬 아이처럼 울어 댔다.

아침이 되어도 태풍은 그 기세를 누그러뜨리지 않았다. 한숨도 못 잔 나는 그저 텔레비전만 바라보았다. 간밤에 태풍이 불던 것은 바다가 아니라, 내 안이었다. 내 안에서 요란하게 무언가가 뒤집어지고 부서졌다. 난 그 소리에 귀를 기울였다. 그러나 그것이 무엇인지 알 수 없었다. 난 여전히 텔레비전에 눈을 박고 있을 뿐이었다. 초등학교는 임시 휴교를 하고 중·고등학교는 학교장 재량에 따른다는 말이 연신 자막으로 흘러갔다. 텔레비전은 거대한 컨테이너가 너무도 가볍게 날아간 흔적을 보여 줬다. 그러나 그런 화면보다 이미 성깔을 부리며 나가지 않는 현실이 바로 눈앞에 있었다. 지붕은 가볍게 날아가 버리고, 비닐하우스 철골은 엿가락처럼 휘었다. 마을은 짐승이 한바탕 휘젓고 지나간 밭처럼 처참했다. 돌담은 그 숭숭 뚫린 구멍 사이로 구름도 넘나들고 햇빛도 넘나들더니, 이제 거센 바람에 위태롭고, 검은 하늘이 바짝 내려와 있어 더욱 침울해 보였다. 바다는 벌겋게 뒤집어져 웅웅 울어 댔다. 포말이 함박눈처럼 날아다녔다. 그렇게 바다가 한번씩 뒤집어질 때마다 바닷가 바위에는 온갖 것들이 떠밀려 나오곤 했다. 바다풀은 물론이고 고기를 잡던 그물이며 동아줄, 스티로폼, 페트병, 과자 봉지, 다 떨어진 옷이며 신발 심지어 냉장고까지……. 그 많은 것들을 꾹꾹 참으며 품고 있다가 한번씩 포효하며 토해 놓을 때마다, 사람이 바다에 무슨 짓을 한 것인가 섬뜩했다.

난 세운 무릎을 감싸 안으며 내 속에서 뒤집어져 나온 것들을 가만 바라보았다. 그것들은 내 안에 있었건만 아주 낯설었다. 그것들이 무엇인지 나는 몰랐다. 난 혼란스러웠다. 난 이 혼란스러운 상황에서 벗어나고 싶었다.

나는 시아버지에게 전화를 걸었다. 어제 전화를 걸었을 때만 해도 충청북도라면서, 그곳은 아직 말짱하다며 희희낙락했었다. 시아버지는 운전 때문에 소화가 잘 안 되는 것 빼고는 20대 새신랑과 전혀 다를 바 없으니 걱정 붙들어 매라고 큰소리를 탕탕 쳤다.

「걱정 말라니까. 아직도 충청도야. 얘, 태풍이 동해안으로 빠져나간다더라. 이곳은 멀쩡해. 내일은 경기도로 올라간다. 그다음엔 인천으로 가서, 거기서 배로 갈지, 아님 차를 화물로 부치고 비행기로 갈지 아직 결정 안 했다. 어쨌든 길어야 며칠이다. 난 괜찮은데 이 사람이 힘들다고 해서.」

젊은 사람도 지칠 때가 됐는데, 시아버지의 힘은 넘치고 있었다. 난 거침없는 시아버지의 에너지가 부러웠다. 시아버지는 자신이 원하는 것에 솔직했다. 그리고 얻었다. 일부에서는 주책바가지라거나 카사노바라거나 혹은 노랑이 영감탱이라고 욕했지만, 난 시아버지가 부러웠다. 피로를 풀어내듯 지난 것들을 떨쳐 내는 그 솜씨를 닮을 수만 있다면, 천만금을 주고라도 사고 싶을 정도였다. 주위의 시선에 얽매이지 않고, 앞으로 닥칠 것에 두려워하지 않는 시아버지에게 종교란 무용지물이었다. '나는 언제나 나에게로만 귀의한다'는 내 말은 실은 허풍이었다. 시아버지야말로 당신에게로 귀의하는 삶을 살고 있는 것이다. 그는 자신이 종교였으므로, 언제나 자신의 욕망에 정정당당했고, 귀중하게 생각했다. 그러므로 그는 환상으로 도피하지도 않았고 거침없었다.

낮이 되면서 태풍이 물러가는 기세가 뚜렷해지기 시작했다. 거짓말처럼 바다는 조용해졌다. 바닷가에 파도가 뱉어 낸 토사물만이 지난 태풍을 기억하고 있을 뿐이었다. 사람들도 서둘러 지난밤에 있었던 사나웠던 바람의 흔적들을 지우기 시작했다. '옴파로스' 가족들도 소금기가 허옇게 드러난 유리를 닦아 내고, 날아온 쓰레기들을 서둘러 치워 냈다. 몇 시간 만에 태풍의 흔적은 지워졌다. 태풍의 흔적이 지워지고 나자, 간밤에 나무가 찾아왔던 그 짧은 순간이 진짜였는지 의구심이 들었다. 느닷없이 일어난 그 일을 난 아직도 믿을 수 없었다. 한바탕 해프닝이라기엔 너무 아린 순간이었다.

사람들은 다시 일상으로 돌아왔다. 나무 역시 나와는 아무런 일도 없었던 것처럼 노래를 했고, 가끔 농담도 주고받았다. 그런 일상이 안심되기도 하고 두렵기도 했다. 나무는 마치 의무처럼 시간을 준수해서 나와 노래를 부르고, 제시간에 맞추어 퇴근했다. 그리고 인사만 달랑 하고 노래만 부르다가 가버리는 날이 많았다. 그의 노래에선 예민한 사람만이 느낄 수 있는 생기가 빠졌다. 오토바이 엔진 음처럼 활력 있는 표정이 사라졌다. 난 그에게 너무 매몰차게 굴었던 것을 후회했다. 때때로 그의 생기 있던 얼굴을 쓰다듬으며 그의 숨결을 느끼고 싶다는 생각 때문에 쩔쩔 맬 때도 있었다. 딱 한 번이라도 그의 체온을 다시 느낄 수 있다면, 난 무릎 꿇고 그 앞에서 울 수도 있을 것 같았다. 더구나 나무가 사막으로 갈 날짜가 하루하루 빠르게 다가오고 있었다. 나무가 사막으로 달아나서 오지 않을지도 모른다고 생각하면 힘이 빠졌다. 이제 나무가 앉아서 노래를 불렀던 무대는 보석 알이 달아난 반지처럼 휑할 것이다.

그날, 태풍이 불던 날 느닷없이 찾아와 날 다그친 이후로 나무는
달라졌다. 난 나무가 사랑이란 미망에서 벗어난 것이 기뻤고, 또
슬펐다.

「사장님, 요즘 근심 있으세요?」

박 팀장이 말을 걸어왔다.

「아니, 왜?」

「요즘 한숨을 자주 쉬는 거 같아서요? 툭하면 먼 산 바라보면서
한숨을 쉰다니까요, 꼭 실연당한 사람처럼.」

난 매사에 허술해졌고 의욕을 잃고 있었다. 그러면서도 매일매
일 나무의 기분에 신경이 곤두서곤 했다. 그렇게 매몰차지 말았어
야 했다는 자괴감만 담즙처럼 올라왔다.

「야목아, 집으로 와. 빨리. 아니다, 최대한 가까운 시간의 비행기
표를 끊어. 내 것도.」

넋 놓고 바다를 바라보던 날 흔들어 깨운 건 선미의 전화였다.
시아버지가 교통사고를 당했다고 했다. 아닌 밤중에 홍두깨라고,
놀란 가슴으로 비행기에 올랐다. 어제 하루 통화가 되지 않기는 했
지만, 그저께도 통화를 했었다. 그런데 그사이 시아버지는 생사의
경계까지 다녀온 것이다. 병원에 도착해서 본 시아버지는 더 이상
명랑한 새신랑이 아니었다. 시아버지는 가슴뼈가 주저앉았고, 얼
굴은 퍼렇게 부어 있었다. 고양이 눈빛의 새 신부는 가슴에 타박상
을 입었고 오른팔이 부러졌다. 내리막 빗길에서 미끄러져 갓길에

서 있던 대형 트럭을 박았다고 했다.

그런데 문제는 그게 아니었다. 시아버지는 췌장암이었다. 뜻밖의 사실에 우리 모두는 경악했다. 아무리 췌장이 위장, 십이지장, 간, 담낭, 비장 등등 온갖 장기 뒤에 둘러싸여 있는 것이라 쉽사리 발견되지 않는다고는 하지만, 몇 년 전 시아버지는 뇌수술을 받았었고, 또 얼마 전에는 병원에 1주일이나 입원해 있지 않았던가. 그때도 신경성 소화 불량이라고 했다. 그런데 췌장암이라니. 시아버지는 여태 통증 따위를 호소한 적도 한번 없었다. 습관적인 소화 불량 이외에 언제나 청춘을 부르짖던 시아버지였다. 무거운 역기를 들어 근육을 다지고, 등산을 다니면서 하체를 단련시켰던 시아버지였다. 언제나 명랑하고 유쾌한 것만을 사랑했던 시아버지였다. 시아버지의 욕망은 세상의 하고 많은 우울과 슬픔과 아픔을 피해 즐겁고 행복한 것에만 촉수를 댔었다. 그 놀라운 선별력은 나를 감탄시켰고, 사람들의 질투심을 자아냈다. 그런 시아버지가 이토록 치명적인 세포를 키우고 있었다니. 이 믿을 수 없는 사태 앞에서 가족들은 넋을 놓았다.

「그 사람은 어떠냐.」

정신이 든 다음에 시아버지가 한 첫 번째 말이었다.

「멀쩡해요.」

선미가 퉁명스럽게 대답했다.

「니들은 그만 내려가라. 나도 내려갈 거야. 난 병원에 오면 더 아프다. 그 사람 멀쩡하다니까, 그 사람이 여기 있으면 된다.」

「입원할 정도는 아니지만, 그렇다고 병간호할 상황도 아니에요. 당분간 선미가 여기에 있을 거예요. 아무래도 여기 계속 계시는 건 여러모로 힘이 드니까, 제주로 옮길 수 있나 제가 의사 선생님 만나 볼게요.」

처음의 경악과 놀람이 사라지자, 가족들 모두는 이런 일 당할 거면서 그 연세에 온갖 호들갑을 떨면서 결혼식까지 했어야 했나, 하는 생각이 들기 시작했다. 서로가 마음을 드러내진 않았지만, 모두들 중환자로 누워 있는 시아버지를 달갑게 바라보지 않았다. 특히 민석은 혼잣말로 '어이쿠, 이런 일을 당하려고, 이런 일을 당하려고' 하는 소릴 자주 중얼거리곤 했다. 선미는 찔찔거리면서도 '결혼이나 하지 말던가'를 비 맞은 중처럼 염불했다. 나도 신혼여행을 이토록 거창하게 치르지 않았다면, 그 암 덩어리의 존재를 모르고 유쾌한 생활을 연장했을 거란 생각에 씁쓸했다. 어차피 인간이 죽음을 문 앞에 두고도 먹고 자고 배설하지만, 시아버지의 경우는 너무 급작스럽고 낯설었다.

민석과 시동생 민호가 먼저 제주로 내려가고, 선미와 내가 남았다. 민석이 간 후에야, 고양이 눈빛의 여자가 깁스 한 팔을 하고 링거 걸이를 밀며 시아버지 병문안을 왔다. 시아버지는 며칠 새 칠순 노인답게 단숨에 늙어 버렸는데, 여자는 여전했다. 무자식으로 오랫동안 혼자였던 여자는 또다시 혼자가 될 기로에 놓여 있었다. 난

먼지처럼 늙어 버린 시아버지와 여전히 겸손하며 거만한 여자의
애틋한 상봉을 외면했다.

「생각해 보면, 저 여자 팔자도 참 어지간하다.」

1층 로비 의자에 앉은 선미가 중얼거렸다.

「난 어차피 내일 아침나절에 내려갈 거야. 며칠 너 혼자 고생할
거니까 어디 여관이나 찜질방에 가서 한숨 자고 와. 오늘 밤은
내가 있을게.」

「그래, 하루 이틀에 끝날 일도 아니고, 그러자. 생각해 보면 네가
내 올케인 게 참 좋다.」

「아무렴. 보험 중에서도 상급이지.」

「맞아. 그때 네가 우리 오빠한테 맘 두고 있는 게 한편으론 별로
달가운 일이 아니었거든. 솔직히 우리 오빠 너무 아까운 남자였
잖아. 착하고 너무 신사였지. 물론 네가 지금 말하려는 거 알아.
일이 엉뚱하게 흘러가지 않았다면 말이야. 솔직히 아버지와 큰
오빠 너무 닮은꼴이잖아. 하지만 민규 오빠 참 달랐었지. 도대체
아버지 아들이라고 믿기지 않았으니까. 근데 그때 달갑지 않았
어도 열심히 연애편지 전달하고, 약속 장소 물어다 주었던 게 참
다행이다. 지금 너마저도 없었다면 난 너무 쓸쓸했을 거야.」

「난 그때 내가 설치고 깝죽댄 게 후회스러워. 그냥 곱게 있다가
나 좋다고 목매는 남자한테 시집이나 갈 걸 하는 생각이 들어.
사랑 하나에 목숨 건 대가치고 너무 지독하지 않니? 그때 맺어지

지 않았으면 예쁜 추억으로 잊혀졌다, 생각났다 했을 텐데.」

「그럴까? 그래도 아까 저 여자 보면서 아버지를 좀 더 일찍 만났다면 행복했을까 하는 생각이 들더라. 우리 아버지 솔직히 엄마한테 무지 잘했잖아. 저 여자도 조금이라도 같이 살다가 과부가 되던지 해야지. 물론 암이라고 다 죽는 건 아니지만, 이건 너무 억울하잖아. 겨우 큰맘 먹고 재혼했을 텐데. 인연이란 게 억지로 안 되는가 보다. 좀 더 일찍 만났어야 했는지, 아예 만나지 말았어야 했는지 어떻게 알아. 당장 나만 봐도 그렇고.」

「결국 부서지더라도 만나 봐야 안다는 거네?」

「그런가?」

난 나무를 생각했다. 이제 곧 사막으로 떠날 것이다. 어쩌면 내가 여기에 와 있는 사이에 떠날 수도 있다. 난 그의 마지막을 보지 못할지도 모른다고 생각했다. 인연으로 맺어지지 않고 아픈 기억으로 남는 것도 하나의 선택이 될 수 있다고 생각했다. 비록 풋사랑 같은 어설픈 것이었지만, 아픔은 오래도록 남을 것이다. 난 아직도 문득문득 나무의 따뜻했던 품을 기억하고 몸서리를 치곤 한다. P나 K나 또 B의 체취도 이렇게 아린 기억으로 남진 않았었다. 마흔 넘어 찾아온 이 풋내 나는 감정은 순수하고 간절했다, 종교처럼.

선미가 찜질방으로 가고, 나 혼자 병실에 남았다. 시아버지는 거의 기진해서 잠만 잤다. 색색거리는 시아버지의 숨소리는 영락없는 노인의 것이라 슬펐다. 한 줌 먼지처럼 말라 버린 시아버지의 팔뚝에 꽂힌 주삿바늘이 안쓰러웠다. 타박상으로 형편없이 구겨졌음에도 번듯한 이마와 곧은 콧날은 젊었을 적 미남의 영광을 아직도 간직하고 있었다. 지금은 퍼렇게 멍이 들어 퉁퉁 부어 감겨 있지만, 한번 저 눈이 웃을 때마다 얼마나 많은 여자들이 설레었을까 생각했다. 오래도록 행복했던 시아버지의 몸은 폐타이어처럼 침대에 눕혀 있었다. 별도봉이나 산굼부리 같은 오름들의 산책로마다 깔려 있던 폐타이어. 야들거리는 이물감 때문에 불편했던 그것.

울룩불룩 들어가고 나온 곳이 선명하고 적당하게 탄력이 있을 적에는 세상의 모든 길을 다 밟고 지나치더니, 밟힌 것은 길이 아니었던 모양이다. 들어가야 할 곳, 나와야 할 곳, 그 경계가 무너지니, 오름 허리 빙 둘러 가며 뻗대고 누워, 운동객들 발밑에 깔려 있는 그것. 늙은 방랑자처럼 질긴 추억만 남은 그것. 시아버지는 그 폐타이어처럼 병상에 누워 있었다. 그런 시아버지를 물끄러미 내려다보다가, 그 질긴 폐타이어를 밟고 건강도 챙기고 웃음도 챙기는 지금의 나도, 내가 그것을 밟은 게 아니라, 밟히고 있다는 걸 알 날이 다가오고 있다는 생각에 처연해졌다.

새벽녘에 침대에 엎드려 깜박 잠이 들었다 깨어 보니, 시아버지도 깨어 있었다.

「선미는?」

「어차피 선미가 더 오래 있을 거라서, 하룻밤 편히 자라고 했어요. 전 오늘 내려갔다가 다시 오든지 할게요. 의사가 곧 옮길 수 있다고 하긴 했지만, 어떻게 될지 모르니까요.」

「올 거 없다. 내가 내려갈 거야.」

시아버지의 말은 단호했다. 난 세숫대야에 물을 받아 왔다. 젖은 수건으로 시아버지를 닦아 드리고, 양치도 시켜 드리고 머리도 빗겼다. 손끝에 닿는 시아버지는 더 늙어 있었다. 내가 세면실에서 수건을 빨고, 세수를 하고 나오는데 내 앞으로 스님 한 분이 걸어갔다. 뒤태가 영락없는 민규였다. 그새 더 말라서 어깨에 걸친 옷이 헐렁했지만, 상념에 젖은 듯 굽은 등은 여전했다. 대야를 든 손이 바들바들 떨렸다. 남자는 시아버지 병실 앞에서 노크를 했다. 승복의 남자가 병실 안으로 사라지자, 가슴이 쿵덕거리기 시작했다. 난 복도를 맴맴 돌았다. 머릿속이 하얗게 비었다. 이제 한이 되어 버린 앙상한 그리움이 내 가까이에 있었다. 늙어 죽기 전에 딱 한 번 보고 싶었던 사람이었다. 여전히 사랑이 죄일 수 있느냐고 묻고 싶었던 사람이었다. 그 짐이 내려지는 짐이었더냐고 묻고 싶었던 사람이었다. 당신이 버리려고 평생 끙끙거렸던 그 짐 꾸러미에서 난 즐거움도 찾고 행복도 찾았노라고 조롱하고 싶었던 사람이었다. 그 사람이 왔다. 너무 빨리 왔다.

얼마를 그렇게 복도를 맴돌고 서성였는지 몰랐다. 문득 내 발치에 흰 고무신에 잿빛 바지 자락이 멈추었다. 순간 숨이 멎고, 서성거리던 내 발도 멈추었다. 그리고 내 발치에 흰 고무신과 잿빛 바지 대신 푸르스름하게 민 머리와 가사를 걸친 야윈 등허리가 엎어졌다. 그의 하얀 손바닥이 하늘로 향해 벌어지며 들렸다. 예를 다한 큰절이었다. 일어서서 예로 합장한 그의 얼굴을 엉겁결에 쳐다보았는데, 그늘진 눈매는 한층 깊어졌고 맑았다. 그의 등이 채 돌아서기도 전에 내 눈에서 눈물이 쏟아졌다. 깊이를 알 수 없는 곳에서 솟아 나오는 눈물은 소리도 없이 자꾸자꾸 쏟아졌다. 민규가 떠나고 처음 흘리는 눈물이었다. 독하게 부릅뜨고 그의 떠남을 바라보았던 눈에서 자꾸 눈물이 쏟아졌다. 내게 큰절을 했던 사내는 어룽거리며 벌써 저만치 걸어가고 있었다. 성큼성큼 걷다가 마침내 복도 끝에서 잿빛 한 점으로 사라졌다. 잘 살았느냐는 말 한마디 건네지 않고 그는 사라졌다.

제주에 오니, 이제 절정이 지난 협죽도가 듬성듬성 피어 있었다. 8월 한창 피었다가 9월부터 시나브로 기세가 꺾이면서 거의 10월 끝무렵까지 질기게 피어 있는 꽃이다. 한결 순해진 햇살과 높은 하늘이 완연한 가을이었다. 바다는 호수처럼 고요했다.

포삭하고 엷은 햇살인데도, 난 피곤하고 지쳤다. 2층 살림집으로 먼저 들어갔다. 여느 때 같았으면 주방부터 들어가서 냉장고를 점검했으련만, 몸은 천근만근 늘어졌다. 바늘처럼 쏟아지던 한여름 땡볕에도 지치지 않았는데, 공항에서 맞닥뜨린 파스텔 톤의 부드러운 햇볕에 그만 어깨가 무너졌다. 나는 재킷만 벗어 두고 그대로 침대로 들어갔다. 천근의 무거운 몸을 침대가 스프링을 울리며 받아들였다. 깊은 잠 속으로 빠져 들었다. 잠깐 눈을 붙였다 뜬 것 같았는데, 밖은 벌써 어둑해져 있었다. 꿈도 없는 깊은 잠이었다. 가뿐하게 침대를 빠져나왔다. 침대에서 나오는데 마치 두꺼운 가죽옷 하나를 벗어 두고 나오는 것처럼 상쾌했다. 땀에 젖은 옷을 갈아입고 나오다가 문득 나무를 생각했다. 벌써 떠나고 없을 터였다.

「어떻게 가게는 별일 없었어요?」

「푹 주무셨어요? 아까는 너무 해쓱해서 말도 못 붙이겠더라고요.」

박 팀장이 제일 먼저 반겼다.

「병간호한 것도 그렇지만, 난 서울만 가면 꼭 피곤하더라고요. 손님은 어땠어요?」

「평소와 크게 다르지 않았어요. 장부는 카운터 아래 놔두었습니다.」

나는 비어 있는 무대를 보았다.

「나무 씨는 잘 갔어요?」

「김남우요? 아뇨. 그 친구가 사장님 안 계시는 동안 뒷마무리 확실하게 잘하고 다녔는걸요. 그 친구가 아주 진국이에요.」

「이집트 간다고 한 날짜가 지난 것 같은데?」

「글쎄요. 어제도 간다는 소리 안 했으니까 이따가 나오겠지요. 그때 한번 물어보세요. 그렇잖아도 사장님한테 연락 있었느냐고 자꾸 묻던데요.」

차라리 나 없을 때 떠났으면 좋았겠다는 생각과 마지막으로 얼

굴이나마 볼 수 있어서 다행이란 생각이 동시에 교차했다. 난 주방
으로 들어갔다. 주방장은 처음 나하고 몇 번의 갈등을 겪고는 곧
내 방식에 익숙해졌다. 그러므로 이제 주방에 들어갈 때 어깨에 힘
을 빼도 되었다.

「나 없는 동안 애 많이 쓰셨어요. 내게 부탁할 일 없어요?」

「없습니다. 참, 박 팀장이 얘기 안 하던가요? 다음 달 초에 지난
번 사장님네 잔치처럼 하고 싶다는 사람이 있었는데요. 그땐 우
리 메뉴와 상관없이 음식을 했지만, 이번에도 그렇게 해야 한다
면 전 좀 생각을 해봐야겠는데요.」

「알았어요. 박 팀장한테 자세한 거 듣고, 함께 의논해 보지요.」

본의 아니게, 시아버지의 결혼식 이후 '옴파로스'는 새로운 길 앞
에 서고 말았다. 하지만 모든 우연은 필연의 또 다른 이름이란 걸
모르지 않는다. 나는 이 문제를 잘 생각해 볼 것이다. 민석의 말대
로 사업 한번 잘한 것인지 따져 볼 것이다. 누가 뭐래도 '옴파로스'
는 내 중심이니까.

「어, 사장님 나오셨네요?」

생각에 잠겨 있느라고 나무의 오토바이 소리를 듣지 못했다. 한
동안 사무적인 인사 이외에는 감정을 드러내지 않던 나무가 반갑
게 인사를 했다. 나무의 눈빛에서 퍼져 나오는 기쁨과 반가움을 보
는 순간, 나를 위해 떠날 날짜를 미뤄 준 게 고마웠다. 한 번이라도
더 나무의 모습을 볼 수 있다는 게 얼마나 행복한지 몰랐다. 마지

막을 보지 못했다면, 더욱 그리울 뻔했다.

「떠난다는 날짜가 지나지 않았어?」

「늦진 않았어요. 현지 적응을 하려고 좀 일찍 떠나려던 것이었으니까요.」

「그게 늦은 거지. 뭐 하러 기다려. 어차피 간다는 거 알고 있는데.」

나무의 표정에서 그만 들뜨려는 감정을 애써 누르는 게 보였다.

「오늘이 마지막이니까 저한테 시간 좀 내주세요. 영업 끝나고요.」

「다른 식구들하고 회식이라도 해야 하는 거 아냐? 오늘 어때?」

「벌써 다 해버렸어요. 사장님만 남았거든요.」

나무가 속삭이듯 말하면서 빙긋 웃었다. 회식이니 뭐니 하면서 얼렁뚱땅 자신을 피할 생각일랑 말라는 투였다. 남한테는 도통 들키지 않는 사소한 것까지도 난 나무에게 들키곤 했다. 나무란 이름만 해도 그랬다. 도대체 알아챌 수 없는 것이었음에도 나무에게 들켰으며, 내가 안간힘을 쓰며 들키지 않으려 했던 나무에 대한 내 감정도 기어이 들키고 말았다. 친구들이나 심지어 선미에게조차 들키지 않았던 많은 사소한 것들을 나무에겐 들켰다. 왜 난 나무에게 번번이 들키는지 알 수 없었다.

며칠 비워 두었던 가게였으므로 직접 손님들을 맞이하고, 테이블을 돌아다니면서 단골들을 챙겼다. 그러면서도 마음 한구석은 풍선처럼 너풀거리며 조금씩 넘치고 있었다. 손님들을 향한 웃음도 인사도. 문득 이런 내 모습을 나무에게 들키고 싶지 않다는 생각에 내 행동과 말들을 가라앉히려고 노력했다. 그러나 어느 순간 난 사춘기 계집애처럼 팔랑거리며 헤퍼졌다. 그런 나에게 나는 수시로 말을 했다. '크레믈린 고야목, 정신 차려.'

오랜만에 들은 나무의 노래에 정신을 팔다가 그만 현빈을 데리러 가는 시간을 놓칠 뻔했다. 서둘러 차를 몰고 현빈의 학교로 달렸다. 자가용 이외에는 마땅한 교통편이 없는 현빈은 내가 조금 늦게 도착하자 투덜거렸다.

「남우 아저씨는 한 번도 안 늦었는데, 늦길래 엄마가 왔구나, 했지.」

「나무가 태워다 줬어?」

처음 듣는 이야기였다.

「큰집에서 다니라니까.」

「싫어. 큰엄만 쌀쌀맞잖아. 다행히 남우 아저씨가 태워다 준다길래 얼씨구나 했지. 아침에도 지각 한 번 안 했어. 그 아저씨 생긴 건 철없게 생겼는데, 전혀 아닌가 봐.」

「철없게 생겨?」

「머리도 배용준 스타일로 멋 부리고, 오토바이 타고 다니면서 노래나 하는 베짱이 같잖아.」

「넌 그런 스타일 싫어?」

「글쎄, 싫다기보단 난 현실에 단단히 뿌리 내리고 사는 사람이 좋아. 엄마 보면 몰라?」

난 현빈을 힐끗 바라보며 웃었다. 현빈은 아버지를 기억하지 못했다. 기억할 수 있는 한 한 번도 아버지를 본 적이 없었다. 제 아버지가 얼마나 부드러운 남자인지, 굽은 등에 얼마나 많은 연민과 사색을 짊어지고 있는지, 막 태어난 현빈을 어떤 눈으로 바라봤는지, 이름을 지으려고 몇 날 며칠 고민을 했는지, 현빈은 아버지에 관한 한 아무것도 알지 못했다. 오늘 내가 보았던 깊은 눈매의 민규를 현빈은 절대 알지 못했다. 내가 오랫동안 허우적거렸던 민규의 매력을 현빈이 모르는 것은 아버지인 민규의 절대적인 실수다.

하지만 민규는 이제 이쪽을 잊었다. 이제 자신의 실수나 죄책감조차 의미 없는 것이 되었다. 민규는 내게 엎드려 절함으로써 자신의 종교를 굳건히 세웠다. 민규에게 내가 더 어쩌지 못할 푯대 하나가 확실히 선 게 분명했다. 그러므로 이쪽의 그 어떤 일도 민규에겐 아무런 의미가 없다는 걸, 언젠가 현빈도 깨닫게 될 것이다.

그럭저럭 하루가 정리되고 있었다. 이제 밤공기도 제법 싸늘해져 가게를 나서는 손님들은 벗어 두었던 긴 덧옷을 챙겨 입었다. 밤이 되면 주차장 너머 밭에서 풀벌레 소리가 요란했다. 불야성을 이루는 이 카페 거리도 하나 둘 불이 꺼지고 나면, 새로운 소리들로 왁자하게 깨어날 것이다. 숨죽였던 해조음도 목청을 가다듬고, 바다로 달려가는 산바람도 댕그랑댕그랑 풍경을 울릴 것이다.

「내일 몇 시에 떠나니?」

「낮에요.」

「그래, 비행 시간이 만만치 않을 텐데 잠을 푹 자둬야겠구나. 직항로도 없을 거 아냐. 파리 거쳐서 가니? 카이로까지? 잘 갔다 와. 건강 조심하고. 완주에 목매지 말고, 할 수 있는 만큼만 해. 처음이라면서. 도전하는 데 의미가 있는 거니까.」

보름이 가까운 모양이었다. 홀 안으로 들어오는 빛이 밝았다. 나는 나무의 잔에 내 잔을 부딪쳤다.

「참, 현빈이 등하교를 네가 도와줬다면서? 뒷정리도 네가 하고. 고맙다.」

난 자꾸 말이 많아졌다.

「현빈이가 너 철없게 생겼다고 하더라. 가서 철 좀 들고 와.」

「호호. 생긴 거하고 다르게 결혼하면 마누라한테 잘해 줄 것 같다는 얘기도 했어요. 내가 사랑하는 사람이 있다니까, 축하도 해 주었는걸요. 꼭 그렇게 날 어린애 취급해서 밀어내야 직성이 풀리죠. 서른 살 난 남자를 어린애로 밀어 봤자 어디까지 내려갈 거 같아요? 나이 많은 게 부끄러운 것도 아니지만, 그렇다고 자랑할 일도 아니에요, 나보다 더 철없는 사장님.」

「또 들킨 거니. 하지만 진심이야. 가서 현실을 직시하고 돌아와.」

「알았어요. 그럴 거예요. 하지만 내가 발견한 현실에 대해 사장님도 두 눈 뜨고 인정해야 돼요. 그건 사장님 숙제예요.」

「사람마다 처지가 다르니까, 네 현실은 네 거야.」

「우리 둘의 현실에 대해서 생각할 거니까요.」

나무가 일어섰다. 내가 말장난하지 말라고 말하려는 걸 또 눈치 챈 것일까. 나무는 천천히 무대로 걸어갔다. 그는 기타를 어깨에 메고 의자에 앉았다. 등 뒤로 들어온 달빛에 나무의 얼굴 위로 그늘이 졌다. 난 좀 더 가까이 가서 나무를 보고 싶었지만 참았다. 띵 ─. 기타 줄이 여운을 남기며 길게 울었다.

「사랑하는 사람들에겐 유행가가 진리인 거 아시죠.」

나무는 낮은 목소리로 유재하의 〈그대와 영원히〉를 불렀다. 내가 두려웠던 일이 왔다. 난 눈을 부릅떴다. 그리고 맥주잔을 들었다. 손이 가늘게 떨렸다. 나무의 노래가 달빛에 부서졌다. 나무의 그늘 진 얼굴을 오래 바라볼 수 없었던 나는 어두운 바다로 자주 시선을 돌렸다. 나무의 노래가 그쳤다. 어느새 나무는 노래 한 곡을 다 부른 것이다. 그러나 나무는 일어서지 않았다. 나무는 천천히 기타 줄을 튕겼다.

「사실은 이 노래를 불러 주고 싶었어요. 이 노래를 들려주기 위해 많이 연습했어요. 사장님이 좋아하는 노래니까요. 지난번 태풍 불던 날 기억하세요? 갑자기 들이닥쳐서 횡설수설하고 간 날 말이에요. 그날도 사실은 이 노래를 연습하다가 느닷없이 사장님한테 달려간 거예요. 달려가지 않을 수 없었어요. 내 스타일이 아니라서 영 어색하지만, 꼭 들려주고 싶었어요.」

나무가 일어났다. 그는 무대에서 내려와 바로 내 앞의 테이블까지 왔다. 그는 테이블에 앉았다. 달빛이 그의 옆얼굴을 적셨다. 내 안에서 울리는 북소리 때문에 난 나무의 얼굴을 똑바로 바라보지 못했다. 몇 번 기타 줄을 퉁기던 나무가 나지막하게 노래를 불렀다.

「슬픈 노래 한 곡 들려주오, 청춘은 길기도 한데. 귀뚜리 소리 물러가면 달빛에 내 노래 젖어들겠지, 소리 없는 눈물 베갯잇 적시네…….」

그만 울컥 눈물이 고였다. 난 나무에게 들키지 않기 위해 고개를 들어 눈을 깜박였다. 목울대가 뻐근했다. 아무래도 나무는 단단히 작정을 한 것 같았다. 이런 이별이 남은 줄 알았더라면 차라리 나무를 보지 않고 떠나보내는 게 좋았을 뻔했다는 생각이 들었다. 얼마나 오랫동안 난 이 일을 내 안에서 재상영하면서 아파할 건지 알 수 있었다. 이 선물이 내게 얼마나 잔인한지 나무는 모를 것이다. 내가 이 노래를 얼마나 아프게 좋아하는지 알았더라면, 나무는 이 선물을 고르지 못했을 것이다. 나무의 노랫소리를 타고 내 안의 실핏줄이 터지고 있었다. 생채기의 비린 맛이 입 안에 고였다.

나무가 기타를 무대 위에 가져다 놓는 사이 난 일어섰다. 이제 그만 나무를 보내고 싶었다. 난 기진했다. 무대를 일별하고 나오는 나무에게 난 손을 내밀었다.

「고맙다. 잘 갔다 와.」

나무가 내가 내민 손을 잡았다. 그러곤 나를 끌어당겨 안았다.

「다신 아까 그 노래 듣지 마세요. 부르지도 마세요.」

나무가 좀 더 세게 나를 끌어안았다. 나무의 품이 따뜻해서 목이 멨다. 난 두 팔로 나무를 감싸안고 그의 등을 쓰다듬었다. 조용히 나무의 심장 소리가 들렸다. 그리고 내 안에서 짐승이 뒤척였다. 그것이 뒤척일 때마다 난 이제 놈이 내게서 떠날지 모른다는 예감이 들었다. 오래된 과거의 한 귀퉁이를 베고 누웠던 놈이 푸슬푸슬 몸을 털었다.

나무가 그렇게 아픈 이별 선물을 주고 떠난 지, 1주일 뒤에 시아버지가 제주로 내려왔다. 시아버지가 서울에서 수술을 받던 날, 민석은 나타나지 않았다. 선미는 그새 초췌해졌지만, 여전히 명랑했다.

「큰오빠 왜 안 와? 하여튼 세상일을 자기 혼자 다 하지. 새언니도 그래. 여긴 자기 홈그라운드 아냐. 그럼 배려하는 게 있어야지, 얼굴만 빠끔 한 번 내밀고는 친정으로 가버리더라니까. 싸가지 없는 세상이라서 그런가, 부창부수도 싸가지 없이 하네.」

복도에서 초조하게 기다리는 와중에도 선미는 생각나면 한번씩 민석이 내외를 흉봤었다. 그런데 시아버지가 제주로 내려오던 날도, 민석은 바쁘다는 핑계로 얼굴을 내비치지 않더니 다음 날에야 병실로 찾아와 잠깐 앉았다가 갔다. 그런 민석의 뒷모습을 일별하는 시아버지의 눈길에서 난 뭔가 심상치 않은 기류를 읽을 수 있었다.

「큰오빠네 무슨 일 있었어?」

선미도 민석에게서 심상찮은 표정을 읽었는지 민호에게 물었다.

「글쎄 사업이 잘 안 되는 모양이지. 기름 값이 천정부지로 오르니까 뭔들 어렵지 않겠어.」

그러나 난 직감적으로 민호가 민석의 떨떠름한 표정의 내막을 알고 있다는 걸 알았다. 두 형제가 뭔가 교감을 나눈 게 있었다. 난 고양이 눈빛의 여자를 떠올렸다. 결혼식까지 마쳤으니 아내로서 당당히 유산의 한몫을 달라고 했는지 모르겠다는 생각이 들었다. 민석이 심각할 일이라면 시아버지의 유산 외에는 없었다. 시아버지는 막대한 부동산을 소유했다고 알려졌으니, 그것이 증권처럼 깡통이 될 리도 없었다. 그렇다면 고양이 눈빛의 여자에게 상당 부분 명의 이전이 되었거나, 상속분에 대한 문제일 것이다. 하지만 난 애써 모른 체했다. 민석과 고양이 눈빛의 여자가 개와 고양이처럼 치고 박고 싸운다 해도 눈 하나 깜짝 하고 싶지 않았다.

드디어 민석이 노골적으로 불편한 심사를 드러낸 것은 시아버지가 퇴원하고 나서였다. 질척거리는 습기가 쏙 빠진 가벼운 햇살이 마당에 소복하던 날이었다. 시아버지가 가족들을 모두 소집했다. 역기를 들거나 산을 오르며 애써 만든 근육이 쏙 빠진 시아버지는 욕망마저 사라진 듯 수척해진 얼굴로 우리를 맞았다. 살림이 모두 빠져나간 휑한 집이었지만, 워낙 오래된 구식 집이라 형제들이 모두 앉자 집이 꽉 찼다. 굳이 새 아파트도 아니고, 선미네가 사는 안 거리도 아닌, 밖거리에서 시아버지는 가족들을 보자고 했다. 고양이 눈빛의 여자가 깁스한 팔로 시아버지 옆에 조용히 앉아 있었다. 둘이 뭉쳐 하나의 마침표가 된 듯 두 사람의 자세는 단정했다. 기름기가 쏙 빠진 담백한 둘의 모습이 낯설었다.

「자, 사실 난 할 말이 없다. 그럼에도 이렇게 모이라고 한 것은 민석이가 할 말이 많은 것 같아서다. 며칠 동안 참느라고 애썼다. 이젠 얘기해.」

서둘러 유언을 말하리라 생각했던 우리는 모두 놀랐다. 특히 민석은 막상 발언권이 주어지자, 잠시 당황하는 눈치가 역력했다. 그러나 그는 이내 침착해졌다.

「아버지 짐작대롭니다. 아버지 상자를 열어 보았습니다.」

「열쇠공까지 데리고 가서 아파트 문을 따고 들어간 것부터 이야기해야지.」

민석이 고개를 떨어뜨렸다. 그러나 앙다문 입매엔 여전히 원망이 담겨 있었다.

「그래, 내가 네 재산을 빼돌리기라도 했더냐?」

「아버지, 그래도 핏줄 하나 안 섞인 데까지 퍼주면서 자식들한테는…….」

「네가 그걸 어떻게 알아? 내 핏줄이 안 섞였다고 누가 그래.」

순간 난 뜨끔했다. 민규의 일을 민석이 알아서는 안 됐다. 두고두고 괴롭힐 그 끈덕임을 어찌 감당하라고 시아버지는 저 이야기를 꺼내는 것일까. 난 초조하게 시아버지의 입을 바라보았다.

「무슨 소리야? 오빠 혼자 알지 말고, 우리도 알아듣게 얘기해.」

선미가 나섰다.

「그래, 네가 알아 본 거 여기서 다 얘기해 봐라. 난 내 재산 내가 처분했으니까 별 할 말도 없다만, 넌 하고 싶은 얘기가 많을 거 아니냐.」

「아버님, 이이만 나쁜 사람처럼 그렇게 얘기하시면 곤란합니다. 다른 것도 아니고, 아범은 정치를 하다 보니까 불가피해서…….」

「글쎄 난 너희들이 그 정친지 뭔지 한다고 할 때 분명히 말했다. 너희들 분수에 맞으면 하라고. 난 잘 먹고 잘 살려고 돈을 벌었지, 남들 퍼주려고 돈 번 거 아니야. 너, 내가 양로원에 돈을 퍼줬다고 하는데, 그건 내가 빚 갚은 거야. 내가 번 돈으로 내 빚을 갚는 게 도리지, 너희들이 펑펑 쓰는 데 돈을 내놓는 게 도리냐? 난 주변에서 많이 봤다. 자수성가해서 돈을 번 영감들은 설렁탕 한 그릇도 열 번 스무 번 생각해서 겨우 사먹는데, 그 자식 놈들은 해외여행이다 뭐다 하면서 펑펑 쓰고 다니더라. 버는 놈 따로 있고, 쓰는 놈 따로 있는 게 요즘 세태인 줄 안다만, 난 아니다. 내가 번 돈 내가 다 쓰고 가. 그러려고 돈 번 거야. 그렇다고 내가 너희들 뒷바라지를 안 해줬니? 아범, 너 내가 선거 비용 대주면서 서울 너희집 저당 잡았다고 말하지만, 너도 봐서 알 거 아니냐? 그 집 아직도 네 명의로 되어 있다. 그것도 깨끗하게. 그 집 저당 푸느라고 월평동 땅 팔았어. 민호, 너 사업 처음 할 때, 확장

할 때 나한테 돈 뜯어 갔지만, 그때 내가 저당 잡은 너희 집, 그것
도 깨끗하게 네 명의로 있어. 네 집 저당 풀 때, 중앙통에 있는 내
건물 저당 잡혔다. 그렇다고 돈벌이 없는 나한테 너희들이 생활
비는커녕 용돈 한 번이라도 줘봤니?」

시아버지의 숨은 턱 끝까지 찼다. 고양이 눈빛의 여자가 그런 시
아버지 팔을 지그시 누르며 자제시켰다. 시아버지는 여자가 내민
물을 들이켜고도 한동안 색색거리며 숨을 골랐다.

「양로원에 몇 푼 집어 준 거 빼고 다 너희들이 가져간 거야. 그런
데도 며칠 씩 입이 댓 발 나와서 나를 쳐다보지 않은 것은 선미
한테 이 집 넘겨 준 게 고까워서니? 내가 이 좁은 단칸방에서 살
때 나에게 문안 인사한 놈 제대로 있었냐? 너희들이 대궐 같은
집에서 살 때 난 이 좁은 방에서 살았다. 새로 장만한 아파트, 이
사람 이름으로 된 게 배 아프냐? 그 안에 이 사람 연립주택 판 돈
도 들어갔어. 자, 속 시원히 까뒤집었다. 참, 중앙통에 있는 건물
하고, 네가 세 들어 있는 건물도 매물로 내놨다. 병원비를 너희
들이 대줄 것도 아니니까. 근저당 풀고 나면 몇 푼 나오지도 않
을 거지만, 경매 처분당하는 것보단 낫잖아. 민석이 너, 내가 그
건물들 판다고 해서 입이 나온 거니? 내 팔자가 그런 걸 어떡하
니. 무덤 들어가기 전에 몽땅 쓰라는 팔잔가 보다.」

현미경을 들이대듯이 시아버지의 재산 목록이 다 밝혀졌다.

「아버지, 옛날에 남원에 귤밭도 있었잖아요.」

　민석은 아무래도 시아버지의 재산이 소문과 다르게 적은 것이 맘에 걸리는 눈치였다. 기어이 똥창까지 까발리고 말겠다고 마음을 다잡은 것 같았다.

「그래, 있었다. 그것도 내가 빚 갚는 데 썼다.」

「그 많은 재산에 무슨 빚이요.」

「사람 된 도리를 못하고 산 데 대한 죗값이었다. 늙으니까 회한만 남는 어리석은 삶을 살았으니까. 그래도 너희들한테 손가락질 당할 짓은 하지 않았어.」

　난 민규의 외가 쪽을 떠올렸다. 그때 민규 외삼촌 쪽에도 얼마의 돈이 갔고, 민규 생모 병원비로 들어간 돈도 꽤 된다는 걸 알았다.

　명쾌했지만, 까발려진다는 것은 늘 아프고 상처가 남았다. 민석이 믿었던 둔덕은 사라졌다. 시아버지가 화수분이 아니란 사실은 너무도 황폐한 진실이었다. 나도 그랬다. 더 이상 바라지 않는다고 나까지도 속이고 있었지만, 그래도 애틋한 며느리인데 뭔가 더 돌아올 게 있지 않을까 기대했던 것 같았다. 깨진 화수분 앞에서 다들 씁쓸했다. 더 이상 뜯어 갈 게 없다는 사실은 지독한 악몽이었지만 조용했다.

　화수분이 깨진 마당에 모두들 알게 모르게 세워 둔 계획들이 어긋나게 되었다. 단지 돈을 뜯어내기 위한 전략이었는지 모르지만, 민석은 당장 사업을 확장하겠다는 계획을 수정해야 했다. 민호도 마찬가지였다. 사업이 예전 같지 않다며, 민호 처가 장사라도 해야겠다며 가게를 물색하고 다니던 일을 그만두었다. 나도 그랬다. 시아버지 결혼 선물로 멋진 세단을 사주기로 했지만, 뜻하지 않게 그 시기가 앞당겨진 데다 든든한 둔덕이 사라졌으니 모험을 할 형편이 아니었다. 그래서 국산 중형차로 계획을 수정했다. 그나마 중고가 아닌 것에 만족했다. 그것도 시아버지가, 차가 망가졌으니 선물을 앞당겨 하라는 농담 반 진담 반에 끌려 마지못해 한 것이었다. 내가 고양이 눈빛의 여자에게 선물하고 싶은 마음이 없는 것은 당연했다. 또 난 펜션 사업을 하고 싶었고, 그걸 시아버지와 상의하려고 했었다. 하지만 더 이상 의논할 수 없게 되었고, 아직 입 밖으로 꺼내지 않은 것을 다행스럽게 생각했다. 그리고 선미, 무엇보다 선미는 갑자기 방향을 잃었다. 어차피 남의 집이 될 곳에 남편을 유기하고 몰래 사라지려 했던 계획은 실현할 수 없게 되었다. 낡고 오래된 집은 선미의 자유를 박탈했다. 일단 선미는 시아버지가 대신 갚아 준 돈을 무기로 자기 남편을 닦달하기 시작했다. 제일 먼저 수염부터 밀어 버리게 했고 아침이 되면 엉덩이를 걷어차서라도 일거리를 찾게 했다. 그리고 아침저녁으로 시아버지 아파트로 출근해서 시아버지의 병원 출입을 도왔다. 민석은 건물이 팔리면 빚 갚고 세 빼주고 몇 억이 남을 거라며, 선미의 효도를 매도했지만, 선미는 아랑곳하지 않았다. 비록 중고 소나타를 물려받진 못했지만, 평생 처음 자신의 이름으로 집을 가진 것에 감읍했다.

  모두들 그렇게 깨진 화수분 앞에서 황망해하거나 감읍하거나 혹은 배신감으로 몸을 떠는 동안에 난 한 통의 편지를 받았다. 카이로에서 날아온 편지였다.

　여전히 잘 계시지요. 일찍 편지를 보낸다는 게 좀 늦었습니다. 난 무사히 마라톤을 마쳤습니다. 비록 체크 포인트에서 마감 시간에 간신히 도착하는 정도의 꼴찌 수준이었지만, 무사히 완주했습니다. 나의 완주는 다분히 미신에 기댄 감이 없지 않아 있습니다. 완주하지 못하면 당신이 두려워한 사막에서 패배하고 물러서는 것 같아서요.
　난 그동안 사막에 대해 다분히 오해를 하고 있었습니다. 사막은 아주 오래전 몇 개의 강이 흐르고 호수가 있어, 나무를 길러 내고 물고기를 길러 내서 아름다웠던 게 아닙니다. 물론 사막엔 아직 그 추억이 있었습니다. 투아레그(Tuareg) 족이 그렸다는 코끼리나 기린, 악어 따위의 그림이 고스란히 남아 있다는데, 난 아직 보지 못했습니다. 하지만 추억이 없어도 사막은 사막인 채로 여전히 아름다웠습니다. 그리고 그 사막에 기대고 여전히 많은 생명들이 살고 있는 사실도 보았습니다. 내가 지난 작은 마을들은 도시의 화려함은 아니지만, 지극히 단순한 그들의 생활은 또 다른 삶의 의미였습니다. 사막은 혹독했습니다. 40도를 넘는 더위와 영하의 추위를 하루 만에 넘나들었습니다. 도중에 두 번이나 만난 모래 바람은 또 얼마나 대단하던지요. 그런 길을 생존해야 할 식량과 나침반과 신호탄과 침낭과 운동화 따위를 등에 지고 달렸습니다. 낙타처럼요. 하지만 아름답기도 했습니다, 우리가 사는 땅처럼.

당신한테 사막의 별을 보여 주지 못한 것이 너무나 아쉽습니다. 사막 가운데 설치된 캠프에 누워 있으면 별을 품에 안을 수 있었습니다. 내 이마 위로 쏟아져 내리는 별똥별은 또 어떻고요. 그 별들을 보고 있으면 내가 어린 왕자가 된 것 같다니까요. 사진으로 대신하지만 언젠가는 당신과 함께 볼 수 있기를 바랍니다.

내일 난 모로코로 떠날 예정입니다. 아직 물집이 터진 자리가 아물지 않았지만, 견딜 만합니다. 이렇게 거리 카페에서 당신에게 편지를 쓸 수 있어서 행복합니다. 남우.

사진 속에서 별은 그다지 선명하지는 않았다. 하지만 남우는 여전히 환하게 웃고 있었다. 그 웃음에서 매캐한 사막의 바람이 건너왔다. 그리고 그 웃음을 보는 순간, 난 알았다. 나의 종교는 무너졌다. 내 안에서 서걱이던 짐승이 관절을 펴며 일어섰다. 그것은 세차게 도리질을 하며 떠날 채비를 했다. 털갈이하는 짐승에게서 모래 바람처럼 털이 뿌옇게 날렸다.

난 이은하의 〈청춘〉을 구슬프게 불러 주었던 남우의 사진을 보고 또 보았다. 남우는 아직도 미신을 믿는 걸까.

낙타

초판 1쇄 인쇄일 · 2006년 1월 20일
초판 1쇄 발행일 · 2006년 1월 25일
지은이 · 이명인
펴낸이 · 임성규
펴낸곳 · 문이당

등록 · 1988. 11. 5. 제 1-832호
주소 · 서울시 성북구 동소문동 4가 111번지
전화 · 928-8741~3(영) 927-4990~2(편)
팩스 · 925-5406
© 이명인, 2006

홈페이지 http://www.munidang.com
전자우편 webmaster@munidang.com

ISBN 89-7456-324-X 03810